ある事件を契機にキルデアの修道院を離れたフィデルマに，モアン王国の王である兄コルグーが一つの任務を与えた。いまだ古の神々を信奉する“禁忌の谷《グレン・ゲイシュ》”に赴き，国王の代理として族長のラズラと，キリスト教の教会と学問所を設立するための折衝をして欲しいというのだ。だが，サクソン人修道士エイダルフを伴いグレン・ゲイシュに向かうフィデルマを待ち受けていたのは，生贄のごとくに並べられた三十三人の惨殺された若者たちの亡骸だった。七世紀のアイルランドを舞台に，王の妹にして弁護士，美貌の修道女フィデルマが活躍するシリーズ第六作。

登場人物

〝キャシェルのフィデルマ〟……修道女。七世紀アイルランドの法廷に立つドーリィー〔法廷弁護士〕でもある
〝サックスムンド・ハムのエイダルフ〟……サクソン人修道士。サクソン南部のサックスムンド・ハムの出身

キャシェルの人々
〝キャシェルのコルグー〟……モアン王国の王。フィデルマの兄
〝イムラックのセグディー〟……司教。聖アルバのコマーブ〔後継者〕

グレン・ゲイシュの人々
ラズラ……グレン・ゲイシュの族長
コーラ……ラズラのターニシュタ〔継承予定者〕
オーラ……ラズラの妹。コーラの妻
エスナッド……コーラとオーラの娘
ムルガル……ラズラのブレホン〔裁判官〕でもあるドゥルイド〔賢者〕

ムール……………………ムルガルの書記
アートガル………………鍛治屋兼兵士
ラドガル…………………荷車大工兼兵士
マルガ……………………薬草治療師
クリーイン………………ラー〔城塞〕の来客棟係りの召使い
ローナン…………………農夫兼兵士
バルサック………………ローナンの女房
ネモン……………………娼婦
〝アード・マハのソリン〟……修道士。オルトーンの秘書官
ディアナッハ……………修道士。ソリンの書記
イボール…………………旅の馬商人

その他の人々

〝アイレックのメイル・ドゥーイン〟……ウラー王国の王。北オー・ニール家の出
〝アード・マハのオルトーン〟……司教。聖パトリックのコマーブ
〝タラのシャハナサッハ〟……アード・リー〔大王〕。ウラーの南オー・ニール家の出

ファーマナーのジョウ・マクヴェー神父へ

一九九四年三月、
アイルランド書籍展《ブック・フェア》において行われた
我々の公開討論、
〈ケルト教会とブレホン法制度の価値〉の思い出に。

修道女フィデルマの支持者となって下さっていることに、
感謝しつつ！

翳《かげ》深き谷　上

ピーター・トレメイン
甲斐萬里江訳

創元推理文庫

VALLEY OF THE SHADOW

by

Peter Tremayne

たとひわれ死のかげの谷をあゆむとも
禍害《わざはひ》をおそれじ
なんぢ我《われ》とともに在《いま》せばなり
なんぢの笞《しもと》なんぢの杖《つゑ》われを慰《なぐさ》む

『詩篇』　第二十三篇四節

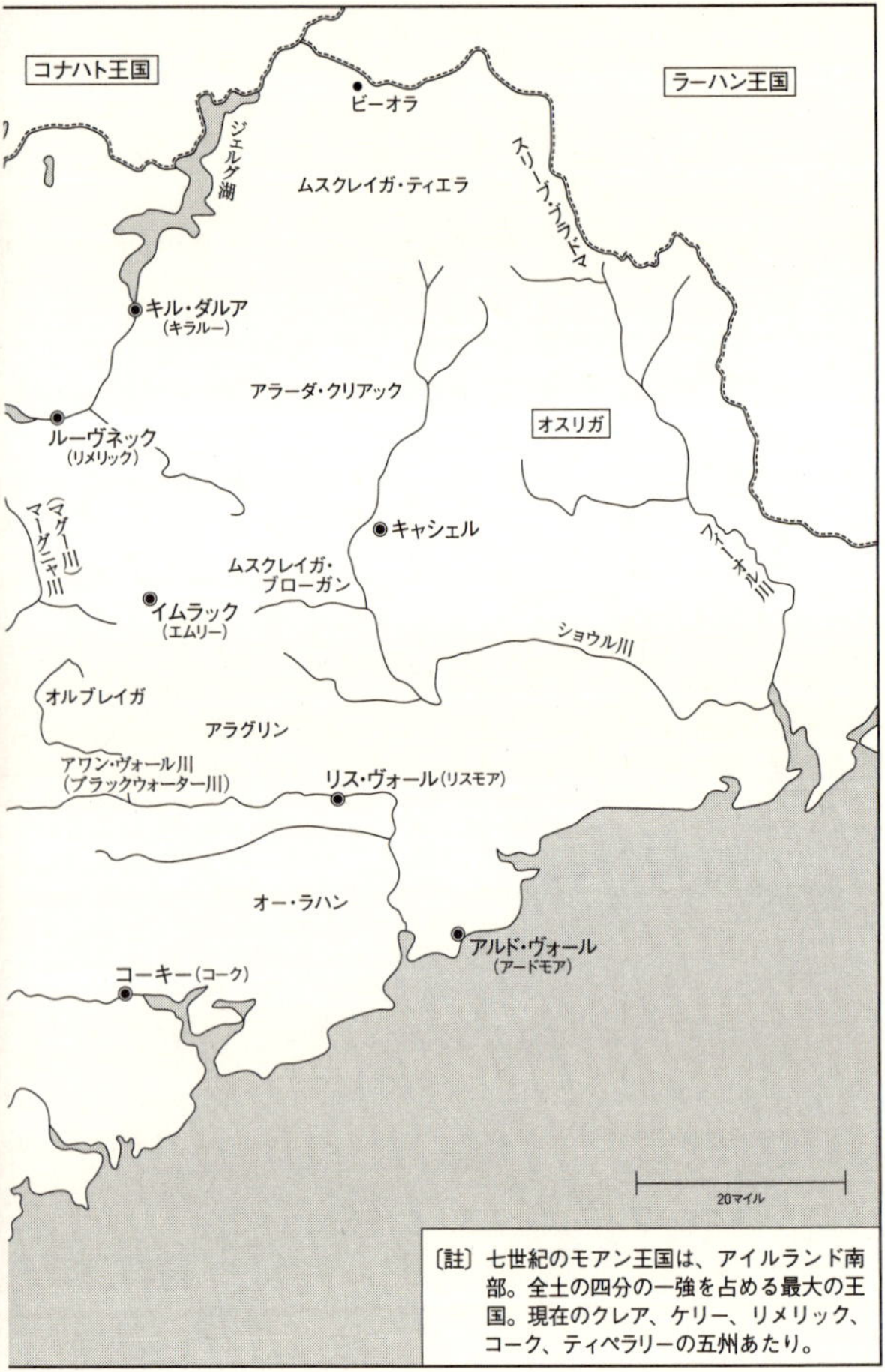

〔註〕七世紀のモアン王国は、アイルランド南部。全土の四分の一強を占める最大の王国。現在のクレア、ケリー、リメリック、コーク、ティペラリーの五州あたり。

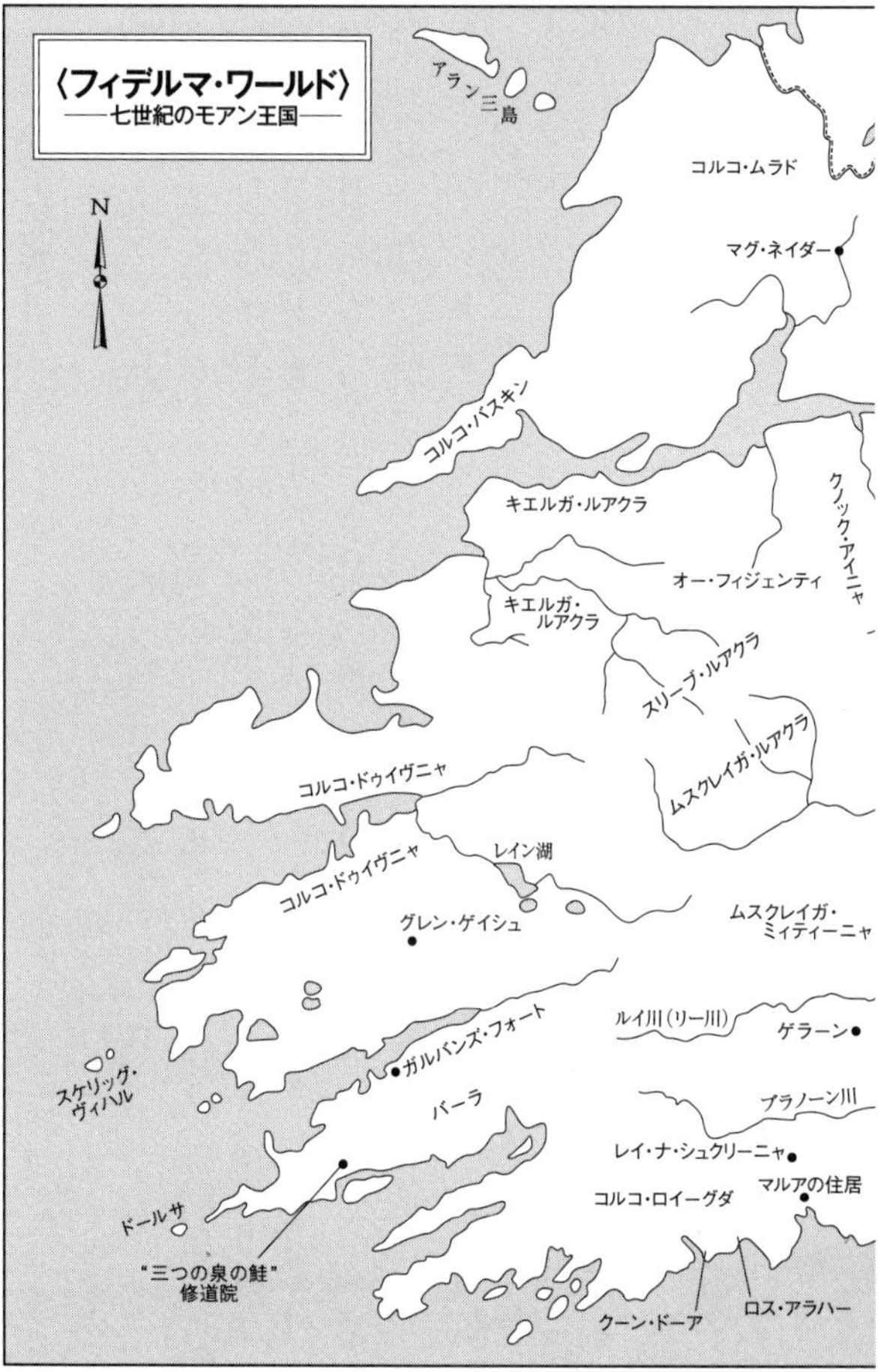
〈フィデルマ・ワールド〉
――七世紀のモアン王国――
N
アラン三島
コルコ・ムラド
マグ・ネイダー
コルコ・バスキン
キエルガ・ルアクラ
クノック・アイニャ
オー・フィジェンティ
キエルガ・ルアクラ
スリーブ・ルアクラ
ムスクレイガ・ルアクラ
コルコ・ドゥイヴニャ
コルコ・ドゥイヴニャ
レイン湖
グレン・ゲイシュ
ムスクレイガ・ミィティーニャ
ルイ川（リー川）
ゲラーン
ガルバンズ・フォート
スケリッグ・ヴィハル
バーラ
ブラノーン川
レイ・ナ・シュクリーニャ
マルアの住居
コルコ・ロイーグダ
ドールサ
"三つの泉の鮭"修道院
クーン・ドーア
ロス・アラハー

歴史的背景

《修道女フィデルマ・シリーズ》は、紀元七世紀中葉を背景としている。

修道女フィデルマは、聖ブリジッド[1]によって五世紀に創建されたキルデア（現在のアイルランドの首都ダブリンの南に位置する土地）の修道院に所属していたこともある尼僧である。だが彼女は、一介の聖職者ではなく、古代アイルランド全土のあらゆる法廷に立つ資格を持ったドーリイー[2]〔弁護士〕でもあるのだ。

このような背景は、多くの読者にはなじみの薄いものであろうから、物語がより理解しやすくなるようにと、作中で言及される基本的な特質事項を、ここで触れておくことにする。

七世紀のアイルランドは、五つの地域《プロヴィンス》に分かれ、それぞれが地方王国（上位王国《プロヴィンシャル・キングダム》）を形成していた。現代アイルランド語（ゲール語）で、〝地方〟はクーイーガであるが、これは〝五分の一〟を意味するクーイーガに由来している。四つの上位王国の王《プロヴィンシャル・キング》たち、すなわち、ウラー（現在のアルスター）、コナハト、モアン（現在のマンスター）、ラーハン（現在のレンスター）の四国王たちは、彼らの忠誠をアード・リー〔大王《ハイ・キング》〕に捧げ、アード・リーは〝王者の地〟と称される第五のクーイーガ〔地域〕、すなわちミー（現在のミース州）の都タラから、全土を統治するのである。〝ミー〟

という地名は、〝中央の地方〟を意味するゲール語に由来している。これらの上位王国の権力は、さらに小王国や族長領に分権化されていた。

長子継承法《プライモジエニチュア》、すなわち〝長男、あるいは長女による相続制度〟という観念は、アイルランドには存在しなかった。ごくささやかなクラン〔氏族〕の族長から大王に至るまでの首長は、部分的には世襲制が加わることもあるが、ほとんどは相互選出という形で、決定されていた。首長は、三世代、あるいはそれ以上にわたるデルフィネ(3)〔血縁者〕によって構成される集会が、首長の地位にふさわしいことを実証している構成員の中から、選出するのである。もし選出された首長が、領民の福利を求める努力を蔑《ないがし》ろにすると、デルフィネは首長を弾劾し、首長の座から退ける。したがって、古代アイルランドの君主制は、中世ヨーロッパの封建君主制より、現代の共和制に、共通するところが多い。

七世紀のアイルランドは、〈フェナハスの法〉、すなわち〝地を耕す者の法〟と称される、きわめて洗練された法律によって律されていた。これは、後には、一般に〈ブレホンの法〉(4)として知られるようになる。ブレホンとは、裁判官を意味するブレハヴという単語から派生した名称である。伝承によると、さまざまなブレホンの法律は、紀元前七一四年に、大王オラヴ・フオーラ(5)の命によって、初めて集成されたという。さらに紀元四三八年に、時の大王リアリィー(6)

は、九人の高名な学者[7]を招集し、彼らにこれまでの〈ブレホン法〉を検討、改正させ、それをすでに導入されていたラテン文字によって、記述させた。リアアリィー自身を含むこの九人の学者による会議には、後にアイルランドの守護聖者となるパトリック[8]も、参加していた。九人の学者たちは、三年後に、文書の形を取った〈ブレホン法典〉を、王に提出した。これは、知られている限りで、最初の成文法典である。

この法制度は、固定したものではなかった。社会や社会が必要とするものが時代によって変化することを考慮して、〈ブレホン法〉は、三年ごとにタラで開催されるフェシュ・タウラッハ[9]〔タラの祭典[10]〕の折に、法律家や行政官たちの会議で検討され、必要に応じて改正されてきた。

これは、十一世紀の古写本によって、今日まで伝えられている。だが、英国のアイルランドに対する植民政策の下では、〈ブレホン法〉は次第に禁止され始めた。しかしこの法制度の遵守が完全に禁止されたのは、十七世紀になってからであった。この時代には、〈ブレホン法〉の法典の写しを一部でも所有していると処罰の対象となり、極刑あるいは国外追放刑に処せられることも珍しくはなかった。

こうした古代法の下で、アイルランドの女性は、特異な位置を保っていた。アイルランドの法律は、その当時の、あるいはその後の、西欧諸国の法典に較べて、遙かに大きな権利や保護を、女性に与えていたのである。女性も、男性と同様に、あらゆる公的地位や専門的職業に就くことが可能であった。また現に、就いていた。女性も、政治的な指導者になることができ、戦場においては戦士として部下を指揮することもできた。医師、地方長官、詩人、職人、法律家、裁判官などにもなれた。我々は、フィデルマの時代に活躍していた多くの女性裁判官を、知っている――ブリーグ・ブリューゲッド、エインニャ・インギーナ・イーガイリ、デイリーなどは、そうした女性裁判官である。たとえば、デイリーは、裁判官であるのみならず、六世紀に書かれた法典の註釈書の著者でもあった。また、性的嫌がらせ[11]、差別、強姦[12]などに対しても、女性は法によって保護されていた。男性と同等の条件で離婚[13]する権利も、公平な離別に関する法律によって保障されており、離婚の条件として夫の財産の一部を要求することもできた。また、個人的な財産を相続[14]する権利や、障害扶助金[15]を受ける権利も、持っていた。〈ブレホン法〉は、今日の視点から見て、今日の女性解放論者にとって、ほとんど天国とも見えよう。

このような背景と、近隣諸国との際立った相違は、このシリーズにおけるフィデルマの活躍を理解する上で、是非理解しておいて頂きたい。

フィデルマは、アイルランド南西部に位置するモアン王国の首都キャシェル[16]で、六三六年に誕生したと、設定されている。彼女は、国王ファルバ・フラン[17]の末子として生まれたが、生後一年で父王が没したため、その後は遠縁にあたる〝ダロウ[18]のラズローン[19]〟の後見のもとで育てられた。この時代のアイルランドの娘たちは、〈選択の年齢[20]〉になっても、さらに〈詩人の学問所[21]〉で教育を受けることが多かった。フィデルマも、ブレホンである〝ダラのモラン[22]〟の学問所の門を叩いて勉学を続け、八年間の研鑽を積んで、アンルー〔上位弁護士〕の資格を取得するにいたった。これは、伝統的な〈詩人の学問所〉であれ、キリスト教会の学問所であれ、アイルランドのあらゆる教育機関が授与する資格の中で、最高位に次ぐ、ごく高位の資格なのである。最高資格はオラヴであるが、これは、今なお現代アイルランド語に、〝大学教授〟を意味する単語として、残っている。フィデルマは、モラン師のもとで法律を専攻し、『シャンハス・モール[23]〔刑法〕』と『アキルの書[24]〔民法〕』の両方を修めたドーリィー〔法律家、弁護士〕なのである。

彼女の任務は、警察とは別個に証拠を集め、それを独自に調べて、事件に何か考察すべき点はないかを検討するというもので、現代スコットランドの裁判官代理に近いと言えるかもしれない。現代フランスの予審判事も、同様の役割を担っている。

フィデルマの時代に先立つ数世紀の間、あらゆる専門家や知識階級は、ドゥルイド[25]という階級に属していたが、フィデルマの時代になると、こうした階級の人々は、新しく現れたキリスト教の教会や修道院に所属するようになった。フィデルマも、かつては、キルデア[26]の修道院に属していた。

七世紀は、ヨーロッパでは〈暗黒時代〉の一部であるが、アイルランドにとっては、〈黄金の啓蒙期〉であった。ヨーロッパのいたるところから、学生たちが教育を受けようと、アイルランド各地の学問所へと押し寄せてきた。[27] そうした学生たちの中には、アングルやサクソンの諸王の王子たちの姿もあった。当時のダロウの修道院付属の大規模な学問所には、少なくとも十八ヶ国からの学生が学んでいた、との記録も残っている。それと同時に、アイルランド人修道士や修道女たちは、布教のために国外へと出掛け、ヨーロッパの異教徒たちにキリスト教を伝道しつつ、教会や修道院を建立し、学問の中心拠点を設立していった。彼らの活動は、ヨーロッパ全土に広がり、東はウクライナのキエフ、北はフェアロー諸島（フェロー諸島。デンマーク領。シェットランドとの間に点在する二十一の島からなる島嶼群）、南はイタリア南部のタラントにまで及んだ。アイルランドは、言うなれば、教育と学問の代名詞であったのだ。

しかし、アイルランドにおけるケルト（アイルランド）教会は、典礼儀式やその執り行い方などに関して、ローマ教会と、絶えざる論争を続けていた。[28] ローマは、四世紀に、復活祭の日取りや典礼のさまざまな決まりに関して、改革に取り組み始めた。だが、ケルト教会と東方正教会（イースタン・オーソドックス）は、ローマ教会に従うことを拒んでいた。しかしケルト教会は、九世紀から十一世紀にかけて、徐々にローマ教会に吸収されていく。一方、東方正教会のほうは、今も、ローマ教会からは独立した位置を取り続けている。フィデルマの時代は、ケルト教会が、ローマとの対立に揺れていた時代であった。

もっとも、七世紀のローマ教会とケルト教会に、共通して言えることが、一つある。聖職者の独身制[29]は、決して全ての聖職者に受け入れられた制度ではなかったという点である。両教会の何れにも、肉体の愛を神への献身へと昇華させようとする禁欲主義者は、常に存在していたが、聖職者の結婚が非難叱責されるようになったのは、三二五年のニカイアの総会議《カウンシル》[30]以降であった。それでもまだ、聖職者の結婚が厳禁され、結婚した聖職者が破門される、といった事態ではなかった。独身制についてのローマ教会の考え方は、異教《ペイガン》のウェスタ（ローマ神話の炉と家庭を守る女神）の巫女や、ダイアナ（ローマ神話の月や狩りの女神）の神官によって守られていた慣習に由来する。五世紀には、ローマは、修道院長や司教以上の地位にある聖職者が、妻と同衾することを禁じた。その後間《ま》もなく、彼らが結婚することをも、禁じ始めた。普通の聖職者の結婚に関しては、ローマは不賛意を表明していたものの、まだ禁止にまでは至っていなかった。ローマ・カトリックの聖職者たち全員に独身制の受け入れを強制しようという真剣な努力が始まったのは、教皇レオ九世（在位一〇四九～五四年）のカトリック改革からであった。東方正教会では、修道院長や司教より下位の聖職者は、今日もなお、結婚する権利を持ち続けている。

ローマの方針が教義として確立してからも、ケルト教会にとっては、〝肉の罪〟を罪と見做《みな》す観念は、なかなか受け入れがたいものであった。《フィデルマ・ワールド》で描かれる時代、アイルランドの修道士と修道女は、同じ修道院やその他の宗教的施設で共に暮らしていた。こうした修道院は男女共住修道院《コンホスピタエ》と呼ばれており、男性と女性はそのような修道院で共に暮らし、主に仕えながら、時には結婚をして、共に子供を育てることも多かった。

　フィデルマが所属していた聖ブリジッド建立のキルデア（キル・デア〔オーク の森の教会〕）の修道院も、フィデルマの時代には、こうした男女共住の修道院であった。聖ブリジッドがキルデアに自分の修道院を設立した折にも、彼女はコンラッド司教[31]という男性聖職者を、修道院の一員として招いている。フィデルマの時代である六五〇年に聖ブリジッドの最初の伝記を著わしたのも、コジトスス[32]という名のキルデアの修道士であるが、彼はその中で、ここがコンホスピタエであったことを、明記している。

　また、この時代、ケルト教会では、女性も司祭となっていた。これも女性が男性と同じ役割を果たしていたことを示す証《あかし》である。聖ブリジッド自身も、聖パトリックの甥であるムールによって、司教として叙階されているが、彼女の叙階は、決して特異な例ではなかったのである。実際、ローマは、六世紀に、聖餐式において女性に神聖なる儀式を執り行わせているとして、ケルト教会に抗議している。

　多くの読者がたは、七世紀アイルランドの地理的、政治的区別に不案内であろうから、《フィデルマ・ワールド》をよりよく把握して頂くために、私は簡略な地図を付けておいた。また、登場人物の理解が容易になろうかと、主要人物の一覧表も付した。

私は、明確な理由から、この《修道女フィデルマ・シリーズ》の中で、時代錯誤の地名を用いることを避けているが、古名タウラーの代わりにタラ、カシェルの代わりにキャシェル、アードマハの代わりにアーマーというように、いくつかの現代地名を用いることもある。しかし、マンスターは、やはり古名のモアンに固執している。なぜなら、マンスターという表現は、九世紀に、アイルランド語の地名の〝モアン〟と北欧語の〝土地〟を意味する〝スタッド〟を合成し、その後さらにそれを英語化した派生語だからである。同様に、ラーハンに〝スタッド〟が付き、さらに英語化されたレンスターではなく、元のラーハンを使っている。

こうした背景についての知識で装備して、いざ、《フィデルマ・ワールド》へ。この作品の物語は、七世紀アイルランドでボドミッシュと呼ばれていた月に起こったことになっている。ボドミッシュは、〝知識の月〟という意味であるが、ユリウス・カエサルが改訂したローマ暦に倣《なら》って、後には〝イウール〔七月〕〟と呼ばれるようになった。この物語の時代は、六六六年である。

最後に一つ。第二章で、フィデルマは、キルデアの修道院長イータに対していささか敬意を欠くかのような口調で、言及している。その理由は、短編「晩禱《ばんとう》の毒人参《ヘムロック》」(33)に描かれている。これは、最初にヒラリー・ヘイル編『冬至《ミッドウインター》の推理小説3』（ロンドン。リトル・ブラウン社刊。一九九三年）に収録され、その後、エド・ゴードマン、ラリー・セグリフ、マーティン・H・グリーンバーグ編の『マーダー・モスト・アイリッシュ』（ニューヨーク。バーンズ&ノーブル社刊。一九九六年）に、再収録されている。

翳《かげ》深き谷　上

ゴシック文字はアイルランド（ゲール）語を、
行間の（ ）内の数字は巻末訳註番号を示す。
聖書の引用は、原則として『舊新約聖書・文
語譯』（日本聖書協会）に拠る。

第一章

迫って来る、追跡者が。人間だ。馬たちの不気味な嘶《いなな》きが、狭いグレン〔谷間《たにあい》〕に谺《こだま》する。谷の中央の小さな湖水から、腹の部分のみが白く、背は褐色の斑点模様になっているカーリュウ（タイシャクシギ）が一羽、極上の蟹《かに》というご馳走を味わいそこなって、不満げな鳴き声を残しながら、大きく羽ばたき、舞い上がっていった。下に向かって弧を描く長く反った嘴《くちばし》で、「クーリィー、クーリィー」という声を虚ろに響かせながら、タイシャクシギは次第に大きな円を描きつつ、雲一つない紺碧《こんぺき》の大空へと、昇りつめてゆく。だが、その鳥影も、やがて黒い一点となって消えてしまった。蒼穹《そうきゅう》に残っているのは、ただ、白みをおびた黄金の日輪のみ。それも、今や、空の西半分へとさしかかっており、傾きかけた日差しが、湖の群青の水面《みなも》を、燦然《さんぜん》と煌《きら》めく無数の宝石へと変えていく。

けだるさが辺りを包みこんでいる、暑い午後だった。しかし今、その長閑《のどか》さを、物騒な物音が荒々しくかき乱そうとしている。細長い胴をしたカワウソが、くるっと勢いよく尾を巻き上げて、身を隠す場所を求めようと、背を丸め体をくねらせながら、素早く駆け去った。山の小径に佇《たたず》んでいた、幅の広い扁平な大角を頭上に頂く淡褐色の牡鹿が、鼻孔をひくひくと震わせた。大きな枝角《えだづの》は、今はまだ柔らかな角 嚢《ヴェルベット》に覆われているが、間《ま》もなく迎える繁殖期には、この角嚢も角から振り落とされていることだろう。猟犬どもの吠え声には怯えない牡鹿も、自分を捕らえる唯一の捕食者である人間の匂いとなると、そうはゆかない。牡鹿も、さっと身を翻《ひるがえ》し、近づいて来る脅威から逃れようと、丘陵の高みを目指して駆け登っていった。ただ一匹だけ、ほかの動物たちを捉えている動揺には我関せず焉《えん》と、ハリエニシダやヒースを悠然と喰《は》んでいるものがいる。もじゃもじゃとした毛に覆われ、広く開いた角を持つ、脚達者な野生の山羊だ。彼のみが、周りの様子を全く気にすることなく、無神経な姿で、リズミカルに顎を動かし続けている。

丘陵の麓《ふもと》に広がる谷間の一部は、林や低木の叢林に覆われていた。まるで丘陵の北の端から谷間へと流れ出してきたかのような森林は、湖の水際《みぎわ》の手前五十フィート（約十五メートル）のところまで押し寄せてくると、自分たちの役目を、丈の低いハリエニシダやヒースの茂みに引き渡したようだ。麓の谷間の大部分を埋めているのは、この叢林だ。そこに茂っているのは、牙のような硬い小枝に身を鎧《よろ》ったリンボク（バラ科の低木）や、それに紛れ込んで見分けがつかないばかりに繁茂しているベニバスモモ（バラ科の低木。ヨーロッパ・スモモ）がほとんどだった。だが、中には、曲がりくねった大枝を伸ばし、樹冠を横に広げたオークの大木も見える。がっしりとしたオークの太い幹の合間を、こうしたリンボクやベニバスモモなどの低木が、びっしりと埋めているのだ。

突然、森の奥の小暗《おぐら》く狭い小径から、物音が聞こえてきた。行く手を阻《はば》む枝やまといつく藪の小枝を押し分けて、何者かが急いでこちらへやって来ようとしているらしい。

次の瞬間、叢林の茂みの中から、若い男が飛び出してきた。激しく乱れた呼吸を何とか静めるために胸を大きく波打たせながら、若者は躓《つまず》くように立ち止まった。だが、目の前に広がるのは、身を隠すに足る草叢《くさむら》など一つも見当たらぬ、不毛に近い谷底だった。両側は、大きな岩をいたるところに突出させつつ高みへ向かう丘陵の斜面である。若者は愕然として、張り裂けんばかりに目を見張った。どこかに隠れる場所がないものかと、この不毛の窪地を必死に見つめる彼の唇から、低く絶望の呻きがもれた。若者は、叢林を振り返った。だが、そこにあるのは、間近に迫った追跡者たちの気配だけだ。深い茂みに隠れて、まだ姿は見えないものの、背後から接近してくる彼らの動きは、はっきりと聞き取れる。猟犬どもの吠え声も、今や、獲物を目前にした興奮の狂おしい叫びへと変わっていた。

若者の顔に、暗澹たる絶望が刻み込まれた。ふたたび彼は、よろめきながら前へ進もうとした。身にまとっているのは、褐色の粗い手織りの長衣だ。修道士の法衣であるその衣は、裂けていた。棘《とげ》のように鋭い小枝も、からみついている。小さな棘枝は、毛織りの厚い布地を十分に切り裂くことはできなかったらしい。だが、棘が肌にまで達した箇所では血が滲《にじ》んでおり、泥にまみれた法衣を、さらに血痕で汚していた。一つには、この長衣が修道士の法衣であることは、二つの点から、確実に見てとることができた。一つには、彼の前頭部が左右の耳を結ぶ線まで剃り上げられ、ほかの部分は長く伸ばして後ろに垂らすという髪型からだ。これは、〈聖ヨハネの剃髪《トンスラ》〉(1)と呼ばれるもので、アイルランドの修道士に広く用いられている剃髪である。もう一点は、若者が首に掛けている銀の鎖に吊るされている銀製の磔刑像十字架《クルシフィックス》だ。

若者は、二十代の初めだろう。おそらく、整った顔立ちなのであろうが、今その表情は、恐怖に歪んでいる。顔には、森の下生《したば》えを潜り抜けた時にできたらしい無数の傷が目立つ。本来なら健やかな桃色であろう頬にも、血の痕と、いくつもの浅い切り傷が見てとれた。だが、彼の面立ちを著しく損なっているのは、やや間の開いた濃い褐色の目に浮かぶ恐れの色だった。若者は、怯えきっていた。全身から、恐怖が、汗のように滲み出ていた。

押し殺した悲鳴をもらし、脚にまといつく長い法衣の裾から少しでも自由になろうと、両手で衣をたくし上げつつ、若者は湖に向かって駆け出した。サンダルはすでに脱げ失せており、裸足《はだし》だった。無数の切り傷だけでなく、泥や乾いた血が厚くこびりついて足を覆っている。だが、その痛みに、全く気づいていないようだ。痛みなど、彼の意識の中で、もっとも取るに足りない感覚なのだ。左足首には、鉄の輪がはめられている。小さな環が一つ、それに付いているところを見ると、人質や奴隷に用いる足枷《あしかせ》と同じ物のようだ。これに鎖や綱を通して、人を拘束するのだ。

湖のほうへ数ヤード進んだだけで、そこに避難場所を求めることがいかに空しいかを、若者は思い知った。湖岸に彼が見出したのは、いくつかの貧弱な藪だけだった。ただ、それだけだ。辺りに生えているのは、ごく丈の低い雑草やヒースのみ。ここは、久しく野生の生き物たちの水飲み場となっていたのだ。無数の動物たちが、長い年月にわたって緑を喰み続けて、草叢や藪を、ほとんど丸坊主にしてきたのだ。身を潜める物陰など、何一つなかった。

若者は、奇妙な絶望の泣き声をもらしながら、なす術《すべ》もなく、両手を頭上に差し伸べた。それでもすぐに、今もなお野生の山羊が中腹に超然と佇んでいる丘に向きなおり、死に物狂いで斜面を登り始めた。しかし、惨めに裂けた法衣の裾に脚が絡まり、躓いて、そのまま激しい勢いで転がり落ちた。まだ胸に残っていた息も、その衝撃で、叩き出されてしまった。

追跡者の先頭が、背後の茂みから姿を現したのは、ちょうどその時だった。

三人の徒歩《かち》の男たちだった。彼らは、それぞれ、革の引き綱を手にしている。その先に繋がれているのは、大きなマスチフ犬だった。顎から涎《よだれ》を垂らしながら、引き綱をぴんと張り、男たちを引きずるようにして現れた犬たちは、今、獲物を目にして、さらに騒々しく吠えたて始めた。三人の男たちは、少し広がって、獲物の逃走に備えた。だが、疲れ果てた若者には、逃げようとする気力すら、もはやなかった。彼は片肘をついて上体を起こし、半ば横たわり半ば坐り込んだ姿勢のまま、近づいて来る男たちを前に、激しく喘ぐしかなかった。顔に浮かんでいるのは、恐怖に満ちた諦《あきら》めの表情だった。

「犬を放さないで！」怯えきった声で、若者は喘ぐように叫んだ。追跡者たちは、もう声が届くところへまで、迫って来ていた。「もう逃げないから」

三人とも、それに答えようとはせず、ただ大型犬が若者に触れんばかりの近さに引き綱を伸ばしたまま、立ち止まった。マスチフたちは、彼に飛びかかろうと、鼻面に泡を飛ばし、しきりに唸りながら、綱をちぎれんばかりに引っ張っている。彼らの大きな荒々しい舌は、今にも若者の肌に触れそうだ。若者は、犬たちの熱い息を浴びて、身をすくませた。

「お願いだ、こいつらを近づけないで！」彼の何とか遠ざかろうとする気配に、マスチフたちは顎をぱくつかせながら、いっそう前へと出てこようとした。

「動くんじゃねえ！」と、追っ手の一人は若者に命じたが、自分の犬の引き綱もぐいっと引いて、大人しくさせた。ほかの二人も、自分の犬を落ち着かせた。

その時、森の茂みの中から、馬に乗った四人目の追跡者が現れた。その姿を見るや、若者の目が不安げに揺らぎ、唇の端がひきつった。目の前の興奮しているマスチフより、この追跡者のほうを、もっと恐れているのだろうか。第四の追っ手は、そのほっそりとした体をゆったりと鞍に任せているだけだ。手綱も緩めたままで、馬を自由に歩ませている。辺りに不穏な事態など一切生じていないかのように、長閑な様子である。朝の乗馬を楽しんでいるとしか見えない第四の騎乗の人物は、ふと馬を止めて、この場の様子を見つめた。

騎手は、若い女性だった。艶やかに輝くブロンズのヘルメットが、すっぽりと頭部を覆っているが、よほどぴったりと頭に合っているのだろう、その下から、髪の毛一筋、こぼれ出ていない。ヘルメットには、紐《ロープ》のように捩《ね》じった、細い帯状の銀の装飾がほどこされていた。後ろのほうから前へと、鉢巻き状にヘルメットを取り巻き、正面で両端が出合う形の銀の帯で、その接合部分には、大きな貴石が輝いている。この銀の輪以外に、彼女は何一つ宝石類を身につけていなかった。肩にマントをまとうこともなく、ドレスも、サフラン色の亜麻布《リネン》という、ごくあっさりとしたものだ。彼女は、このドレスの上に、男物の武骨な革ベルトを締め、これに財布状の小物入れを下げている。だが、ベルトの右腰には、革の鞘に納めた装飾的なナイフを吊るし、それと釣り合いを取るかのように、左腰にも、もう少し長い鞘を下げていた。こちらのほうは、鞘の上部から、精緻な細工の剣の柄《つか》が覗いていていた。

顔は、ややふっくらしているようだ。ハート形に近い顔だ。そう、決して魅力に欠ける容貌ではない。だが、仄《ほの》かにバラ色をした頬以外、肌の色は蒼白かった。きれいな形をした唇も、いささか色が薄いし、目は、冷たくきらめく氷を思わせる。何気なく一瞥しただけであれば、若々しい純真な魅力を備えた女性と見えるかもしれない。だが、もう一度見直して見れば、口許には苛酷さが、測りがたい目の奥には奇妙に人を怯えさせる非情なきらめきが潜んでいると、人は気づくことだろう。三人の追跡者と、倒れている若者に襲いかからんばかりに猛り立っている彼らの猟犬に目をくれた時、彼女の唇の端が、かすかに歪んだ。

三人の追っ手の中の隊長格の男は、女性が馬を彼らのほうへ進めてくるのを肩越しに見やって、満足そうに、にやりと笑いかけた。

「自分ら、こいつを捕らえましたぜ」と彼は、見ればわかることを、自慢げに報告した。

「ええ、そのようね」と女性は、それに答えた。いかにも耳に快く響く声だった。だが、その底に潜む彼女の恐ろしさを、かえって強く印象づける優しさであった。

若者は、やっと口がきけるようになって、まず首から吊るした磔刑像十字架を震える手で握りしめながら、呼びかけようとした。

「どうか、慈悲を……」だが女は片手を上げて、彼を黙らせた。

「慈悲？ どうして慈悲を期待できると思うのかえ、修道士？」と彼女は、尊大な声で返答を求めた。「私には、私の悩みがある。他人に慈悲をかけてやる暇など、ありはせぬ」

「でも、あなたの悩みは、私のせいでは……」と若者は、弁解しようとした。

女は、突然、鋭くはじけるような声で、笑いだした。緊張して待ち受けていたマスチフたちでさえ、一瞬、振り向くほどの、予期せぬ耳障りな哄笑《こうしょう》だった。

「お前は、キリストの教えに従う僧侶ではないのかえ?」と女は、彼に嘲笑《ちょうしょう》を浴びせかけた。

「ええ、私は、真《まこと》の教えに仕える僕《しもべ》です」と若者は、むしろ昂然と、それを認めた。

「それでは、お前への情けなど、私の胸に、一かけらだって、あるものか」彼女の答えは、何やら苦々しかった。「さあ、立つがいい、キリスト教の僧侶。それとも、〈彼方なる国〉へ、倒れ伏したままで旅立つ気か? まあ、私には、どちらでもいいが」

「どうか、お情けを。私を、この地から静かに立ち去らせて下さい。誓います、もう二度とあなた方の前に現れることはしませんから!」

若者は、何とか立ち上がった。今にも襲いかかりそうな猟犬たちさえいなかったら、彼女の鐙《あぶみ》に駆け寄り、足許に取り縋《すが》って訴えかけたことだろう。

「日輪と月輪にかけて、聞かせてやろう」と彼女は、頬に冷笑を浮かべた。「すんでのところで、〝溺れかけている鼠に水を浴びせるな〟と、お前に説教されそうだったが、もう沢山! 情けとは、悪事をさらに増大させる元凶だと、覚えておくがいい。さあ、この男を縛り上げよ!」

最後の言葉は、配下の追っ手たちに向けられた命令だった。彼らの一人が、自分の引き綱を仲間に預けると、大型の短剣を鞘から引き抜いて、一番近くのリンボクの茂みに入っていき、頑丈そうな幹を見つけて、五フィートほどの長さに切り取り、戻って来た。次に彼は、輪に束ねて肩にかけてきたロープを下ろすと、若者に前へ出ろと命じた。若者は、嫌々ながら指示に従った。男は若者に両手を後ろへ回せと命じて、両肘と背中の間にリンボクの棒を通し、これを束縛用具にして、若者の両手をそれに縛りつけた。

その後、さらにもう一本、ロープを取り出した。その一方の端が、若者の首に緩く結わえつけられた。もう一方の端は、追っ手の男の手に握られた。こうして若者を縛り上げる作業が終わると、女は満足げに、男たちに頷いてみせた。それから、ちらっと空を見上げて、その目を自分の前に立っている男たちへと戻した。狩りの興奮がおさまって、マスチフたちは、今は静かになっていた。

「さあ、出掛けよう。道は、まだ遠い」女はそう言うと、馬首を回らせ、森の中の小径へと、緩やかな足取りで馬を進め始めた。

追っ手の一人が、囚人を引っ張って女に続き、さらにその後ろに二人の追っ手と猟犬たちが従った。

若い修道士は、躓きながら、もう一度、呼びかけた。

「お願いだ、あなたには、慈悲の心はないのか？」

彼の番人は、すぐさまぐいっとロープを引いて、哀れな若者の首の輪を絞め上げた。その上で、自分の囚人を振り向き、黒い歯を見せて、にやりと笑った。

「喚《わめ》いて息を無駄遣いしないほうがいいぞ。その分、長生きできらあ、キリスト教の坊主」

先頭を行く女性騎手は、彼らに何の関心もないようだ。硬い表情を浮かべた顔を、真っ直ぐ前に向けたままである。後ろに続く者たちなど、全く意識にないらしい。自分一人しか、この場にいないかのように、彼女は馬を進め続けた。

丘陵の斜面に立っていたあの野生の山羊は、人間どもが森から現れて演じたドラマを、無関心な目で見ていた。今、人間どもは、ふたたび森の中へと、姿を消そうとしている。山羊は、その様子も、無関心な目で、超然と眺めていた。

旋回しながら飛び去った、あのタイシャクシギも、途中で邪魔された食事を続けようと、ふたたび湖水に戻って来た。

第二章

修道士は、岩間を迸《ほとばし》るように流れ下る渓流の畔《ほとり》の大きな丸石に腰掛けて、清冽な水に足を浸しながら、空を振り仰いでいた。至福の表情で。彼は、褐色の手織り羊毛の法衣の裾を膝までたくし上げ、袖も巻き上げて、暑い夏の日差しの中に坐り、小さな泡を浮かべながら踝《くるぶし》に戯《たわむ》れかかる水の流れを楽しんでいた。若く、逞《たくま》しい体格の聖職者で、褐色の巻き毛が頭頂部だけ円形に剃り上げられている。ローマ・カトリック教会の〝コロナ・スピネア〟(1)と呼ばれる髪型、つまり〈聖ペテロの剃髪《トンスラ》〉だ。

突然、彼は目を開き、岸辺に立つ、もう一人の人物を、詰《なじ》るように見上げた。

「わかっていますよ、よろしくないと思っておいでなのでしょう？」と彼は、自分をじっと見ていた赤毛で長身の修道女に、文句をつけた。魅力的な若い修道女で、彼を見つめているその目は、何色と言えばいいのだろう？　多分、青い目なのだろう。それとも、緑色だろうか。とにかく、何色とも判じがたい瞳の色である。唇の両端がぐっと下がっているのは、おそらく、ご機嫌斜めということらしい。

「私ども、旅の目的地の近くまで来ていますわ。ですから、世界中の時間が全部我がものというかのようにのんびりと体を甘やかしているより、先へ進むべきだと思っているだけです」

若い修道士エイダルフは、悪戯《いたずら》っぽく笑いながら、自分がやっていることの正当化として、ラテン語の格言を歌うように唱えてみせた。

「〝楽しみも、たまには必要〟」

長身の修道女フィデルマは、いささか苛立たしげに鼻を鳴らして、それに答えた。

「おそらく、甘やかしも、ごくたまに、であれば、楽しみを増してくれるでしょうよ」と一応認めておいて、彼女は続けた。「たとえそうであろうと、私ども、必要以上に旅を遅らせてはなりますまい」

エイダルフは、やれやれとばかりに溜め息をつきながら自分の特等席から立ち上がり、水から出て、岸へやって来た。だが、結構、満足げな顔である。

「〝世は全て、かくあれかし〟」

「もし全てがこのようでしたら」と修道女フィデルマは、ぴしりと言い返した。「人生には、何の進歩もありませんよ。それ、必要以上に長々と肉体を休める、ということですものね。私どもの感性には、均衡が必要です。ですから、ありがたいことに、夏に対して冬が創られているのですわ」

エイダルフは、法衣の裾でざっと拭いただけの濡れた足を、革のサンダルに滑り込ませた。

二人は、昼食をとり、馬にも川岸の青草を喰《は》ませる必要があるので、しばらく、ここで休憩していたのだ。フィデルマは、食事の残りをまとめて、鞍に下げた鞄に納めた。冷んやりとした川の流れに足を浸そうとエイダルフを唆《そそのか》したのは、真夏の昼の日差しだった。だが彼は、フィデルマを苛立たせているのは、本当は彼の気楽な態度ではないと、知っていた。この二十四時間、彼に隠そうとしながらも、彼女が不安を募らせていると、気づいていたのだ。

「我々、そんなに近くまで、やって来ているのですか?」

フィデルマは、低い丘の連なりを裾に侍《はべ》らせて聳《そび》え立つ丘陵の峰々を、彼に指し示した。彼らは、今朝、この裾野の丘に到達したのだ。

「あれが、クリューアッハ・ダヴァ(2)、〝黒い乾草堆《ほしぐさたい》〟と呼ばれている峰々で、ドゥイヴニャ(モアン王国南西部)の小王国との境界線です。午後も半ばには、私たち、ラズラの族長領に着きますよ。あの高い峰は、モアン王国の最高峰(王国の西南部。現ケリー州のキャラントゥールヒル)と言われています。ラズラの領地は、その向こう。ほとんど隠れ郷《ざと》といった山間の地です」

エイダルフ修道士は、周辺の低丘地帯を圧して聳える不毛の山稜《さんりょう》を見上げた。

「戦士たちを護衛に付けてやろうとの兄上の申し出を断られたこと、悔やんでおいでなのですか?」とエイダルフは、穏やかに問いかけた。

フィデルマは、一瞬、目をきらっと光らせたが、今のは彼の思い遣りの言葉だとすぐ気づいて、首を横に振った。

「もし、戦士たちの護衛が必要だとしたら、この旅自体に、何の意味がありましょう。剣の切っ先を突きつけてキリストの教えを説かねばならないのでしたら、私どもの教えは、耳を傾けてもらうに値しないものですわ」

「人は、時として、子供のように、強いられなければ耳を貸さないこともありますよ」とサクソン人修道士は、冷静に告げた。「子供には杖――大人には剣。相手を傾聴させるに役立ちます」

「一理、あるでしょうね」とフィデルマは同意したが、わずかに間《ま》をおいて、先を続けた。「エイダルフ、長いお付き合いですから、あなたには隠し事はできないと、わかっています。確かに、私は不安を覚えています。ラズラは、自分が法律、という人物です。名誉と義務から、彼もキャシェルの兄上に忠誠を捧げてはいますが、彼にとってキャシェルは、果てしなく遙かなる地なのですもの」

「信じがたいですねえ、このモアン王国に、まだキリストの教えを知らぬ人々が残っているなんて」

フィデルマは、首を横に振った。

「知らないのではなく、正確に言うならば、拒否しているのです。キリストの教えがこの国の岸辺に到来したのは、今からわずか二百年前(3)なのです、エイダルフ。今なお古い信仰を守り続けている僻遠の地は、数多く残っていますわ。私どもアイルランド人は、昔からの制度や思想に固執したがる旧弊なる民なの。あなたは、私どもの修道院学問所で学んでこられたのですもの、いかに多くの人々が、古来の生き方を今なお続け、昔の神々や女神たちを信奉しているか、ご存じでしょ?」

エイダルフは、思い返しながら、頷いた。彼は、フィデルマと共に、ほんの一ヶ月前に、アラグリン[4]の谷からキャシェルへ戻って来たばかりであったが、二人はその谷で、頑固に古い宗教を信じ続けているガドラという隠者に会っていた。しかし、キリスト教信仰は、ほかの多くの国々においても、まだ若い宗教なのだ。エイダルフ自身も、青年になってから、キリスト教に改宗したのである。もともと彼は、南部サクソンの国、東アングリア王国のサックスムンド・ハムで、世襲のゲレファ(代官、行政官)を務める家に生まれたのである。だが、異教徒サクソン諸国にキリストの御言葉とその新しい宗教を伝えに来ていたフルサ[5]というアイルランド人に出会い、その後程なく、祖先が信じてきた暗き神々を捨て、フルサの弟子となった。師はエイダルフの熱意を高く評価して、自分の母国のダロウとトゥアム・ブラッカーンの修道院[6]の学問所に、エイダルフを送ったのであった。

その後、エイダルフは、アイオナ[7]ではなく、ローマ(ローマ・カトリック)への道を選ぶことにした。エイダルフとフィデルマが出会い、初めて共同の任務についたのは[8]、ローマの戒律を守るキリスト教徒とコルムキル[9]の教えに従う信徒のそれぞれの代表陣が一堂に会して議論を戦わせた、あのウィトビアの教会会議《シノド》[10]においてであった。フィデルマは、修道女であるだけでなく、アイルランドの全法廷に立つ資格を持つ法律家でもあるので、この会議に出席していたのだ。その時以来、二人はいくつかの冒険を共にしてきた。エイダルフは今、新しいカンタベリー（ケント王国の大寺院）の大司教、〝ダルソスのテオドーレ〟[11]からフィデルマの兄であるモアンの国王コルグーに遣わされた使節として、ふたたびアイルランドを訪れているのである。

　エイダルフも、未経験の、よくわからないものに飛びつくよりは、古くからのやり方、古くからの考え方を守ろうとする人々が多いことを、十分に承知していた。

「我々が今訪れようとしている、このラズラという族長は、それほど新しい信仰を恐れているのですか？」と、彼は訊ねた。

　フィデルマは、肩をすくめた。

「おそらく、恐れているのはラズラではなく、彼の相談役たちなのではないかしら」と彼女は、推測を口にした。「ラズラは、領民の指導者であり、身分制度や地位というものを尊重しています。ですから、ラズラは、私たちに喜んで会い、自分の族長領内に新しい信仰を象徴する恒久的な施設を建立するかどうかについて、私たちと論じ合いたがっている領主なのだと思いますわ。この会談は、彼の柔軟な態度を表していますもの」

　彼女は、言葉を切った。ふと気がつくと、先週の出来事を、あれこれと思い出していた。あの日、モアン国王である彼女の兄、〝キャシェルのコルグー〟は、王の私室に来るよう、フィデルマに求めたのであった……。

〝キャシェルのコルグー〟がフィデルマの肉親であることは、一目でわかるだろう。二人とも長身で、同じ色合いの赤毛、同じように色がさっと変わる緑色の瞳、同じような容貌をしており、身のこなしも、よく似ているのだ。

妹が部屋へやって来ると、若々しい王は彼女に微笑みかけた。

「私が耳にした話は、本当かな、フィデルマ？」

フィデルマは、唇の両端をきゅっと下げて、生真面目な顔を、兄へ向けた。

「どのような話をお聞きになったのかを伺うまでは、肯定も否定もできませんわ、お兄様」

「セグディー司教から聞いたのだ。聖ブリジッドの修道院への献身生活から退いたとか」

フィデルマの表情は、変わらなかった。彼女は暖炉のほうへ歩み寄って、腰掛けた。上位王国《プロヴィンシャル・キングダム》⑫の王の面前で、たとえそれが実の兄であろうと、勧められる前に勝手に椅子に腰を下ろすことは、普通は許されない。フィデルマにその特権が与えられているのは、彼女がモアンのオーガナハト王家の王女であるだけでなく、アイルランド五王国⑬（アイルランド全土）の全ての法廷に立つことのできるドーリィー〔弁護士〕であり、それのみか、アンルー〔上位弁護士〕の資格を持っているからだった。この資格を持つ者は、もし勧められれば、大王《ハイ・キング》⑭の前でさえ、腰掛けることができるのである。

「お兄様の〝国境地帯の鷹〟は、正しい情報をお伝えになりましたわ」とフィデルマは、静かに答えた。

コルグーは、くすりと笑った。セグディーという名は、〝鷹のような人〟の意味であり、彼は〝国境地方〟を意味するイムラック（現エムリー。モアン王国の中央部）に建つ大修道院の院長職にある聖職者であるからだ。この修道院は、モアン王国におけるキリスト教信仰の大いなる中心であり、全アイルランドのキリスト教の最高の拠点としての地位を、アード・マハ[15]の修道院と競い合っている。フィデルマは、幼い頃から、言葉とその意味に関心を持っており、言葉遊びが大好きな子供だった。

「では、セグディー司教の話は、正しかったのかな？」コルグーは、それが意味することに気づくと、いささか驚いて、さらに問いかけた。「お前は、キルデアの聖ブリジッドの修道院で、キリストの教えに献身すると決意していたとばかり、思っていたのだが？」

「私は、キルデアの聖ブリジッドの修道院を去ることに決めましたの、お兄様」とフィデルマは、かすかに未練を窺《うかが》わせる声で、コルグーの問いを肯定した。「イータ修道院長に、心から従うことができなくなったからです[16]。これは……私の信条の問題でした……これ以上申し上げることは控えさせて下さいませ」

彼女と向かい合って坐っていたコルグーは、脚を伸ばして椅子の背に体を凭《もた》せると、妹を、考えこむように、じっと見つめた。彼女が一旦そうと心を決めたからには、どう問い質《ただ》そうと、無駄なのである。

「ここには、いつであろうと、心からの歓迎がお前を待っているよ、フィデルマ。キルデアの修道院に入ってからも、お前は、幾度も私とこの王国に、力を貸してくれているのだから」

「法に、ご奉仕したのですわ」とフィデルマは、そっと兄の言葉を訂正した。「私は、何物にもまして法を遵守すると、誓った身です。法に仕えることを通して、私は、法を守り給う正しき王とその王国に、ご奉仕しているのです」

コルグーは、ちらっと笑みを浮かべた。何かを面白がった時に、しばしばフィデルマが覗かせるのと同じ微笑だ。

「では、私は、法を守る王であってよかったよ」と彼は、さらりとそれに答えた。

フィデルマも、楽しげな気分を真面目な表情の下に潜ませながら、兄の眼差《まなざ》しを受けとめた。

「見解の一致ですわね。嬉しいこと」

しかしコルグーは、ふたたび真剣な面持ちに戻った。

「今のお前は、モアンに落ち着きたいと望んでいるのかな、フィデルマ？　この国には、多くの修道院がある。イムラックもその一つだし、リス・ヴォール（現リスモア）もある。その何れもが、喜んでお前を迎えたがるだろう。だが、もしこのキャシェルの城に留まりたいと思うなら、大歓迎だよ。ここは、お前が生まれた城、お前の生家だ。私も、日々、お前に相談に乗ってもらえるとなれば、大いにありがたい」

「私でお役に立つことがありますなら、いつなりと喜んで。それこそ、私の望みですわ」

コルグーは、探るような視線をちらっと妹にはしらせてから、話を続けた。「セグディー司教から、お前がキルデアの修道院を出たと聞かされた時、正直に言うと、エグバード王が統《す》べるケント王国[17]に赴きたいと望んでのことだろうと、考えたよ」

　フィデルマは、驚いて、思わず眉を吊り上げた。

「ケント王国？　ジュート人たちの王国のケントのことでしょうか？　どうしてでしょう？　どういう訳で、そうお考えになりましたの？」

「なぜなら、カンタベリー修道院があるのはケント王国だし、エイダルフ修道士が戻っていったのも、カンタベリー修道院だろう？」

「エイダルフ？」彼女は頬をさっと染めたが、すぐにつんと顎を上げた。「何を、仄《ほの》めかしておいでですの？」

「別に、何も仄めかしたつもりはないよ」と彼は、わかっているとばかりの微笑を浮かべながら、彼女に答えた。「ただ、私は、お前があのサクソン人とかなり長いこと行《こう》を共にしてきたことに触れただけだ。お前と彼が、互いに心地よく気持ちを通わせ合っていることに気づいていたからねえ。私は、お前の兄ではないか。そうしたお前たちの様子に気がつくのも、当然だろう？」

　フィデルマは、恥じらいを見せて口許を引き締めたが、すぐにそれを苛立ちの表情へとすり替えた。

「お戯れを」と言い返した彼女の強い口調には、いささか無理が覗いていた。

コルグーは、考えに耽《ふけ》りながら、しばらく彼女を見つめた。

「聖職者といえども、結婚は、せねばなるまい」と、彼は静かに妹に告げた。

「全ての聖職者が、ではありませんわ」とフィデルマは指摘したものの、かすかな困惑をまだ胸に残していた。

「そのとおりだ」と、コルグーも同意したが、さらに話を続けた。「確かに、聖職者の独身主義は、苦行僧や隠者の生き方を選ぶ者たちによってのみ、守られている制度だ。だが、お前は、そのような道を選ぶより、遙かに現実の世界に向いている人間だ」

フィデルマは、心の動揺をすでに抑えて、いつもの平静さを取り戻していた。

「ともかく、私は、ジュート人の国にも、この母国以外のどの国にも、旅する気など、ありませんわ」

「となると、おそらくエイダルフ修道士のほうが、カンタベリーへの献身から身を引いて、我我の国に住もうとするのではないかな?」

「エイダルフ修道士の将来の生き方を予言するなど、私がすべきことではありませんわ」彼女の返答に潜む苛立ちに、コルグーも、笑いながら降参するしかなかった。

「私がお節介を焼きすぎると、機嫌を損じたようだね。しかし、私はこの話題を、くだらない好奇心から持ち出したのではないのだ。私は、お前がどう感じているのか、モアン王国から立ち去ろうと考えているのではないか、それを知っておきたいのだ」

「そのような行動をとるつもりはないと、もうお答えしました」

「何も、お前を咎《とが》めているのではないよ。私は、お前のサクソン人の友人に好感を抱いている。彼は、サクソンではあるが、良い男だ」

フィデルマは、それには答えなかった。しばし、沈黙が続いた。やがてコルグーは、ぐったりと椅子の背に身を凭せた。何か他のことへと、思いがさまよっているのか、その顔には、憂色が濃かった。

「実を言うと、フィデルマ」と、コルグーがやっと口を開いた。「私は、お前にやってもらいたい仕事を抱えているのだ」

フィデルマの顔も、今や真剣な表情へと変わった。

「そういうことではと、予想しておりました。どういうお話なのでしょう?」

「お前は、難問を解きほぐすことに長《た》けている。その天与《てんよ》の才能を、今一度、揮《ふる》ってほしいのだ、フィデルマ」

フィデルマは、兄王へ向かって、低頭した。

「私の持っております才能は、全て御意のままに捧げます、コルグー。そのことは、ご存じのはずですわ」

「では、白状しよう。お前を今ここに呼んだのは、あるはっきりした目的あってのことだった」

「きっと、そういうことなのだろうと、察してはおりました」と彼女は、心を引き締めて、兄に答えた。「でも、そうした事態を、お兄様はご自分のなさり方で説明なさりたいだろうということも、わかっておりましたので」

「この国の西のほうに連なる、クリューアッハ・ダヴァという名で知られている山嶺《さんれい》を、知っているかな？」

「あちらの山岳地帯を訪れたことはありませんが、遠くから眺めたことはありますし、その地の人々のことを耳にしたこともございます」

コルグーは、椅子にかけたまま、身を乗り出した。

「ラズラについて、耳にしたことは？」

フィデルマは、眉をひそめた。

「グレン・ゲイシュ(18)の族長のラズラのことでしょうか？　このところ、このキャシェルの聖職者の間でも、いろいろ噂されております」

「たとえば、どのようなことを耳にした？　遠慮なく、聞かせてくれ」

「たとえば、彼の族長領の領民たちは、いまだ古《いにしえ》の神々や女神たちを信奉しているとか。あるいは、他所者《よそもの》は、彼の領地においては、歓迎されないとか。また、キリストの教えを奉じる修道士や修道女たちが彼の領土へ赴こうとすれば、身の危険を賭《と》しての布教となる、という話も」

コルグーは、面《おもて》を伏せて、吐息をもらした。

「確かに、そういうこともある。しかし、時代は速やかに変わっていくのだ。それに、ラズラは、明らかに知的な男であるようだ。今では彼も、時代の変化を永遠に阻止し続けることはできないと、悟り始めている」

フィデルマは、驚いた。

「ラズラがキリスト教へ改宗した、とおっしゃるのですか?」

「まだ、そうとは言い切れない」と、彼は認めた。「あの男は、今もなお、古の生き方を強く守り続けている。しかし一方では、我々と心を開いた話し合いも、持ちたがっているのだ。ところが、領民の中には、それに猛然と反対している者たちもいる。そこで、第一段階として、彼は折衝の機会を持とうとしておってな」

「折衝?」

「ラズラは、やがては古の異教《ペイガン》の聖域に取って代わるであろうキリスト教の教会や付属学問所を、条件次第では、彼の領土内に設立させてやってもいい、そのための折衝の機会を持ちたい、と言って寄こしたのだ」

「〝折衝〟という言葉は、彼が見返りとして、何かを望んでいることを示唆しておりますね。自分の領内に教会や学問所の設立を許可する代償として、彼は何を望んでいるのでしょう?」

コルグーは、軽く肩をすくめてみせた。

「その代償が何かを、我々は探り出さねばならない。そこで、我が王国とキリスト教のためにラズラと折衝することのできる人物が、私には必要なのだ」

フィデルマは、考えこみながら、一、二分ほど、兄コルグーをじっと見守った。

「お兄様は、私に、クリューアッハ・ダヴァの彼方へ赴き、ラズラと折衝するようにと、お望みなのでしょうか？」

胸の内で、彼女は秘かに驚いていた。コルグーは、この件に関して、単に彼女の助言を求めているのだとばかり、思っていたのだ。

「お前以上に献身的に、この交渉に当たってくれる人間、しかも王国とその難局について、お前以上に深い知識を持っている人間が、ほかにいるだろうか？」

「でも……」

「フィデルマ、お前は、私の代弁者として、またセグディー司教の代弁者として、発言するがよい。そして、ラズラが何を求めているのか、何を期待しているのかを、探り出してくれ。もし彼の条件が得心のゆくものであれば、彼に同意してよろしい。もし法外なものなら、王と王の顧問官がたは、この提案を十分に考慮なさる必要があります、と彼に告げなさい」

フィデルマは、考えこんだ。

「ラズラは、私がやって来ると、知っているのでしょうか？」

「私には、お前が引き受けてくれるかどうか、まだわかっていなかったのでね」と、コルグーは微笑んだ。「ラズラは、単にキリスト教教会からの特使を、来週初めに彼の領内に到着するように寄こして頂きたいと、求めてきただけだ。ただし、その使者は、私の権威を担う力のある者であるように、と付け加えてはいたが。どうだ、引き受けてくれるかな？」

「お兄様が私に、ご自分とセグディー司教様の代理を務めることをお求めになるのでしたら。それにしても、司教様は、どうしてこの件について、ご自身のご意見を、ここでお述べにならないのでしょう？」

コルグーは、ちらりと苦笑を浮かべた。

「ここに、いるとも。ご老体、〝国境地方の鷹〟は、私とお前の話が終わるまで、部屋の外に待たせてあるのだ。これから、自分の意見を述べて、お前に助言をしてくれるはずだ」

フィデルマは、兄の顔を、訝《いぶか》しげに見つめた。

「では、私がラズラの許へ赴くであろうと、確信していらしたのですね？」

「そのようなことは、ないさ」とコルグーは、笑みを浮かべて否定したが、その微笑は、彼の返事の保証とは言いがたいようだ。「しかし、お前が出掛けてくれると決まったからには、私の戦士の一隊、〈黄金の首飾り《ニーア・ナスク》〉(19)と共に行くがいい」

「もし私が〈黄金の首飾り〉を引き連れてラズラの領土に入っていきましたら、彼はどう感じるでしょう？　私がお兄様の特使として彼《か》の地に赴くのでしたら、私は、あくまでも王と教会からの特使として赴かねばなりません。戦士たちを伴って訪れましたら、ラズラはこれを侮辱と受けとめ、折衝に入ることを警戒しましょう。教会とキリスト教の学問所を創立するための折衝の場に、戦士の一隊は、全くふさわしくない異分子です」

コルグーは、首を強く横に振った。

「クリューアッハ・ダグヴァの山奥に、単身で赴くだと？　駄目だ。そのようなことは、させられぬ。少なくとも戦士を一人は、連れて行くがよい」

「一人であろうと、十人であろうと、それが戦士であることに、変わりはありません。相手方の感情を、傷つけてしまいます。では、聖職者を一人だけ、伴うことにいたしましょう。そうすれば、私どもが平和を求めているのだと、はっきり印象づけることにもなりましょうから」

コルグーは、しばし妹の顔を見つめていたが、彼女がすでに決意を固めていることを悟り、面《おもて》を曇らせながらも、諦《あきら》めることにした。妹の決心を翻《ひるがえ》させようとしても無駄だと、彼は承知していた。

「では、お前のサクソン人を連れて行きなさい」とコルグーは、言い張った。「彼は、良い男だ。彼なら、お前の身辺に付き添わせるに最適だ」

フィデルマは、ちらっと視線をコルグーに向けた。だが今回は、頬を染めはしなかった。

「エイダルフ修道士殿は、ほかに仕事がおありでしょう——お兄様への特使として、カンタベリーの大司教様に派遣されて、こちらにいらしておいでなのです。でも、もう帰国なさらねばならない時期のはずですもの」

コルグーは、優しい笑みを、妹に向けた。

「彼は、喜んで、滞在を少々延期するだろうと思うぞ。とは言っても、私はまだ、お前が戦士の一隊を伴うことに同意してくれないかと、願っているのだが」

フィデルマは、頑固だった。

「もし、力を以て彼らに改宗を強いるのであれば、私ども、どうやってイエスの教えは平和と真実に通じる道だと、人々に示すことができましょう？　駄目です。もう一度、申し上げますわ、お兄様。もし私がラズラと彼の領民たちの許へ折衝のために遣わされるのでしたら、私は、自分がキリスト教の教えを篤《あつ》く信じていることを、またその信仰は、剣によってではなく、真《まこと》なる主の御言葉によって与えられたものであることを、身を以て示さなければなりません」フィデルマは、そう言うと、「〝ヴィンキット・オムニア・ヴェリタス（真実は、あらゆるものに打ち勝つ）〟でしょうから」と、ラテン語で付け加えた。

コルグーは、妹の返事を面白がった。

「確かに、真実はあらゆるものに打ち勝つであろうな。しかし、その真実を、いつ、誰に語るべきかを、心得ていることが肝要だ。お前はラテン語の格言が好きなようだから、私も一つ、ラテン語の格言で、忠告しようか。〝カヴェ・クィッド・ディキス、クアンド・エト・クイ（気をつけよ、いつ、誰に語るかを）〟」コルグーもまた、最後をラテン語の格言で結んだ。

フィデルマは、謹んでそれを受けて、頭を下げた。

「ご忠告、胸に刻みつけます」

コルグーは立ち上がり、戸棚へ歩み寄ると、枝角《えだづの》を頂く黄金の牡鹿の頭部が先端についた、白いラワン（セイヨウナナカマド）の笏杖《しゃくじょう》を取り出した。これは、キャシェルのオーガナハト王家の王や王子であることを示す職杖である。コルグーは、厳粛な態度で、これを妹に授けた。

「これは、お前が王の特使であることを示す表象だ。この笏杖を持つことで、お前はモアン国王である私の権威を揮い、私を代弁して語ることができる」

王権を象徴するこの笏杖のことを十分に理解しているフィデルマは、立ち上がった。

「兄上様、あなたを失望させることは、決していたしませぬ」

コルグーは、しばし愛しげに妹を見つめた。やがて彼は、両手を伸ばして、彼女の肩に置いた。

「戦士の一団を率いて出掛けるように説得することは、とうとうできなかった。そこで、次善の手立てを、お前に与えることにした」

コルグーは、訝しげに眉を軽くひそめたフィデルマに背を向けて、手を叩いた。すぐさま扉が開き、彼のブレホン〔裁判官〕と式部官が入って来た。二人に続いて、初老の、鷹を思わせる容貌のセグディー司教も、姿を現した。まさにその名のとおり、鋭い顔立ちである。三人は、明らかに、この瞬間まで、部屋の外で待っていたらしい。彼らは、フィデルマに向かって、短く、だがうやうやしく、頭を下げた。誰一人口を開かぬ静寂の中、式部官がコルグーの左側に歩を進め、携えてきた木製の小筐《こばこ》を、王に捧げた。

「私は、しばらく前から、これを実現したいと、考えていた」コルグーは、捧げられている小筐のほうへ向きなおり、その蓋を開けながら、心の内をフィデルマに打ち明けた。「とりわけ、我らが王国の崩壊を謀《はか》ったオー・フィジェンティ小王国[20]の陰謀をお前が阻止してくれた時[21]以来、このことをずっと考えていたのだ」

コルグーは、小筐から、長い黄金の鎖を取り出した。何の装飾もほどこされていない、単純な形の、二フィートほどの鎖だった。

フィデルマは、モアン王国の小王たちがこのような儀式を執り行っているのを、幾度が見たことがあった。そして、突然、今ここで何が行われようとしているのかを悟った。悟りはしても、彼女の驚きは、静まらなかった。

「お兄様は、私を〈ニーア・ナスク〉の一員に任じようとしていらっしゃるのでしょうか？」と、彼女は囁《ささや》いた。

「そのとおり」と彼女の兄は、はっきりと答えた。「跪《ひざまず》いて、誓いを立てる気は、あろうな？」

〈黄金の首飾り〉、すなわち〈ニーア・ナスク〉というのは、モアン王国の身分高き戦士たちから成る、栄誉ある集団で、歴代のキャシェルの王たちを警護してきた者たちだ。その起源は、遠く古代の精鋭戦士団にまで遡《さかのぼ》る、と考えられている。この名誉ある地位は、キャシェルのオーガナハト王家の王が、一人一人の戦士に手ずから授けるのである。それに応えて、彼らも、キャシェルの王に、忠誠を捧げるのであるが、その忠誠を嘉《よみ》する意味で、王は彼らに十字架を贈り、戦士たちはこれを常に肌身離さず身に帯びるのだ。実は、この十字架は、太古にあっては、太陽神の象徴であったとも考えられている(だが、遙かなる時の彼方の靄《もや》に包まれていることなので、明確にわかってはいない。書記僧の中には、すでにキリスト生誕の一千年前に、その記録が見出されると説く者もいるようだ)。

フィデルマは、ゆっくりと両膝をついて跪いた。「〝キャシェルのフィデルマ〟よ、汝はモアンの正当なる王にして、我がオーガナハト王家の長《おさ》たる国王を警護すると、汝のあらゆる名誉にかけて誓うや? また、〈黄金の首飾り〉を授かりし者たちを、汝の同胞、汝の兄弟姉妹として受け入れることをも、汝のあらゆる名誉にかけて誓うや?」

「誓います」とフィデルマは、低い声で答えて、右の手を兄である国王コルグーの右手に預けた。

コルグーは、長い黄金の鎖を取り上げ、自分とフィデルマの重ね合わせた手の周りに巻きつけて一つに縛り合わせるという象徴的な儀礼を行い、さらに儀式の言葉を続けた。

「王その人と、王家と、戦士団への汝の忠誠を常に自覚し、汝がそれに従うことを厳かに誓ったその誓言《せいごん》を常に心に刻みて、王と王家と戦士団を敵より守り、保護し、警護するよう、我、汝をこの鎖もて、その務めに繋ぎ留めん。今、汝に〈ニーア・ナスク〉の一員たる地位を授く」

しばらく、静寂が続いた。やがてコルグーは、いささかぎごちない微笑を浮かべながら、鎖を解《ほど》き、手を差し伸べてフィデルマを立ち上がらせると、その両の頰に接吻を与えた。次いで彼は、小筐を振り返り、中から、長い黄金の鎖をもう一本、取り出した。この鎖には、一方の端に、風変わりな意匠の十字架がついていた。十字架の四つの先端が丸くなった、白い十字架だ。その中に、単純な形をしたもう一つの十字架が、嵌《は》めこまれていた。〈黄金の首飾り〉戦士団の徽章である。これは、キリスト教のシンボルの十字架より、さらに古い時代に存在していた十字架なのである。コルグーは、重々しく、この鎖を妹の肩に掛けた。

「アイルランド五王国の人間は皆、この徽章が何であるかを知っている」と彼は、真剣な表情で、フィデルマに告げた。「お前は、私の戦士たちが与える、形ある庇護を拒んだ。しかし、この黄金の鎖が、精神的な庇護を、お前に与えてくれよう。なぜなら、この戦士団の一員に害をなす者は、キャシェルの王と〈ニーア・ナスク〉の戦士全員に害をなすことになるからだ」

フィデルマは、兄がことさらに大仰な振舞いをしてみせているのではないと、よく承知していた。この戦士団の一員に認められるということは、並大抵のことではないのだ。ましてや、女性にこの名誉が認められることは、滅多にないのである。

「この徽章を、身にあまる名誉の印として、つけさせて頂きます、兄上様」と、フィデルマは静かにコルグーに答えた。

「これが、〝グレン・ゲイシュ（禁忌《きんき》の谷）〟へ向かうお前を守り、ラズラ相手の折衝の良き首尾をも助けてくれるよう、私も祈っている。それから、フィデルマ、私の訓戒を忘れてはならぬぞ——〝気をつけよ、いつ、誰に語るかを〟という言葉を」

〝気をつけよ、いつ、誰に語るかを〟。

胸に谺《こだま》する兄コルグーの忠告を噛みしめつつ、フィデルマは、頭上高くにそそり立つ、人を拒否するかのごとき山嶺の凄《すさ》まじい眺めに、注意を戻した。

第三章

麓《ふもと》に連なる低い丘の間を縫って、なおも高く這い登っていく道は、エイダルフの予想より、かなり時間がかかる行程だった。小径は、まるで忙《せわ》しない蛇のように身を捩《よじ》らせたり曲がったりしながら、切り立った岩壁の隙間を辿《たど》ってゆく。小暗《おぐら》い森の中の空き地や、やや開けた岩原を横切ることもあった。また時には、高く聳《そび》える峰々から水勢激しく流れ下って来る谷川を渡らなければならない箇所もある。このような土地に住みつくことがどうしてできるのか、エイダルフには不思議だった。南のほうからこの地に到る道はこれ一本だと、フィデルマは断言していた。ここは、そのような僻地なのだ。

人を拒否するような高い山頂を見上げていたエイダルフの目が、一瞬、何かがきらっと光るのを捉えた。彼は、目を瞬《しばたた》いた。上り坂にさしかかる前に、その閃光を少なくとも二度か三度、目にしていたのだ。初めのうちは、ただ気のせいかと思っていた。どうやら、彼は自分の気懸りを顔に表してしまったようだ。首の筋肉を強張らせていたのだろうか。あるいは、何かが光った辺りに、あまりにも長く顔を向けていたのかもしれない。なぜなら、フィデルマに、静かな声で、「私も、見ましたよ」と、言われてしまったのだ。「私どもの接近は、半時間ほど前から、何者かに見張られていましたわ」

エイダルフは、傷ついた。

「どうして、教えて下さらなかったのです？」

「何を？　馬に乗った他所者《よそもの》が森をやって来るのです。それを誰かが見張っていても、別に驚くことではありませんわ。山国の人たちは、警戒心が強いものです」

エイダルフは、ふたたび無言のまま進み続けたが、周囲の丘に注意深く目をはしらせることは、怠らなかった。彼が見てとった限りでは、あの閃光は、日光が金属に反射したものだった。金属とは、武器か鎧《よろい》に違いない。これは、いつであろうと、危険が身近に潜んでいることを示すものだ。二人の旅路は、しばらく、沈黙のうちに進められた。道は、まだ上り坂だ。道があまりにも険しく、岩がちになったため、馬から下りて、手綱を手に、馬を引いて歩かねばならない箇所もあった。

やがて、エイダルフは、まだかなり上りが続きそうかと、フィデルマに訊ねようとした。だが、ちょうどその時、道が山の肩を回りこんだその途端、二人の目の前に、思いがけない眺めが立ち現れた。広やかな谷が広がっていたのだ。一面、ヒースの原だった。それを、ハリエニシダの茂みが、赤や橙《だいだい》や緑で彩っている。不思議な、この世のものとは思われぬ景観だった。

でも、エイダルフは、げっそりしたように呟《つぶや》いた。

「この旅は、果てしなく続くのかなあ」

フィデルマは足を止め、鞍の上から振り返って、サクソン人に厳しい視線を向けた。

「そうは、なりませんよ。あの広い谷を横切り、その向こうに見えている連峰の頂を越えさえすれば、もう、ラズラの領地、グレン・ゲイシュですわ」

エイダルフは、一瞬、顔をしかめた。

「彼の領地にいらしたことはないと、思っていましたが」

フィデルマは、溜め息を抑えこんだ。

「ええ、ありませんわ。でも、近くを通ったことは、あります」

「では、どうやって……？」

「まあ、エイダルフ！　私どもゲール（エールと同じく、アイルランドの古名の一つ）の民は、地図を作る知識を持っていない、とお思いなの？　もし私どもが、自分の国を横断する知識すら持っていないのでしたら、どうして東のほうの大きな国々（大ブリテン島のサクソン諸王国など）へ、アイルランド人布教者たちを送り出せるでしょう？」

エイダルフは、馬鹿なことを言ったと、やや恥じ入った。彼は、会話を続けようとした。だが、フィデルマが体を緊張させ、行く手に広がる広い谷をじっと見つめ始めたことに気づいた。彼女は、つと空を見上げた。彼も、その視線を追って、空を振り仰いだ。

「おや、鳥たちだ」

「死の鳥、大鴉《おおがらす》です」と彼女は、低い声で、そう告げた。

夥《おびただ》しい黒点が、少しずつ旋回の高度を下げながら、真っ青な空に円を描いていた。

「きっと、死んだ動物でしょう」と、エイダルフは答えて、さらに付け足した。「あのように多くの〝腐肉の掃除屋《スカヴェンジャー》〟を惹きつけているところをみると、大型獣の死骸ではないかな」

「そう、大きな死骸でしょうね」とフィデルマも、それに同意した。だがすぐに馬に合図をして、そちらへ向けて決然と進もうとした。「行ってみましょう。ちょうど、私たちの進路の途中ですもの。こんなに多くの掃除屋を惹きつけているものが何であるのか、見てみたいのです」

エイダルフは、仕方なさそうに、その後に従った。彼は、自分の連れがさまざまなことに好奇心を持つ癖をもう少し控えてくれないものかと、時折思ってしまう。今も、彼は、できることなら日中の暑さからさっさと抜け出して、速やかに目的地に到着したかった。鞍の上で、すでに数日を過ごしているのだ。彼には、それで、もう十分すぎる。坐り心地のよい椅子と、山から流れてきた氷のような水できりっと冷やした蜂蜜酒《ミード》を一杯、というほうが、遙かに望ましいのに。

一見、平坦に見える谷底も、実はなかなか曲者なのだ。これまでにも、鞍から下りて、馬を注意深く誘導しながら進まなければならない箇所が、いくつもあった。谷の一番底に当たる歩きにくい窪地には、ヒースや茨《いばら》の藪が、そこかしこに点在している。茂みに、相手の目を晦《くら》まそうとする兵士たちの一隊が身を潜めていることも、大いにあり得る。二人の接近に、円を描いて飛び回っていた鳥の群れは、驚きの声を上げて低空飛行を中止し、渋々、旋回の高度を上げ始めた。

突然、フィデルマは馬を停止させ、目の前の地面を凝視した。

「どうされました?」と言いながら、エイダルフが追いついた。彼女は答えなかった。ただ、石像のように鞍の上で身を硬くしたまま、血の気の失せた顔で、何かを凝視している。

眉をひそめながら、エイダルフは馬を寄せ、彼女が恐怖の目で見つめているものへ、視線を向けた。

彼の顔からも、血の気が失せた。

「〝デウス・ミゼラトゥール……[1](神、われらをあはれみ……)〟と彼は、『詩篇』第六十七篇の最初の行を唱えかけたが、すぐに止めた。適切ではない。二人の目の前に、奇妙な死の祭壇を設《しつら》えた輩《やから》に示してやる憐れみなど、どこにあろう。ごつごつした地面に並べられていたのは、優に二、三十体はあろうと思われる死体であった。全裸の若者たちの死体が、不気味な円形を描いて配置されている。彼らが暴力的な死に襲われたことは、歴然としていた。

フィデルマとエイダルフは、馬に乗ったまま、裸体の輪を見下ろした。今、自分が目にしているものを、受けとめかねていた。

フィデルマは、まだ無言のままであったが、それでもそっと馬から下りて、一、二歩前へ踏み出した。エイダルフも、激しく息を吸い込みながら馬から下り、二頭の馬の手綱を取って、手近な藪に、ゆとりを与えて繋いだ上で、フィデルマの傍《かたわ》らへと近づいた。

フィデルマは、両手を胸の前に組み、唇を薄く引き結んで、立ちつくした。顎の辺りの筋肉のわずかな引き攣《つ》れが、懸命に押し隠そうとしている彼女の感情を、覗かせていた。

彼女は、さらに一歩前に進み、死者の輪の周辺へ、強い視線をめぐらせた。裸にされた男たちの死体は、死に襲われた後で、整然と並べられたのだ。それに関しては、疑問の余地はない。難しい仕事に立ち向かおうとする彼女の決意が、きりっと緊張した肩と、かすかに前へ突き出された顎に、窺《うかが》えた。

「これをやってのけた連中が、戻って来るかもしれない。ここから立ち去るほうがいいのでは?」とエイダルフは、辺りを不安げに見まわしながら、フィデルマを急きたてた。しかし、谷には、命ある者の気配は、何一つなかった。ただ、夜の闇のように黒々とした大鴉の群れが、喧《かまびす》しい乱雲となって、彼らの頭上を飛び交っているだけだった。ここには啄《ついば》むべきご馳走が、死肉という食事が、待っているらしいとの自分たちの勘が果たして正しいのやら、彼らにはまだ定かではないのだ。その中の何羽かは、警戒しながらも、高度を下げ始めた。しかし、彼らの視覚は、死体の中に、動くものを捉えた。自分たちに害をなす人間どもだ。

ついに、仲間より勇敢なのが数羽、死者の輪からさして離れていない場所に舞い下りた。彼らは、一番近くの死体をさらにはっきり検分しようと、こわごわ近寄り始めた。エイダルフはぞっとしながら石を拾い上げ、狙いをつけた。石は、黒くおぞましい鳥に命中はしなかったが、脅してやるには、十分だった。彼らは、下は危険だぞと仲間に腹立たしげに喚《わめ》きながら、舞い上がった。だが、さらに舞い下りてくるのもいる。少し距離をおいたところから、飢えた目をぎらつかせて、様子を見守っているのだ。

「離れましょう、フィデルマ」とエイダルフは、彼女を急かせた。「あなたがご覧になるようなものでは、ありません」

　フィデルマの緑の瞳が、危険なきらめきを放った。

「では、誰の目にならふさわしいのです？」鋭い声だった。「エール（アイルランドの古名の一つ）五王国の法を守ると誓言《せいごん》を立てた弁護士をおいて、これを眺めるべき者が、ほかにおりますか？」

　エイダルフは、どぎまぎと口ごもった。

「私は、ただ……」と彼は弁解しかけたが、フィデルマは、きっぱりとした身振りで、彼をさえぎった。

　すでにフィデルマは、体の向きを戻して一番近くに横たわる死体を調べ始めていた。彼女は、それをじっくりと検分した後、死者の輪を辿りつつ、一体一体、順に調査を続けていった。エイダルフは胸の内で秘かに肩をすくめた。彼は、警戒の視線を谷間《たにあい》の小径に絶えずはしらせつつも、彼女を待つ間の時間潰しに、陰惨な死者たちの輪は何を意味しているのだろうと、なんとなく考えていた。

　もっとも若い者は、せいぜい十六、七歳、最年長の者でも、二十五歳になってはいないだろう。皆、若者たちだ。エイダルフがこの光景を見て最初に受けた印象は、これだった。彼らは、全裸だった。その羊皮紙のような蒼ざめた肌は、どのようなものであれ、体を日差しに晒《さら》す暮らしをしてはいなかったことを、物語っている。また、何れの死体も、爪先を円心に向ける形で環状に並べられていることにも、気づいた。それに、全員、左脇腹を下にしている。彼は、さらに気づいた。この環状をなす死者たちの群れの周りには、血痕も、何らかの騒ぎがあったことを示す痕跡も、全く見られない。となると、若者たちは、ここで殺害されたのではないのだ。エイダルフは、自分が導き出した結論に満足した。

フィデルマは、検分を終えて、立ち上がった。十ヤード（約九メートル）ほどのところに小川が流れていた。彼女は彼に話しかける前に、まずそちらへ足を向けて、流れに屈みこみ、両手両腕を洗い、冷たい水で顔も清めた。

エイダルフは、大人しく、彼女を待った。何年もアイルランドで過ごしてきたエイダルフは、彼らが度が過ぎるほど清潔好きな民族だということを、承知していた。今も彼は、フィデルマが手水《ちょうず》を済ませるのを、辛抱強く待った。やがて戻って来たフィデルマの表情は、厳しかった。彼女は、死体の輪の前で、ふたたび立ち止まった。

「いかが、エイダルフ？　どう見てとりました？」一、二分して、彼女はエイダルフに問いかけた。

エイダルフは、驚いた。彼が自分なりに考察していたことに、フィデルマが気づいていたとは、意外だった。彼は、急いで、考えをまとめた。

「全員、若者です」

「そのとおりね」

「皆、ある秩序でもって、円形に並べられています。それに、彼らは、この場所で殺害されたのではありません」

フィデルマは、問いかけるように、眉をつと吊り上げた。

「どうして、そう考えるのです？」

「なぜなら、もしこの場で殺されたのであれば、混乱の痕跡が残っているはずです。地面には、乱れた跡も血痕も、ありませんよ。つまり、どこか他の場所で殺害され、ここに置かれた、ということです」

フィデルマは、彼の観察に、お見事というように頷いた。

「足については、どうかしら？」

彼は、不思議そうに、相手を見つめた。

「足？」と彼は、覚束《おぼつか》なげに呟いた。

フィデルマは、地面を指差した。

「彼らの足をよく見てみると、荒れ地を何マイルも無理やり歩かされたかのように、何ヶ所も腫れたり、胼胝《たこ》や水泡ができたりしていますわ。擦り傷は、ごく最近のものです。彼らは、ここへ運ばれて来たというあなたの説と、矛盾しません？」

彼は、めまぐるしく頭を働かせた。

「必ずしも、矛盾はしませんよ」一瞬おいて、エイダルフが答えた。「彼らは、殺害場所まで、かなりの距離、行進させられたのです。その上で殺され、ここに運ばれて、このような奇妙な配置に並べられたのです」

フィデルマは、この説を認めた。

「見事ですわ、エイダルフ。私ども、程なくあなたをドーリィー〔弁護士〕にお迎えできそうね。ほかには、いかが？　彼らの左足の囚人用足枷《レッグ・アイアン》のことには触れていらっしゃらないけど」

実を言うと、彼は、この傷には気づいていなかった。彼女に指摘されて、改めて見てみると、なるほど、足首にはっきりと傷がついている。フィデルマは、言葉を続けた。「死体の数は数えてみました？」

「三十体ほど、と思いますが」

苛立ちの色が、一瞬、彼女の顔をかすめた。

「もっと、正確であるべきですよ。ちょうど、三十三体です」

「まあ、私の数字も、そう外れてはいませんね」と彼は、弁解した。

「いいえ、大外れです」と、フィデルマの返事は、厳しかった。「でも、この点は、後回しにしましょう。あなたは、指摘されましたね、彼らは、ある秩序でもって並べられていると。ほかに何か、気づきました？」

　エイダルフは、死体の輪を見やって、顔をしかめた。

「いいえ」

「彼らが全員、左脇腹を下に、爪先を円の中心に向けて、並べられていることについては、何も意見はないのですか？　このことは、あなたに、何も告げてくれないのかしら？」

「これは、何らかの儀式らしい、ということ以外には、何も」

「ああ、儀式ね。もう一度、よくご覧なさい。死体は、左脇腹を下にして、配置されています。円形の一番上から始まって、ぐるっと輪を作っています……右回りで。別の言い方をすれば……〝太陽回り〟で。私どもアイルランド人が、デイシュールと呼ぶ並べ方です」

「おっしゃっていること、どうもよくわからないのですが」

「異教《ペイガン》信仰の時代に、我々は特定の儀式を、デイシュールのやり方で、つまり〝太陽回り〟で、行っていました。今日でも、埋葬の際に、柩を担いで墓地の周りを三回、〝太陽回り〟で巡《めぐ》ると言い張る人が、大勢います」

「これは、異教のシンボルだと、言われるのですか？」エイダルフは身震いをすると、これが一番ふさわしい振舞いだというかのように、片手を上げて、十字を切った。

「必ずしも、そうとは限りませんわ」とフィデルマは、エイダルフを安心させた。「アイルランドにキリスト教を伝えたとされる聖なるパトリックでさえ、アイルランド最初の教会を創建なさるための土地の寄進をお受けになられた時、司教杖を手に、その場所を〝太陽回り〟でお歩きになり、私どもの古《いにしえ》からの慣習と儀式に則《のっと》って、厳《おごそ》かにこれを主に奉献なさいましたわ」

「では、何を言おうとしておいでなのです？」とエイダルフは、眉を寄せた。

「この死者たちは、儀式の一部として、このように並べられたのだと、言っているのです——でも、その儀式とは、異教のものなのか、それともキリスト教のものなのか、これだけでは、わかりません。ですから、別の角度から、それを見極めるのです」

「たとえば、どのような？」

「この不幸な人たちが、どのような形で、突如この世から引き離されたのか、そのやり方に気づきました？」

彼は、何も気づいていないと、白状した。

「では、〈三重の死〉について、聞いたことは？」

「ありませんね」

「大昔の話です。遥かな昔、私どもは、太古から続いてきたドゥルイド〔賢者〕の倫理に基づいた教えを捨てて、〝グロム・クリューアハ〔血塗れの三日月〕(2)〟と呼ばれる巨大な黄金像への崇拝に、迷いこんでしまったことがあったのです。人間の生贄《いけにえ》が捧げられる神で、彼への崇拝は、〝マグ・シュレヒト〔礼拝の野〕(3)〟という場所で、執り行われていました。大王フォルラックの子のティーガーンマス(4)の御代のことですわ。この大王の名は、〝死の大君《おおきみ》〟という意味です」

「そのような話、これまで、耳にしたこと、ありませんでした」

「これは、私どもの歴史の中で、誇らしく語ることのできない時代ですもの。人々は、やがて、ティーガーンマスの許を去り始めました。大王も、〝黄金の偶像〟への狂信の最中《さなか》、不可解な形で殺害されました。こうして、我々アイルランド人は、ふたたび祖先が崇めていた神々を信奉することになり、ドゥルイドの教えに戻ったのです」

エイダルフは、鼻をふんと鳴らした。彼には、是認しがたいことである。

「私には、〝黄金の偶像〟への崇拝と異教の神々への崇拝がどう違うのか、わかりかねますね」

「いい指摘ね、エイダルフ。でも、少なくとも我々の異教の神々は、クロム・クリューアハのように、生贄を求めたりはしませんわ」

エイダルフは、片手を髪の毛の中に差し込んで、指をはしらせた。

「でも、そのことが、どう関係するのです、これと……ええと、なんでしたっけ……この〈三重の死〉と？」

「これは、ティーガーンマスの言葉に従うと、クロム・クリューアハが求めた死の形だったのです」

「まだ、私には、よく理解できないのですが」

フィデルマは、片手を遺体のほうへと、差し伸べた。

「この若者たちは、皆、刺殺されています。皆、絞殺されています。さらに、全員、頭骸骨を打ち砕かれています。こうしたことは、あなたに何も指し示してくれないのかしら？」

エイダルフは、目を見張った。

「今、話して下さった、〈三重の死〉ということですか？」

「そのとおり。この三種類の殺害方法は、どれ一つとっても、歴《れっき》とした殺害手段です。この若者たちも、全員、この三種の手段による死という、同じ特徴を見せています。それだけではありません。皆一様に、もう一つ別の特徴も、手首につけています。気がつきませんでした？」

「別の特徴？」

「縄の痕です。若者たちの手首は、縛られていたのです。おそらく、死の間際まで。そして殺される時に縄をほどかれたのです」

エイダルフは身震いをすると、膝を少し折って、胸に十字を切った。

「彼らは、何らかの生贄奉献の儀式の犠牲者だと、言われるのですか？」

「私は、事実を数え上げただけです。どんな結論を出しても、今の段階では、全て、推論です」

「でも、今のお話のとおりであるなら、これは邪教の生贄なのだ、と暗に言っておられることになりますよ。クロム・クリューアハという偶像への崇拝は今なお生き続けている、と仄《ほの》めかしておられることになりますよ」

フィデルマは、首を横に振った。

「ティーガーンマスは、〈ゲールの子ら〉をこのアイルランドに連れてきたミリャ(5)の息子たちから数えて、第二十六代の大王とされています。つまり、キリストご生誕の千年も前に、この国土を統治していた王です。その悪行ゆえに、彼に仕えたドゥルイドたちさえ、彼に背いてしまったほどの王でした。そのようなティーガーンマスが信奉したクロム・クリューアハ崇拝が今も存在していると推量するのは、論理的ではないでしょうね」

エイダルフは、しばらく口を噤《つぐ》んでいたが、それでも、言葉を続けた。

「でも、ここに、現に、悪魔のような非道があるではありませんか？」

「その点では、おっしゃるとおりね。私は、遺体の数に触れましたでしょ？――全部で、三十三体だと」

「では、この数にも、意味があると？」とエイダルフは、即座に口をはさんだ。

「フォーモーリ(6)の悪しき神々が殲滅された時、彼らは三十二人の族長と彼らの王との三十三人によって指揮されていた、と言われています。また、ウラー（アルスター）の英雄クーフラーン(7)は、邪悪な妖精たちの城の中で、三十三人の戦士を斃《たお》しています。デイシー小王国(8)の民は、コーマク・マク・アルト(9)によってアイルランドから追放された時、安住の地を見つけるために、三十三年間、流離《さすら》わねばなりませんでした。ブリクリュー(10)の館の広間では、王を始めとする三十三人の優れた戦士たちが死にました……もっと、続けましょうか？」

エイダルフの目が、ゆっくりと大きく見張られた。

「三十三という数字は、お国の人たちの異教の伝統の中で特別な意味を持っている、とおっしやるのですか？」

「ええ、そうです。ここで私たちが見ているのは、何らかの古の儀式ですわ。〈三重の死〉や、〝太陽回り〟の円形に並べられた死体も、何らかの儀式を指しています。でも、この儀式がどういう意味を持つのかは、これから見出さなければならない問題です。もう一つ、重要なことが見てとれますけれど、あなたはそれに触れていませんね」

エイダルフは、死体の輪をじっくりと見つめた。

「なんでしょう？」と彼は、自信なさそうに、フィデルマに訊ねた。

「あの死体をよく調べて、目に付いたことを聞かせて下さいな」と彼女は、遺体の一つを指し示した。

ぞっとしながら、彼は死体の輪に近寄り、その遺体を見下ろした。

「修道士だ」という囁《ささや》きが、彼の口からもれた。「キリスト教の修道士だ。〈聖ヨハネの剃髪《トンスラ》〉です」

「ほかの死体と違って、この死体は、手足にも顔にも、切り傷や引っ掻き傷がついています」

「この死者は、拷問を受けた、ということでしょうか？」

「多分、そうではありますまい。茨か何かの茂みの中を駆け抜けたために、こうした傷がついたのではないかしら」

「とにかく、キリストへの信仰を同じくするこの兄弟も、儀式の中で殺害されています」エイダルフは、そのことに戦慄を覚えずにはおられなかった。「彼の法衣も、この非道なる死から、彼を守ってはくれなかったのです。あなたは、これらの死体が何を意味しているのかを、先ほど言っておられましたね？」

フィデルマは、戸惑った顔で、彼を見つめた。

「私が？」

「その意味は、歴然としていますよ」

「でしたら、聞かせて下さいな」

「あなたの言葉に従うなら、我々は今、キリストの真《まこと》の教えに逆らう異教徒の族長の領地、〝禁忌《きんき》の谷〟に向かおうとしています。ラテン語の格言を引用するのがお好きなあなたに、私もラテン語の格言でお返しをしましょう。〝宗教は、その地の領主の選ぶがまま〟なのです」

この意見を聞かされて、フィデルマは、彼らがこの陰惨な光景を目にしてから初めて、口許に笑みを浮かべた。

「何を信仰するかは、その地の領主の決定次第、という訳ね」とフィデルマは、彼のラテン語を、アイルランド語に訳して、繰り返した。

「ここの領主のラズラは、異教徒です」と、エイダルフは、急いで先を続けた。「そして、これは、我々を驚かせ怯えあがらせようとする異教の象徴でなくて、なんでしょう？」

「私たちを怯えさせるとは、何のためです？」

「我々がグレン・ゲイシュの谷へ入り込んで、キリスト教の教会と学問所の設立について折衝することを、妨げるためですよ。私が思うに、これは、王としてのあなたの兄上と、イムラックの司教であるセグディー殿を侮辱してやろう、という意図です。我々、ただちに、この地を去るべきです。ここに背を向け、キリスト教徒の地へと、引き返すべきです」

「私どもの使命を放棄して、ですか？」とフィデルマは、訊ねた。「それがあなたのお考え？ ここから逃げ出そうとなさるおつもり？」

「ここには、また戻って来るのです。今度は、兵士たちを引き連れて来て、我々にこのような侮辱を投げつける異教徒どもに、主の恐ろしさを思い知らせてやればいいのです。そうですとも。私は、兵士を伴って戻って来て、これら異教の毒蛇どもを地上から拭い去ってやります」

彼らは、夥しい死体を目前にしているのだ。彼が激情に駆られるのも、無理はない。今のエイダルフは、激しい怒りに顔を紅潮させ、激情をたぎらせている。

フィデルマは、彼を宥《なだ》めた。

「まず、私の胸に浮かんだ思いも、あなたが雄弁に述べられたのと同じことでしたわ、エイダルフ。でも、そう考えるのは、あまりにも単純な判断です。そのように我々が振舞うとしたら、あまりにも単純な反応です。もし、この光景が、我々に見せようがための設定であるとしたら、あからさますぎはしませんか？〝輝くランターンの光には、暗い影が伴っている〟ということを、忘れてはなりますまい」

エイダルフも、まだ恐れと怒りを感じてはいるものの、フィデルマが何を言おうとしているのかを推し測ろうとしているうちに、少し気持ちが落ち着いてきた。

「どういう意味ですか？」

「私の恩師であるブレホン〔裁判官〕の、〝ダラのモラン〟師がおっしゃった格言です。あまりにもはっきりしている事態は、時には幻影であって、真実はその背後に隠れているのかもしれませんよ」

彼女はふと言葉を切って、そこからさほど離れていない地面に、目を凝らした。何かに気づいたようだ。

「どうしました？」と訊ねながら、エイダルフは、彼らを脅《おびや》かす新たな危険かと、彼女が凝視している辺りを、さっと振り向いた。

数ヤードほど先のハリエニシダの茂みに引っかかっている何かに、日光がきらりと当たっていた。

フィデルマは、無言のまま近づいていき、茂みをかき分けるようにして屈みこみ、それを拾い上げた。

フィデルマのかすかな喘ぎを耳にしたエイダルフは、急いで近寄り、彼女が手にしているものを見つめた。

「〈戦士のトルク〔首飾り〕〉です」とフィデルマは、歴然としていることを、エイダルフに告げた。エイダルフも、それが、かつてアイルランドやブリテンで、またもっと古い時代にはゴールの諸民族の間でも、広く用いられていた、選りすぐりの戦士たちが身につける首飾りであると、知っていた。今、彼らが見つめているトルク[11]は、直径八インチほどの三日月形の金の台の上に、捩《ね》じって細い紐状にした八本の黄金の線を並べて熔接したものだった。その先端装飾《ターミヌ》部《ス》には、半球状に熔かした黄金の粒や小さな孔から成る、精緻な同心円模様がほどこされていた。よく磨かれた黄金細工で、その輝きは、このトルクが最近ここに放置されたものであることを、物語っていた。

フィデルマは、この細工をじっくりと調べてから、それをエイダルフに渡した。

エイダルフは、全体が黄金でできているものと思っていたので、その軽さに驚いた。実際には、先端装飾部は中空であり、撚《よ》った紐状の装飾も、ごく軽かったのだ。

「あれと、関係があるのでしょうか？」と彼は、頭で死体の輪を示しながら、問いかけた。

「おそらく。でも、違うかも」

フィデルマは、トルクを彼から受け取って、腰に吊るした自分のマルスピウム（小型鞄）の中へ、そっと納めた。

「関わりあるなしはともかく、一つだけ、確かなことがありますわ。このトルク、磨いたばかりのように光っているところをみると、ここに、そう長くあったものではありませんね。もう一つ、言えます。これは、ある程度の地位にある戦士のトルクだったのです」

「モアンの戦士ですか?」

彼女は、首を横に振って、それを否定した。

「モアンの細工師の意匠と、ほかの国々の細工師のそれとの間には、微妙な違いがあります」と、フィデルマは説明した。「これは、ウラーで、あるいは、北方のどこかで作られた製品ではないかしら」

彼女は、向きなおって、そこから離れようとしかけて、また別の何かに気づいたようだ。暗い満足の色が、その面《おもて》に浮かんだ。

「ここに、あなたの推論の証拠がありますよ、エイダルフ」と彼女は、それを指し示した。

エイダルフは近寄って、その一点をじっと見つめた。辺りは、ハリエニシダがまばらに生えている石塊《いしくれ》だらけの地面であるが、その箇所だけ、泥濘《ぬかるみ》になっていた。そこに、轍《わだち》が縦横にはしっていた。

「どうやら、死体は荷車でここまで運ばれて来たようね。ほれ、深い轍が見てとれます。でも、こちらのものは、もっと浅い刻まれ方をしていますでしょ? 深い轍は、荷車に重い荷が積んであったことを、浅い跡のほうは、もう積み荷を下ろした後だということを、意味していますもの」

フィデルマは、車の跡を熱心に見つめ、その痕跡を辿り始めた。だがすぐに、残念そうに、立ち止まった。

「今は、追跡できませんね。私どもが最優先しなければならないのは、グレン・ゲイシュへの旅ですもの」そう言いながら、彼女は小径の先のほうへと、視線を向けた。「轍は、北のほうから来たもののようですけれど、地面は石だらけで、とても跡を追うことはできますまい。でも、彼らは、あの丘の連なりの向こうからやって来たのだと、言えると思いますわ」

彼女は、自分が考えている方角へ手を伸ばして、彼に示した。そして、心を決めかねて、しばしその場に佇《たたず》んでいたが、やがて振り向いて、次第に数を増しながら待ちかねたように鳴き交わしている鴉や大鴉の群れを、厭《いと》わしげに見やった。

「さあ、行きましょう。この痛ましい人たちに対して、私たちにできることは何もなさそうですから。丁寧に埋葬してあげようにも、時間もなければ、体力も道具もありませんものね。きっとこうしたことのために、神は掃除屋を創造なされたのでしょうね」

「我々、少なくとも死者たちに祈りを捧げるべきではありませんか、フィデルマ？」と、エイダルフは異を唱えた。

「では、あなたがお祈りを唱えてあげて下さいな、エイダルフ。わたしは、それに〝アーメン(しかあれかし)〟と唱えますわ。でも、できるだけ速やかに、ここから立ち去りましょう」

時々、エイダルフは、彼女は自分の信仰生活より、弁護士としての法律への義務のほうを、より真剣に受けとめているのではあるまいかと、思ってしまう。彼は、咎《とが》めるような一瞥を投げかけてから彼女に背を向け、死者たちの輪に向けて祝福の十字を切り、サクソン語で祈禱を唱え始めた。

〝塵と土と灰こそ　我らの力
我らの栄光は　脆《もろ》く　束の間
土より出でて　やがてまた
我ら　土に戻りゆく
主にありて　命を繋ぎ
死して　我らの肉は
蛆《うじ》虫らの　饗宴〟

突如、ほかの連中より大きく大胆な鴉が一羽、舞い上がってから、遺体の一つの上に、舞い下り、蒼白い肌に爪を立てた。エイダルフは、息を呑み、葬送の詩を切り上げて、若者たちの魂に安息あれと口早に祝福の言葉を呟き、急いでフィデルマのほうへ戻って来た。

フィデルマは、エイダルフが茂みに繋いでおいた二頭の馬を解いてやり、神経質になっている彼らの手綱を手に取った。馬たちが不安になっているのは、辺りに漂う異臭のせいだけでなかった。舞い下りようとしている鳥たちの貪欲に鳴きたてる大合唱にも、怯えているのだ。エイダルフも、フィデルマに続いて馬にまたがり、共にこの地を後にした。

「できる限り早く、ここへ戻って来て、さらに何か情報が得られるように、この車の跡を追ってみなければ」とフィデルマは告げながら、振り返って肩越しに、遠くに連なる低丘を見やった。

エイダルフは、身を震わせた。

「それ、賢明ですかねえ？」

彼女は、唇をすぼめた。

「賢明かどうか、ではありません」だが、微笑を浮かべて、言葉を続けた。「私の計算では、グレン・ゲイシュは、もうすぐのはずよ。次の低い山脈《やまなみ》の向こうです。この谷を渡った、西のほうです。ラズラがなんと言うかは、すぐにわかります。もし彼が何も知らないようでしたら、私ども、この地における使命を手早く片付けて、ここに戻り、自分たちでこの轍を追跡してみましょう」

「もうすぐ、雨ですよ。痕跡は、消えてしまっているかもしれない。」エイダルフは、無意識にそう応じた。だが、その声には、いささか希望的な予測が窺《うかが》えたようだ。

フィデルマは、ちらっと空を見上げた。

「明後日までは、雨は降りません」確信ある声だった。「幸い、このさき数日は、地面も乾いたままですわ」

エイダルフは、どうしてそう予想できるのかと訊ねることは、しなかった。それが無意味な問いかけだと、十分、承知していたのだ。これまでに幾度、彼女に植物や雲の形の変化をよく観察するようにと、言われたことか。しかし、そう言われても、彼には、とうてい理解の及ばぬ知識であった。今ではただ単に、彼女は常に正しいと、受けとめることにしているのだ。

フィデルマは、彼の嫌悪の顔色を、見てとった。「もっと、理性的におなりなさいな、キリストにお仕えする我が友エイダルフ。鴉も大鴉も、主の大いなる創造物ですよ。この〝掃除屋〟たちも、創造主によって定められた役割を担っている者たちではありませんか？」

エイダルフは、これには納得できなかった。

「奴らは、悪魔の創造物です。そうとしか、考えられない」

「どうして、そうなるのです？」とフィデルマは、軽い調子でエイダルフに返事を求めた。

「我々のキリスト教の教えを、疑問視なさるの？」

エイダルフは、意味をとりかねて、眉を寄せた。

フィデルマは、「『創世記』です」と、引用してみせた。「〝神巨《かみおほい》なる魚《うを》と水《みづ》に饒《さは》に生《しやう》じて動く諸《すべて》の生物《いきもの》を其類《そのるい》に従ひて創造《つく》り又羽翼《またつばさ》ある諸《すべて》の鳥を其類《そのるい》に従ひて創造《つく》りたまへり神之《かみこれ》を善《よし》と観たまへり神之《かみこれ》を祝して曰《いは》く生《うめ》よ繁息《ふえ》よ海の水に充牣《みて》よ又禽鳥《またとり》は地《ち》に蕃息《ふえ》よと〝（『創世記』第一章二十一～二十二節）ですわ」フィデルマは、言葉を切り、眉をひそめた。そして、「〝諸の鳥を〟です」と、この言葉を強調して、繰り返した。「『創世記』は、〝腐肉を漁《すなど》る鴉《キャリオン》を除く諸の鳥を〟とは述べておりませんよ」

エイダルフは、彼女の引用を渋々認めながら、首を振った。

「私が、どうして主の創造を疑問視するでしょう？　でも、神は、我々に〝自由意思〟も授けられた。その自由意思でもって、私があの忌まわしい奴らへの嫌悪を表現することも、神は許して下さっておいでですよ」

フィデルマは、わざと作った渋面を、彼に向けずにはいられなかった。正直なところ、彼女はエイダルフ相手のこうした宗教論議を、いつも楽しんでいるのである。

二人は、今は地を覆う黒い敷物となって鳴き騒いでいる〝掃除屋〟の黒い大集団から、ある程度遠ざかった地点まで、馬を速足で進めた。

「このラズラなる人物と会って、どうなさるおつもりです？」とエイダルフは、フィデルマの意図を知りたがった。「あの死者たちに関してです。ラズラに、ことの説明を求められるのですか？」

「この件について、彼は有罪である、と推測しておいでのような口ぶりですね？」

「論理的な推論だと、思いますが」

「推論と事実は、違いますよ」

「では、どうなさるお考えです？」

「どうするか、ですか？」と彼女は、一瞬、眉をひそめた。「そうですね、兄の忠告に従うとしましょう。〝気をつけよ、いつ、誰に語るかを〟です」

第四章

広い谷を横切り始めたフィデルマとエイダルフが、自分たち目指して一団となって駆けてくる馬の蹄《ひづめ》の音に気づいた時、二人の旅はまだ一マイルと進んでいなかった。前方には、両側を花崗岩の小高い台地にはさまれた峡谷状の地形が続いており、そこへの入口間近に、今彼らはやって来たのだが、道の先のほうは、山峡《やまかい》の中に消え失せているので、見ることができない。音高く接近してくる蹄の音は、そちらのほうから聞こえてくる。

先ほど目にした光景に、まだ吐き気を覚えており、神経質にもなっていたエイダルフは、すぐさま身を隠す場所を求めて、辺りにさっと目をはしらせた。そのような箇所など、どこにもなかった。

フィデルマは馬を止め、ゆったりと鞍に坐ったまま、騎馬隊の出現を待ち受け、彼にもそれに倣《なら》うよう、短い指示を与えた。

待つほどもなく、二十騎前後の騎乗者たちが、縦列で峡谷から平地へと、飛び出してきた。騎馬隊のほっそりとした指揮者は、フィデルマたちを一瞥するや、疾駆してきた馬を二人の直前一フィートほどの近さで、ぴたりと止めた。鋭い眼力《がんりよく》を持つ者にさえ、それと気づかれぬほどのかすかな合図でもあったのだろうか、後続の一団の馬たちも激しい息遣いを響かせ、時たま抗議するかのような鳴き声を立てながらも、土埃の雲の中に停止した。

その指揮者を見つめて、フィデルマの目が細くなった。細身の三十歳ぐらいの女性だった。ほとんど漆黒に近い暗褐色の巻き毛が、肩に豊かに広がっている。ロープのように捩《ね》じった銀のベルトが額を取り巻き、ふっさりとした頭髪を、何とか整った髪型にまとめていた。肩にはマントをまとい、腰には農夫や職人が用いるような剣を収めた長い鞘を佩《は》き、右腰には装飾をほどこしたナイフを下げている。やや丸顔の、むしろハート形の顔で、魅力的な容貌と言えなくもない。ふっくらとした唇は紅く、顔色は蒼白い。その目は、挑むような輝きを宿していた。「そこの他所者《よそもの》!」面立ちにそぐわない、かすれた声だった。「おまけに、キリストを奉ずる者ではないか。その出で立ちから、それとわかる。お前たちは、この地に歓迎されぬと、心得るがよい!」

この無礼な挨拶に、フィデルマの唇は、細い一線となった。

「この国の王は、私がここで歓迎されなかったとお知りになれば、ご立腹になりましょう」と彼女は、静かに、それに答えた。

この静けさが、抑えた怒りを潜めたものであると感じ取れるのは、ただエイダルフだけであった。

暗褐色の髪の女性は、かすかに顔をしかめた。

「そうはならないとも、キリスト教徒の女。お前が話しかけているのが、その王の妹なのだから」

フィデルマは、皮肉るように、つと、眉を上げた。

「自分は、この国の王の妹だ、と言うのですか？」フィデルマは、女の言葉を信じかねた。

「私は、この国を治める、ラズラの妹だ」

「ああ」この女は、王という言葉に、独自の解釈をしているらしいと、フィデルマは合点した。「私は、このグレン・ゲイシュの族長であるラズラのことを指したのでは、ありません。ラズラがその面前に跪《ひざまず》くべき、キャシェルの王のことを、言ったのです」

「キャシェルは、遙か彼方なる地だ」と女は、煩《わずら》わしげに、ぴしりと言い返した。

「でも、キャシェルの力は確固たるものであり、その正義は、この王土の津々浦々に限なく届いています」

フィデルマの断固たる口調に、疑念を覚えたのか、女はぎゅっと目を細めた。この女は、このように確信を持って、かつ同等の者として言葉を返されたことは、これまでなかったらしい。

「このラズラの領地に、こうも平然と馬を乗り入れるとは、一体、何者です？」暗褐色の目にギラリと嫌悪感を光らせながら、女はフィデルマの後ろに静かに控えているエイダルフへ目を向けた。「それに、この国に、異国の僧を平気で伴うとは、全く、何者なのです？」

騎馬隊の中から、頑強な体軀の兵士が一人、馬をじりっと進めて、前へ出てきた。

「オーラ様、異国の腰抜け坊主の衣を着たこいつらを、これ以上問い質《ただ》しなさるこたあ、ありませんぜ。立ち去らせなさるがいい。それとも、自分が追っ払いましょうか?」

オーラという名の女は、彼に苛立たしげな一瞥をくれた。

「助言が必要な時には、お前に相談します、アートガル」と彼を退けておいて、オーラはフィデルマへ顔を戻した。相変わらず、敵意も露わな顔だった。「言うがいい。グレン・ゲイシュの族長の妹に、族長の義務について講義しようというお前は、何者なのかを」

「私は、フィデルマ……〝キャシェルのフィデルマ〟です」

意図したものだったのか、偶然だったのか、フィデルマが鞍に坐ったまま、わずかに身じろぎをした。〈黄金の鎖〉につけられている十字架が、法衣の襞《ひだ》の陰からちらっと現れ、日光を受けて煌《きら》めいた。それが何であるかに気づいて、一瞬、オーラの黒い瞳がきらりと光った。

「〝キャシェルのフィデルマ〟?」とオーラは、口ごもるように、それを繰り返した。「モアン国王〝キャシェルのコルグー〟殿の妹御のフィデルマ殿?」

フィデルマは、オーラにはその答えがすでにわかっていることを見てとって、敢えて答えることはしなかった。

「あなたの兄上ラズラ殿は、王都キャシェルから重大使命をもたらす私を、待ち受けておられます」とフィデルマは、自分が引き起こした反応に頓着することなく、言葉を継いだ。それから、後ろに下げた鞍掛け鞄《サドル・バッグ》へ片手を回し、キャシェルの王からの重要使命の使者であることを示す、先端に黄金の牡鹿が輝く白い笏杖《しやくじよう》を取り出した。

オーラは、催眠術にかかったかのように、しばし沈黙を続けたまま、それを凝視し続けた。

「この白い笏杖を認めますか？　それとも剣《つるぎ》を選びますか？」とフィデルマは、面《おもて》にかすかに笑みを漂わせながら、返答を求めた。王の使節は、非友好的な国に赴いた際に、平和か戦争かを問う象徴として、笏杖と剣を突きつけるのである。

「確かに兄は、キャシェルの使節を待っています」とオーラは、笏杖からフィデルマの顔へ視線を上げ、顔にあやふやな色を浮かべながらも、ゆっくりと、それを認めた。今や、その声には、不本意ながらではあるが、敬意が聞き取れた。「でも、宗教上の問題で兄と交渉される使節は、その資格を備えた人物でなければなりません。その資格は……」

フィデルマは、苛立たしい吐息が出かかるのを抑えた。

「私は、〈ブレホン法〉による資格でもって、法廷に立つドーリィー〔弁護士〕であり、アンルー〔上位弁護士〕の資格も備えています。私は、兄上のラズラ殿が待っておられる交渉者であり、彼の王である我が兄コルグーを代弁する者です」

オーラは、驚きの色を隠しきれなかった。アンルーの位は、全アイルランドのキリスト教系の学問所であれ、伝統学問系の学問所であれ、あらゆる教育機関が授与する資格の中で、最高位に次ぐ資格なのである。フィデルマは、小族長領の族長はおろか、諸国の王と並んで歩き、語り合うことができるのである。それのみか、大王《ハイ・キング》とさえ、それが許される地位だ。

暗褐色の髪の女は、思わず深く息を呑んだ。紛れもなく畏怖の念に打たれたようではある。だが、その面は、相変わらず険しく、敵意をたたえたままだった。

「〝グレン・ゲイシュのラズラ〟の代理として、歓迎申し上げます、テクターリィー殿」エイダルフは、テクターリィーとは使節を意味する古い言葉であると、即座には気づかなかった。オーラは、言葉を続けた。「ただし、キリストを奉ずる新しい信仰の代表者として、あなたは、この地で歓迎されてはいらっしゃいません。あなたが伴われた異国人も、同様です」

フィデルマは、身を乗り出し、鋭く、きっぱりとした声で、問いかけた。

「それは、脅迫ですか？　神聖なる〈歓待の法〉[1]は、ラズラの国では、廃止されているのですか？　あなたは、これではなく、剣を受け取るおつもりですか？」

フィデルマは、白い笏杖をふたたび取り出し、ほとんど攻撃的とも言える態度で、それをオーラに突きつけた。先端の牡鹿の黄金像に、日光が眩しくきらめいた。

オーラは、さっと頰を染め、反抗的に顎を突き出した。

「あなたのお命を、おびやかしてはおりません。その男の命も、です」と彼女は、エイダルフに向けて頭をぐいっと振り立てた。「あなたにも、またあなたの庇護がある限り、この異国人にも、命の危険はありません。このグレン・ゲイシュの我々は、野蛮人ではありません。国王からの使節は、法の下で、神聖で犯すべからざる人物と見做されており、この上もない敬意を以て遇されます――たとえ、我々の最悪の敵であろうと」

エイダルフは、不安げに身じろぎをした。彼女が保障の言葉を述べたにもかかわらず、危険をはらんだ真剣な脅しが、その言葉の底に感じ取れたのだ。

「そう伺えて、安心しました」とフィデルマは、穏やかに答えながら、緊張を緩め、笏杖を鞍掛け鞄に戻した。「なぜかと言いますと、そのような生命の保障を与えられていなかった人々の身に、どのような惨事が振りかかったかを、私は目撃しましたのでね」

エイダルフは、突然、恐怖に見舞われ、顎が思わず緩んで、口を開いてしまった。もしオーラとその配下の兵士たちが、谷の向こうの若者たちの死と、何らかの関わりを持っているのであれば、フィデルマがその死体について知っていると認めてしまったことは、彼ら二人の命をかなりの危険にさらすことになるではないか。あの凄惨《せいさん》なる発見に関して、フィデルマは慎重にことを運ぶであろうと思っていたのに。その時、彼は、遠くで肉食の猛禽《もうきん》の群れが騒々しく騒いでいることに気づき、不安を覚えて、肩越しに振り向いた。死骸が並べられていたあの谷で、何か猛鳥たちにとって不都合な事態が発生したようだ。オーラの護衛の兵士たちも、腐肉漁《あさ》りの鴉《からす》たちに気づいたに違いない。

だがオーラは、何かしら困惑の面持ちで、フィデルマを見つめていた。どうやら彼女は、遠くで黒い乱雲のように旋回している大鴉の群れには、何の注意も向けていないようだ。

「おっしゃっていることが、よくわかりませんが」

フィデルマは、さりげない仕草で片手を上げ、谷のほうを指し示した。

「あの猛々しい大鴉の黒い群れが見えますでしょ？　死骸に群がっているのです」

「死骸？」オーラは、さっと空を見上げた。明らかに、今初めて鳥の群れに気づいたらしい。

「〈三重の死〉で殺された若者たちの、三十三体の遺体です」

オーラは、突然、顎をきつく引き締めた。ふたたびフィデルマに視線を戻した彼女の顔は、蒼ざめていた。彼女は、一、二分ほど、フィデルマに答えることができなかった。

「冗談ですか？」と、彼女は冷たい声で、フィデルマに問いかけた。

「私は、冗談は申しません」

オーラは、先ほど、出過ぎた態度に叱責を与えた黒髪の兵士を、振り向いた。

「アートガル、兵士の半分を率いて、あの厭《いと》わしい鳥の群れはなんなのか、見ておいで」

アートガルは、二人を疑わしげに睨みつけた。

「キリスト教徒どもの罠かもしれませんぜ、奥方」

オーラの目に、怒りがきらりと光った。

「言われたとおりにするのです！」鞭のような声だった。

それ以上、言葉を返すことなく、兵士アートガルは、騎馬の兵士数名について来るようにと合図をすると、遠くで旋回や急降下を演じている鳥の群れ目指して、出掛けていった。

「〈三重の死〉、と言われるのですか？」彼が立ち去るや、オーラは、ほとんど囁《ささや》くような声で、フィデルマに問いかけた。「確かに、そのような死だったのですか、〝キャシェルのフィデルマ〟殿？」

「確かです。あなたの部下のアートガルが戻って来たら、私の言ったことを確認してくれましょう」

「その行為がラズラの領民の仕業だとは、考えないで下さい」と、オーラは強く言い切った。だが、その面には、奇妙な表情が浮かんでいた。何やら、恐れを必死に抑えこもうとしているようだ。「私たちは、これについて、何も知りません」

「どうして、ラズラの領民全員に代わって、そう言い切れるのです？」とフィデルマは、無邪気そうな顔でもって、そう問い返した。

「私は、そう信じています。私は、兄に代わってだけでなく、兄のターニシュタ〔継承予定者〕である夫のコーラに代わって、言っているのです。信じて下さい」

「この谷で、非道きわまりないことが、起こったのです、オーラ。私は、法に携わる者として、自分が法律家として立てた誓言《せいごん》によって、この原因と犯人を発見する義務を負うております。

私は、それを行うつもりです」

「その答えは、グレン・ゲイシュでは、見つかりませんよ」とオーラは、不機嫌な声で、それに答えた。

「でも、今、私とエイダルフ修道士殿が向かわねばならないのは、グレン・ゲイシュです」とフィデルマは、はっきりと告げた。「私どもは、できる限り速やかに、そちらへ着きたいと思います。ですから、私と私の連れは、そちらへ向かいます。あなたは、ここで部下が戻って来るのを、お待ちになって下さい」フィデルマは、エイダルフに、ついて来るようにと頭で軽く合図を送ると、オーラと、残りの兵士たちの横を通り抜けて、無言で馬を進め始めた。ほんの一分ほど遅れて、エイダルフもそれに続いた。兵士たちは、じっと鞍に坐ったまま、二人を差し止めようとしないオーラを、びっくりしたように見守っていた。

断固たる態度で、フィデルマは峡谷の入口へと、馬を進めた。そこから先は、石塊《いしくれ》の小径となった。かつては、水が流れていた川床だったのだろうが、どのくらい昔にこのように水が涸れてしまったのかは、推測しがたい。何世紀も前のことかもしれない。両側は、陽の光を遮断するばかりに聳《そび》え立つ、優に百フィートはあろうかという花崗岩の絶壁であり、そのうねりながら続く山峡の中を、小径も、うねうねと延びている。山峡の道に踏み込むや、辺りは仄《ほの》暗い世界に変わった。入口の辺りでは十ヤードはあった道幅も、馬を並べて歩ませるには二頭がやっと、というほどに狭まってきた。

エイダルフが沈黙を破る気になったのは、しばらく騎乗を続けてからであった。

「どう……」と言いかけて、彼は、隘路《あいろ》の岩壁に重く反響した自分の声に、はっと口を噤《つぐ》んだ。ややあってから、彼は囁き声に近い小声で、ふたたび口を開いたが、その声ですら、地下廟の中のように、谺《こだま》した。「どう思っておられるのです？　あのオーラという女性と彼女の兵士たちが、若者たちを殺害したと、お考えですか？」

　フィデルマは、言葉で答える代わりに、ただ肩をすくめてみせた。その顔は、厳しく、強張っていた。

「オーラの顔に浮かんだ驚きは、本心からのものと見えましたよ」とエイダルフは、なおも一押ししてみた。

「それでも、私の身分がなければ、私たちがこうして先へ進むことができたかどうか、疑わしいと思いますよ。オーラと彼女の兵士たちは、我々の信仰であるキリスト教を奉じる人たちに、好意は全く抱いていませんもの」

　エイダルフは身震いをして、片手を上げ、胸に十字を切ろうとした。だが、その仕草を途中で止めて、手を下ろした。習慣的にこの動作を行おうとはしたものの、それが何になろう。

「この国に、このような異教徒の地が、まだ存在していたとは、知りませんでした。ここには、恐ろしいものが、数々、潜んでいそうです」

「恐怖は、自らを損なうものですよ、エイダルフ。それに、自分と同じ宗教を信じていないからといって、その人々を恐れるべきではありませんわ」とフィデルマは、彼を窘《たしな》めた。

「その彼らが、自分たちと異なる宗教を信じる者たちに向かって剣を振るう気であれば――ええ、ここには恐ろしいものが、数々潜んでいますよ」とエイダルフは、興奮気味に言い張った。

「我々、向こうの谷で、そうした異教《ペイガン》の者たちによって執り行われた不気味な儀式の生贄《いけにえ》を、確かに目にしたではありませんか。私は、我々の安全に、不安を覚えずにはいられませんね」

「恐怖など、必要ありません。掲げるべき標語は、〝用心〟ですわ。アイスキュロスは、言っているではありませんか――〝過剰なる恐怖は、人の行動を阻む〟と。ですから、恐怖は退けて、その代わりに注意深く観察し、警戒を怠らないことです。そうすることで、私ども、真相を摑むことができましょう」

エイダルフは、納得できないとばかりに鼻を鳴らして、「恐怖は、きっと防御手段となってくれますよ」と、異を唱えた。「恐怖は、我々を用心深くしますからね」

「恐怖は、何一つ、善きことを生みだしませんわ。パブリウス・サイルス[2]は、言っておりますよ、〝我らが恐れるものは、我らが望むものよりも、速やかに立ち現れる〟と。今、ここで、恐れを抱けば、その恐れは、あなたが恐れるまだ形を成していない何ものかを、現実のものへと、創り上げてしまいます。何ものも、恐れることはありませんわ。恐れるべきは、あなたが抱く恐れそのものです。ここには、何も恐れるものはありません。ある男たち、女たちの悪逆非道があるだけです。私たちがなすべきことは、我々の目の前に立ちはだかるその男たち、女たちに立ち向かい、彼らに勝利することです。さあ、取りかかりましょう」

フィデルマは言葉を切った。そして、首を傾けた。

峡谷の後方から疾走してくる蹄の音に、気づいたのだ。

「彼らが追いかけてきます」と押し殺した声で囁くと、エイダルフは鞍の上から後ろを振り返ってみた。だが、この辺りの谷間《たにあい》は、絶えず曲がりくねっているため、その騎手が突如姿を現すまでは、何者とも見定めがたい。

　フィデルマは、頭を横に振った。

「彼ら？　恐怖がどのような判断を下すものか、これでおわかりでしょ？　私どもの後を追って来るのは、ただ一騎だけですよ。それも、間違いなく、オーラの馬です」


　エイダルフがそれに答えようと口を開く暇《いとま》もなく、花崗岩の岩塊の後ろから、突如、暗褐色の髪の女性が現れ、二人を見つけるや、馬を止めた。

「客人をご案内するという礼儀も払わずに、お二人をグレン・ゲイシュにお迎えするわけには、ゆきません。兵士たちをあちらに残して、あの事態を……」と彼女は言い淀み、後方の平地に横たわる死者たちの凄惨な情景を指し示すかのように、片手を指し伸ばしてみせた。「アートガルが、その殺戮《さつりく》の謎を解く何らかの手掛かりを発見すれば、報告に来るはずです。私が、お二人を、兄のラー〔城塞〕(3)へ、ご案内します」

　フィデルマは、それを受けとめて、頷いた。

「あなたの丁重なご対応に、感謝します、オーラ」

　暗褐色の髪の女性は、先導すべく、自分の馬を先頭に出した。三人は、ゆっくりと馬を進めた。

フィデルマは、ふたたび、会話を続け始めた。

「あなたは、このグレン・ゲイシュもキリスト教信仰を受け入れるべきだと考えておいでの兄上と、意見を異にしておいでのようですね」

オーラは、苦々しげな笑みを浮かべた。

「兄は、あなた方の信仰は、アイルランド五王国で、すでに強い力を発揮していると認識したのです。今では、諸国の小王や族長たちの中に、この異国の神の教えを排斥しようとする者は、ほとんどおりませんから。兄ラズラは、私どもの族長です。でも、私ども全てが族長の姿勢に賛同しているわけではありません」

エイダルフは、何か言おうとしかけた。だが、フィデルマの警告の眼差《まなざ》しに気づいて、それを空咳でごまかした。

「そうですの？　あなた方は、キリストを異国の神と見做して、全世界の唯一の神と認めてはおられない、ということなのですね？」

「私どもには、遙かなる時の始まりより私どもを守って下さっている神々が、おられます。ローマのラテン語でもって伝えられ、ローマの奴隷どもによってこの国にもたらされた神だというのに、どうしてその神のために、私どもの神々を捨てねばならないのです？　異国の神を奉じる彼らは、戦いによって私どもを打ち破ったことなど、一度もない連中です。それが今、彼らの唯一神を以て、私どもを征服しようというのですか？」

「興味深い観点ですね」と、フィデルマは感想をもらした。「私どもは、東の方《かた》より伝わった唯一神を、全世界で信奉される神として受け入れましたが、この神をローマの命ずるがままに受容したのではなく、私どものやり方で、信奉してきたのです。あなたは、その点を忘れておいでですね」

オーラは、皮肉るように、口をすぼめた。

「私が聞き知っている話とは、違っていますね。キリスト教徒の中には、今おっしゃったとおり、ローマの押し付けを受け入れない人々も、おいでです。でも、ほとんどの信徒は、ローマの指示に従っています。たとえば、〝アード・マハのオルトーン〟[4]が、そうです。彼は、自分こそアイルランド五王国におけるキリスト教信仰の最高権威[5]だと称して、自分の代理人たちを全土に派遣して、帰依を要求していますよ」

フィデルマの面に、さっと不快の色が表れたが、一瞬のことであったので、気づかれはしなかったろう。

「そのようなオルトーン殿からの使節を、お迎えになったことがおありなのですか?」

「ええ。お迎えしています」とオーラは、隠しだてすることなく、それに答えた。「自分こそ、この国に新しい信仰をもたらしたパトリックの〝コマーブ〔後継者。英語のコウアーブ〕〟であると、このオルトーンは、称しています。また、オルトーンは、新しい信仰への帰依に関わる事柄は、この国においては、全て自分が統括する、とも主張しておりますよ」

キリスト教を最初にエールに、とりわけモアンに伝えたのはパトリックであるという主張は、イムラックの書記僧たちによって論破されているという事実を、ここで指摘しておくべきだろうか？　モアンは、その王宮に仕えていたオルクナッシュの息子である聖アルバ(6)によって、すでにキリスト教に改宗していたではないか？　アルバは、パトリックを親しく受け入れ、彼を激励していたではないか？　当時のキャシェルの王エンガス・マク・ナッド・フロイークをキリスト教へと改宗させたのは、この二人が力を合わせて成し遂げたことではなかったか？　また、モアンにおけるアルバの司教座となるべき教会を、王都キャシェルに設けることに、パトリックも賛同したではないか？　こうした指摘が、フィデルマの口許にまで出かかっていた。だが、彼女は、沈黙を続けることにした。より多くのことが、沈黙の中から学べるはずだ。

「私は、あなたの宗教も、それを触れまわっている人々も、好きではありません」オーラは、隠すことなく、フィデルマにそう告げた。「あなた方のパトリックが人々を改宗させたのは、恐怖によってです」

「どういうことでしょう？」フィデルマは、静かな口調を変えはしなかった。

オーラは、自分の論点をさらに強調しようと、顎をぐいと突き出した。

「私どもは、辺鄙《へんぴ》な地に住んではいますが、あなた方の宗教がどのような形で広まっていったかを記録する書記たちやそれを詩として語り聞かせる詩人たちは、ここにもいるのです。私どもは、パトリックがタラへ行き、薪の山を築いて、ドゥルイド〔賢者〕のラヒェット・メールを焼き殺したことを、知っています。大王リアリィーがパトリックに抵抗した時、パトリックは、新しい信仰を受け入れることを拒んだ人々を殺害してみせたという話も、知っています。大王リアリィーさえも、新しい教えを受け入れなければ、その場で死亡するであろうと、パトリックに言われたのです。リアリィーは顧問官たちを招集し、〝死を以て迫られるのであれば、儂も新しい宗教を信じるほか、あるまい〟と告げられたのでしたね？――これが人々を改宗させるための、理にかなった方法と言えましょうか？」

「もし、その話が本当でしたら、理にかなった方法とは、言えませんね」とフィデルマは、〝もし〟にかすかな抑揚を加えながらではあったが、それに穏やかに同意した。

「あなたのキリスト教の信徒たちは、嘘をつくのですか、〝キャシェルのフィデルマ〟殿？」とオーラは、冷笑した。「〝アード・マハのオルトーン〟は、兄ラズラに、書物を一冊、送ってくれました。『パトリックの生涯[7]』という書物で、パトリックを実際に知っていた、ムルクーなる人物が、著した本です。今の話は、この書物の中に記録されているのですよ。それだけでは、ありません。こういうことも記されています。パトリックは、〝シュレミッシュ[8]のミリーアク[9]〟のラーを目指して旅をしていました。パトリックは、かつてアイルランドへ奴隷として連れて来られ、その後ゴールへ逃れ、その地でキリスト教徒となったのですが、奴隷の頃は、シュレミッシュに住んでいて、これはその頃の出来事です。パトリックが自分のラー近くまでやって来たと聞くや、このパトリックなる人物を大いに恐れたミリーアク族長は、あらゆる財貨をかき集め、夫人や子供たちを呼び寄せました。そして彼は、自分のラーに閉じこもり、それに火をかけたのです。このように恐ろしい形で自らの命を絶つように仕向けることができるとは、パトリックは一体どのような恐怖を、かき立てたのでしょうね。『パトリックの生涯』に、そう記録されていますが、それを否定なさるのですか?」

フィデルマは、低く、溜め息をついた。

「そう記録されていることは、私も知っています」と、彼女は認めた。

「そして、この中に記録されているようなことが、実際に起こったということも?」

「私どもは、ムルクーの言葉を信じるようにと、言われています。ただし、永遠なる神を信じることを拒み、その神の教えを信奉することを拒んで、自らの命を絶ったのは、族長自身の決断です」

「アイルランドの古代から伝わる法律の下で、自分が何を信じるかは自分自身の精神の問題だと、私たちは教えられてきました。信仰は、それが他の人々を傷つけない限り、自分で選択すべき問題です。あなた方のパトリックによるアイルランド五王国の改宗は、ただ一つの選択によるものでした——改宗しなければ、パトリック自身の手にかけられて殺される、というただ一つの選択でした」

「神の御手による死だ!」もはや、沈黙を守りかねたエイダルフが、激しい口調で、言葉をはさんだ。

「おや、この異国人、私どもの言葉をしゃべったわ。この男は、この国の言葉を知らないか、あるいは口がきけないのだろうと、考えかけていましたよ」

「私は、南サクソン出身の〝サックスムンド・ハムのエイダルフ〟です」

「それ、どこです？」

「サクソン諸王国の一つです」とフィデルマが、説明した。

「ああ、サクソン人のこと、聞いたことがあります。でも、私どもの言葉、アイルランド語を、達者に話していること」

「私は、この国で、何年か、学んでいましたから」

「エイダルフ修道士殿は、私の兄、〝キャシェルのコルグー〟王の歓待を受け、王の庇護のもとにある方です」と、フィデルマが言葉をはさんだ。「サクソン人の国のカンタベリー大司教⑩殿が、モアン王コルグーへさし遣わされた使節なのです」

「わかりました。その善きサクソン人修道士殿が、ムルクーが描くパトリック像についての私の言及に異議を唱えられる、というのですか？」

「『パトリックの生涯』の中のいくつかの事項は、文字通りに受け取らないほうが、良いかもしれません」エイダルフは、パトリック像を弁護しなければ、という気を起こした。

「では、あの書物は真実ではないと？」

エイダルフが苛立って顔を紅潮させたのを見て、フィデルマはそっと呻いた。

「真実ですよ、でも……」

「真実ではあるが、文字通り受け取ってはならない？」オーラは、氷のような微笑を面に浮かべた。「何だか、摩訶不思議だこと」

「中には、象徴的なものもある、ということです。神話的な描写でもって、内容を強調しているのです」

「では、殺害されたとパトリックが述べている人々は、誰一人、殺されてはいなかった、と？」

「そういうことでは……」

フィデルマが、割って入った。

「私ども、峡谷の外れに、やって来ましたよ」と言いながら、彼女はほっとした。狭かった谷間が、うねうねと曲がりながら広がってきた。今、彼女の前に開けたのは、広やかな谷の眺めであった。「これが、グレン・ゲイシュですか？」

「ええ、〝禁忌《きんき》の谷〟です」とオーラは、エイダルフに向けていた体を元に戻して、自分たちの頭上に聳える断崖を見上げた。突然、彼女は、鳥の叫びのような口笛を、鋭く吹き鳴らした。すぐさま、もっと深い、低音の叫びが返ってきた。続いて、歩哨兵が一人、上方に姿を現し、下を見下ろした。グレン・ゲイシュへの道の防御は、完璧であり、この狭い通路を監視している見張り役の許可なしには、誰一人、谷への出入りは不可能なのだとフィデルマが悟ったのは、この時であった。

第五章

グレン・ゲイシュの眺めは、息を呑むばかりの美しさであった。広やかに開けた谷の中に、伸びやかな平地が広がり、その中を、かなり大きな川が、ゆったりと流れている。おそらく、遙か彼方の山肌を迸《ほとばし》るように流れる渓流に源を発し、切り立った崖の上を走り抜けた水が、信じがたい高さの断崖を滝となって落下して、この平地で穏やかな川へと姿を変えたのだ。川は静かに流れ続け、やがて二人が今通り抜けてきた乾いた渓谷とよく似た、また別の狭い峡谷へと流れ込み、岩壁の隙間を縫いながら、この平地を取り囲んでいる花崗岩の防壁をすり抜けて、平地の外へと流れ去ってゆくのだ。広やかな谷の中の平地は、ほとんど穀物畑で覆われていた。小麦やカラス麦の黄色く色づいた四角い耕地の合間には牧草地も広がっていて、そこで草を喰《は》む牛の群れが、緑のカーペットの上にくっきりと、茶色、白、黒の彩りを添えている。羊や山羊の小さな群れも、そこかしこに見える。

この眺めを目にして、ふっとエイダルフの胸に浮かんだのは、〝豊穣なる谷〟という言葉であった。牧草地にも、耕地にも、恵まれた土地だ。しかも、自然の要害に囲まれている。平地をぐるりと取り巻く山々は、目測しがたいほど高くまで聳《そび》え立ち、谷を強風から守っている。

山々の斜面にかじりつくように建つ家屋がいくつか、エイダルフの目にとまった。そのほとんどは、小さな台地《テラス》に建てられているように見える。建物の壁には、青灰色の花崗岩が用いられているが、それと同じ石材が、山腹にも砦《とりで》のように積み上げられており、家屋を建てるだけの台地を確保しているようだ。

広々とした谷に建つ何棟もの建物の何れがラズラのラー〔城塞〕であるかは、訊ねるまでもなかった。谷のもっとも奥まったところに、いくつもの低く起伏する丘から少し離れて一つだけ、やや大きめの丘がくっきりと姿を見せているが、その上に、大きなラー、ないしは要塞の防壁が、地形に沿って築かれていた。この丘は――あるいは、谷底をなす低い平地からわずか百フィートもないので、岡と呼ぶべきかもしれないが――自然の地形なのだろうかと、エイダルフは訝《いぶか》った。彼は、このような山塞《さんさい》が築かれる高台の中には、人の手になる丘があることを、知っていた。もしこれが人工の高台であるのなら、それに費やされた労苦と時間は、如何《いか》ばかりであったろうと、エイダルフは昔日に思いを馳せた。城塞の防壁までは、かなり距離があるので詳しくは見てとれないものの、高さは二十フィートはあろうと、見当をつけることができた。

谷の眺めは、心奪われるばかりの見事さであった――そう、確かに見事だ。ただ、谷間《たにあい》の幅と長さにもかかわらず、エイダルフは周辺の山々の頂を見上げて、強い閉所恐怖《クローストロフオウビア》を覚えずにはいられなかった。まるで、閉じ込められたようだ。牢獄に幽閉されているようだ。彼は、ちらっとフィデルマに目をはしらせた。彼女も、この息を呑む光景に、目を凝らしていた。その面《おもて》には、やはり同じように強い畏れの色が、浮かんでいた。

　オーラは、辺りをじっと見まわしている二人の顔を、口許に満足げな嘲笑《ちょうしょう》をかすかに漂わせながら、見守った。

「ここが、どうして〝禁忌の谷〟（グレン・ゲイシュ）と呼ばれているか、これでおわかりでしょう?」とオーラは、二人に話しかけた。

　フィデルマは、真面目な表情で、彼女を見た。

「〝近づきがたい〟ということですね――いかにも、そのとおりです」と、フィデルマは頷いた。「でも、〝禁忌〟というのは、どういうことでしょう?」

「私ども、〝グレン・ゲイシュの民〟の伝承詩人たち[1]は、遥かなる太古の日々について、語り伝えてきました。キャシェルにおいて、イルリル・オーラム[2]が法の司《つかさ》の座でもある玉座に就いておられた頃、そして私どもが、まだこの谷の外に住んでいた頃の物語です。私どもは、その頃、強力なるフォーモーリ族の暴虐《ぼうぎやく》の下に、暮らしていました。彼らは、その強欲と非道で、我らの民、我らの領土を、搾取し荒廃させておりました。ついに我らの族長は、フォーモーリの暴虐から逃れるために、領民を率いて国を捨て安らぎの地を新たに求めようと、決断したのです。やがて我々は、この地に到達しました。ここは、ご覧のとおり、外敵から身を護ることができる天然の要塞です。ここに入り込む道は、一つしかありません。出ていくにも、その道一つであり……」

「川以外には」と、エイダルフが指摘した。

彼女は、声を立てて笑った。

「もし、あなたが鮭であるなら、川を通って谷の中へ入ることができるでしょうよ。でも、川は、岩の間をすり抜けたり、無数の早瀬や滝を流れ下ったりしているのですよ。どんな小舟だって、この川を遡《さかのぼ》ったり下ったりすることは、不可能です。そう、ここは、天然の砦です。私どもが招き入れた人間以外、誰一人、入って来ることはできません。私どもが親しく付き合いたくない人間に対して、ここは、あくまでも〝禁忌の谷〟、つまり外部の人間は入って来ることを〝禁じられた谷〟なのです」

「でも、小族長領にしては、かなりの兵士を抱えておいでのように見受けましたが」とフィデルマが、感想を口にした。

オーラは、それを否定した。

「キャシェルで抱えておられるような職業兵士は、一人もいません。私どもの族長領は、ごく小さいのです。兵士たちは、それぞれ、自分の仕事に従事しています。たとえば、アートガルは鍛冶屋で、小さな農園も持っています。でも、外敵に脅《おびや》かされる時には、彼らは皆、兵士として族長に従い、我々の平和を護るのです。でも、大体において、私どもは天然の恵みの下にあって、安全を保っていますわ」

「隠れ郷《ざと》といった暮らしだな」と、エイダルフは溜め息をついた。「ラズラ殿の支配の下で、どのくらいの領民が暮らしているのです？」

「五百人です」とオーラは、それに答えた。

「幾世代にもわたって、そのように生きていると、当然、部族としての発展に限界が出るのでは？」

オーラは、エイダルフの婉曲な表現を把握しかねて、眉を寄せた。

「キリストの教えを私と共に奉じているこの修道士殿は」とフィデルマは、彼が懸念している問題を察して、言葉をはさんだ。「近親間の結婚のことを気遣っているのです」

オーラの顔に、驚きの表情が、さっと表れた。

「でも、近親婚は、〈ブレホン法〉によって禁じられていますよ」

「ですが、このような谷によって、長い歳月、隔絶されてきた小さな社会では……」と、エイダルフが説明しかけた。

オーラは、彼の言わんとすることを悟って、彼に厳しい非難の視線を向けた。

「〈ブレホン法〉の『カイン・ラーナムナ〔婚姻に関する定め〕』(3)は、九つの形式の結婚のみを、認めており、私どもは、それを固く守っています。サクソンの人、私どもは、あなたが思い描いているほど未開人ではありませんよ。私どもの伝承詩人たちは、それぞれの家系譜を厳密に記録していますし、結婚の仲介役を務める者たちもいて、皆のために、広く各地を歩き回ってくれています」

「お国では、どなたが法制度を司っておいでなのですか？」とフィデルマは、興味をそそられて、口をはさんだ。

「兄のドゥルイド〔賢者〕を務めるムルガルです。彼はブレホン〔裁判官〕でもあって、私どもの精神的な指導者です。ムルガルは、この地方で、肩を並べる者のいない名声を博している人です。今回の交渉に関して、彼は兄ラズラのために折衝することになっていますから、間《ま》もなくお会いになれましょう。でも、私たち、足を休ませすぎましたわ。さあ、兄のラーへ参りましょう」

フィデルマは、さりげなく、オーラを見やった。彼女は、オーラの人生哲学には賛同できないものの、その強靭な気性と、彼女が巧まずして発揮している、人を服従させてしまう力に、敬意を覚え始めていた。

狭い峡谷を後にした彼らは、今度は大きな花崗岩が転がる、かなり広い荒地を進むことになった。道は、わずかに下り坂となっていた。この岩原の中ほどの道の畔《ほとり》に、巨大な男性像が建っていた。普通の人間の三倍はありそうだ。片足を体の下に緩く折り込むようにしている座像であった。頭から、大きな枝角《えだづの》が生え、黄金の〈戦士のトルク（首飾り）〉が、その首を飾っている。両腕は、肩の高さに伸べられており、その左の腕にも、腕輪が輝いていた。だが右手からは、頭部のやや幅広くなっている箇所を摑まれた長い蛇が、ぶら下がっていた。

異教《ペイガン》のこの巨大な偶像を目にして、エイダルフは眼窩から飛び出さんばかりに、目を瞠《みは》った。

「〝ソリ・デオ・グローリア！（なんたることか）〟」と、彼は喘いだ（原義は〝栄光は、ただ我らの主にあり〟）。

フィデルマは、別に動揺することなく、彼に答えた。

「ルー・ラヴファーダ（腕長きルー）[4]です。遙か昔に崇拝されていた神で……」

「そして、ここでは、今でも崇められています」とオーラが、厳めしく、それに付け加えた。

「邪悪な妖怪か！」とエイダルフは、吐き捨てるように言い放った。

「違います！」オーラの声は、鋭かった。「ルーは光明と知識の神、その光輝くばかりのお顔で名高い神です。あらゆる芸術と工芸の神でもあります。彼が人間の乙女デクティーラ[5]との間に儲けた息子が、英雄クーフラーンです。私どもは、この神に捧げる祭礼ルーナサを、現在も、収穫の季節に執り行っています。今は七月。祭礼は来月ですわ」

エイダルフは、灰色の石の目でもって冷然と自分たちを凝視している、辺りを威圧するばかりの巨大な座像の前を通り過ぎる時、素早く胸に十字を切った。

三人は、谷の中の道を辿《たど》り、その先のラーへと、無言で進み続けた。エイダルフは、ここは実に豊穣な隠れ郷なのだという自分の第一印象を、改めて確認していた。周りの山々は、この谷を風から守り、作物の見事な収穫を助けているようだ。それと同時に、雨雲を押し留めて、谷を湿潤なる、稔り豊かな土地にしてくれている。何千年にもわたる歳月の豊富な雨が、この谷の其処此処《そこここ》に、いく箇所もの沼沢地を形成してはいたが、大部分は、果実を稔らせる林や、十分な収穫をもたらしてくれる穀物畑である。羊、山羊、牛などの家畜の群れは、もっと高い山腹の牧草地に放牧されていた。

彼らは、時々、領民たちに出会った。足を止めて三人をまじまじと見つめる者もいたし、オーラに親しげに挨拶をする者もいた。オーラも彼らに応えて頷きかけている。フィデルマは、彼らとは信仰を異にしてはいるものの、人々が満足し十分に自足した暮らしを営んでいるらしいとの印象を、受けていた。でもそれが、彼女を戸惑わせた。彼らの自足し満ち足りた生活ぶりは、フィデルマとエイダルフがこの谷の外で目撃した、あのおぞましい光景と、あまりにもかけ離れているではないか。

灰色の花崗岩で築かれたラーの防壁に近づいてゆくにつれ、フィデルマは、これが単なる見せかけの砦ではないと、気づいた。谷を取り囲む自然の要害に恵まれているにもかかわらず、ラーは防壁やその上部にめぐらされている胸壁《バトルメント》によって、しっかりと守られている。しかも、谷の一番奥まった地点という地の利もあるのだ。これでは、外敵が峡谷から押し入ってこようと、ほんの数人の兵士でもって、容易に全城壁を守備できよう。軍事に精通した者によって構築されたラーである。ふたたびフィデルマの胸に、疑問が浮かんだ。このように小さな族長領が、すでに天然の防御に恵まれているにもかかわらず、どうしてこれほど堅固な要塞を必要とするのだろうか?

むろん、諸部族が、より良き領土を求めて国力を拡大しようとの野望を抱き、互いに鬩《せめ》ぎ合っていた時代には、このような城塞も、アイルランド五王国のいたるところに存在していた。たとえば、キャシェルの城にしても、虎視《こし》眈々《たんたん》と隙を窺《うかが》っている近隣諸国から、オーガナハト王家を守ろうとして、築かれたのであった。タラ、ナヴァン、アイレック、クリューアカン、アイリーンといった大きな城塞都市も、同様である。しかし、このグレン・ゲイシュのラーの場合、近くに、同じような規模のラーなど一つもないというのに、幾棟もの建物を擁《よう》する、堅固な、見事に設計された砦になっているのは、なぜなのだろう？　建物はほとんどが二階建てで、中には、三階建てのものさえ、見受けられる。それどころか、ずんぐりとした姿の、大きな物見の塔まで備えているではないか。

フィデルマは、ラーの防壁の上から、数人の警備兵が、近づいて来る彼らをじっと見下ろしていることにも、気がついた。兵士だけではなく、何人もの女たちも、男たちと共に、彼らの到着を見守っていた。ラーの開かれている扉の前には、二人の兵士が立っていた。フィデルマは、この両開きの扉が、重い鉄の蝶番《ちょうつがい》で取り付けられた、がっしりとしたオーク材でできており、さらに鉄の金具で補強されていることも、見てとった。蝶番には、油が十分に差してある。扉は、今は広く開いたままになっているが、見かけだけのお飾りではないことも、歴然としている。門の上には、剣を高く掲げた片手という図案が刺繡《ししゅう》された青い絹の旗が翻《ひるがえ》っている。グレン・ゲイシュの族長の紋章である。

門の傍《そば》に立っていた金髪長身の兵士が、うやうやしく片手を上げて、彼らに挨拶した。

「護衛も伴わず、二人の他所者《よそもの》を連れて帰ってこられたのですか？　何か、あったのですか、オーラ様？」

「兄への、キャシェルからの使節がたをご案内してきたのです、ラドガル。アートガルと他の者たちも、すぐ戻って来ますよ。実は……ちょっと調べさせねばならないことがありましたのでね」

金髪の兵士は、疑わしげに目を細めながら、先ずフィデルマに、次いでエイダルフに、視線を向けた。しかし、脇に下がって、幾棟もの建物に囲まれた、大きな石畳の中庭へ入っていこうとするオーラに、従順に道を開けた。四角い中庭は、中央にオークの大木が一本、植えられている伝統的な様式のものだった。こうした大木は、クラム・バー八〔生命の樹〕と称される、クラン〔氏族〕(6)を象徴する樹なのである。エイダルフも、クラム・バー八とは、氏族の精神的、物質的繁栄を象徴する聖なる樹であると、学んでいた。対立する氏族間に紛糾が生じた時、人は、相手の軍勢の襲撃を受けて自分たちの聖なる樹を切り倒されることを、最悪の事態と考えていた。このような被害を受けるや、その氏族は意気銷沈して、相手の勝利を認めてしまうのだ。

オーラがすっと馬から下りると、少年たちが二人、駆け寄って来た。

「この厩《うまや》番の子供たちが、お二人の馬の世話をします」同じようにフィデルマとエイダルフが馬から下りると、オーラは二人にそう告げた。少年たちが手綱を受け取ってくれたので、二人は自分たちの鞍掛け鞄《サドル・バッグ》を取り下ろした。

「お二人とも、兄たちにお会いになる前に、長旅の埃や疲れをお取りになって、さっぱりなさりたいことでしょう」と、ターニシュタ〔継承予定者〕の夫人は、言葉を続けた。「私が、来客棟にご案内します。兄ラズラは、お二人が湯浴みと食事を済まされた後でお会いするつもりでおります。会議の間《ま》でお待ちしているはずです」

フィデルマは、その段取りは自分たちにとってもありがたいと、オーラに感謝した。一人、二人、中庭を通りかかった者たちがいたが、彼らはオーラに挨拶しながら、見るからに好奇心にあふれた視線を、フィデルマとエイダルフに向けるのだった。だがオーラは、彼らについては、説明してくれなかった。

その時、若い娘が駆け出してきた。

「どうして、こんなに早く、お帰りになったの、お母様?」と彼女は、オーラに問いかけた。

「この旅人たち、だあれ?」

フィデルマは、すぐにオーラとこの娘が似ていることに気づいた。娘は十四歳くらいだろうか。それより上ということはあるまい。その衣服や装飾品は、彼女がもう一人前の女性と見做される〈選択の年齢〉に達していることを、示している。濃い褐色のふっさりとした巻き毛ときらめく瞳は、母親そっくりだ。その若さにかかわらず、娘は魅力的だった。しかも、その意識した媚態は、彼女が自分の魅惑を十分に意識していることを物語っている。

オーラは、何か上の空のような、ぼんやりした態度で、娘の挨拶に答えた。

「このキリスト教徒たち、誰なの、お母様？」娘は、二人の衣服を見て、そう見てとったのだ。

「囚人たち？」

オーラは、かすかに眉をひそめて、首を横に振った。

「あなたの伯父様への、キャシェルからの使節がたです、エスナッド。さあ、もう、お行き。ご挨拶は、後でゆっくりできます」

若い娘、エスナッドは、エイダルフに、値踏みするかのような視線を遠慮なく向けた。

「こちらは、異国人ね。でも、異国人にしては、とっても美男子」エスナッドは、色っぽく誘いかけるような目を、平然と彼に向けた。

フィデルマは、憤然として顔を真っ赤に染めたエイダルフの様子がおかしかったものの、それを何とか押し隠した。

「エスナッド！」オーラの苛立たしげな声が、ぴしりと飛んだ。「行きなさい！」

娘は、エイダルフに微笑を投げかけると、思わせぶりに腰を軽く揺らしながら、中庭をゆっくりと横切って、立ち去った。オーラが憤《いきどお》ろしげに、溜め息をついた。

「お子さんは、もう〈選択の年齢〉になっておいでなのですね？」とフィデルマは、問いかけた。

オーラは、頷いた。

「あの娘に、夫を見つけるのは、一苦労です。あの子の考えていることが、私にはわかりませんわ。本当に、厄介な子です」


オーラは先に立って進み、やがてラーの外壁の一辺に接して建っている二階建ての建物へと、二人を連れてきた。彼女は扉を開けて、その脇に立った。

「来客棟担当の召使いに、お二人のところへ来るようにと、命じてあります。旅のお疲れが取れましたら、彼女がお二人をラズラの部屋へ、お連れすることになっています」

そう言うと、オーラは、フィデルマに軽く頷き、後は二人の自由に任せて、去っていった。

そこは、来客棟の一番主要な部屋で、客人たちはここで食事をしたり調理をしたりするらしい。自分たちだけでくつろげるようになるや、フィデルマは鞍掛け鞄をテーブルの上に放り出して、手近な椅子に沈み込むように身を預け、疲れきった吐息をふうーっともらした。

「あまりにも長時間、馬の背に揺られてきましたわ、エイダルフ」というのが、フィデルマの第一声だった。「椅子にゆったりくつろぐのがどういうものか、忘れてしまったみたいよ」

エイダルフは室内を見まわしていた。心地よく設《しつら》えられた部屋で、炉にはすでに火が入っており、その上で鍋が湯気を立てて、美味しそうな芳香を漂わせていた。

「少なくとも、ラズラの客人たちは、よい待遇を与えられているらしいな」と、エイダルフは呟《つぶや》いた。部屋は、この建物の長さ一杯に延びており、長いテーブルと、その両側の腰掛け、それらよりも上等な造りの木の椅子が二脚、というのが、この部屋の調度だった。ここは、食堂のようだ。部屋の反対の端の炉の傍《かたわ》らには、調理用の道具も一式揃っている。ほかの部屋に通じているのだろうか、壁には、扉が四つ並んでいた。エイダルフは鞍掛け鞄を下に置き、四つの扉へ歩み寄り、中をちらっと覗きこんだ。

「浴室が二つです」と彼はフィデルマに告げて、さらに残りの扉を開けてみた。そして、ぞっとした呻きをもらして、胸に十字を切った。「この二つは、フィアルチェックです」エイダルフは、このアイルランド語を、苦もなく使いこなした。これは、〝帳《とばり》の家〟というアイルランド語であるが、口語では、厠《かわや》を意味する単語で、ローマ人の考え方に由来する表現だった。厠には悪魔が潜んでいると信じている者が聖職者の中にも少なからずいて、厠に入る前に胸に十字を切るという習俗になっていた。

部屋には、上の階へ行く階段もあった。エイダルフが上っていくと、庵めいた小部屋が四室並んでいた。彼は、一つずつ中を覗いてみて、どの部屋にも、藁《わら》の敷布団と羊毛の毛布と亜麻布《リネン》の敷布が用意されている木製の簡易寝台が備わっていることに、気づいた。一、二分ほどで、エイダルフは、フィデルマがまだ椅子にぐったりと坐っている下の階へと、戻って来た。

「我々のほかに二人、泊っているようです」と、エイダルフはフィデルマに報告した。「それぞれの部屋の荷物からすると、裕福な客人らしい。それに、聖職者でもあります」

フィデルマは驚いて、さっと顔を上げた。

「この会談に、ほかにも聖職者が同席するとは、聞いていませんわ。一体、誰なのかしら？」

「セグディー司教が、自分や自分の大聖堂を代表させるために、誰か聖職者を遣わしたのではありませんか？」とエイダルフは、無造作に推量した。

「そのようなこと、あり得ません。セグディー司教は、私が兄コルグーの代弁者を務めることに、同意していますもの。ええ、イムラックから聖職者がここにやって来ることなど、決してありませんわ」

エイダルフは、肩をすくめた。

「あのオーラという女性《にょしょう》、〝アード・マハのオルトーン〟がグレン・ゲイシュに使節を寄こした、と言っていませんでしたっけ？　まあ、すぐにわかりますよ、その聖職者が何者なのか、同伴者は誰なのか。我々は……」

だが、彼の言葉は、さえぎられてしまった。来客棟の扉がさっと開いて、よく太った中年の女が勢いよく入って来たのだ。彼女は朗らかな笑みを顔一杯にたたえ、両手を胸の前に組んで素早い足取りで進み出てくると、フィデルマに膝を軽く折ってお辞儀をし、エイダルフにも、同じように挨拶をした。ぽってりとした顔の肉の襞《ひだ》に埋もれた目が、きらきらと光っている。彼女の胴回りは、ほとんど円形といってよさそうだ。

「この来客棟の係りの人かな?」部屋中を一人で満たしてしまったような彼女の存在感に、エイダルフはいささか恐れ入りながら、そう問いかけた。

「はあ、さようで、旅のお方。ようこそと、ご挨拶申し上げます。で、何をしてさし上げましょうかね?」

「湯浴みの用意を」とフィデルマは、即座に依頼した。「その後……」

「食事を」と、エイダルフが、すかさず口をはさんだ。彼の重大事の順序を、フィデルマに飛ばされては、困るのだ。

肉の襞が、ぷるぷると震えた。

「湯浴みの用意なら、今すぐでも、大丈夫ですよ、尼僧様。ほかのお客人たちが、もう到着してなさいますので、お湯はとっくに熱く沸《わ》いとりますよ。そして、お食事も、いつだってお出しできます」

フィデルマは立ち上がって、満足の意を、彼女に示した。

「では、私のために、湯槽《ゆぶね》にお湯を汲み入れて下さいな……あなたのお名前は?」

来客棟係りの召使いは、ふたたび彼女に向かって、膝を屈めた。

「クリーインと、呼ばれとります、尼僧様」

フィデルマは、何とか真面目な顔を保とうと努めた。この名前は、〝丸々と太った人〟という意味なのだ。まさに、この丸々とした来客棟の召使いに、うってつけの名前ではないか。だが、当のクリーインは、ただ、にこにこと立っている。フィデルマが感情を表すまいと必死に堪《こら》えていることなど、全く気づいていないのだ。

「教えてくれないかな、クリーイン」と、エイダルフが質問をはさんだ。フィデルマの目の中にあるものを読み取り、万一、彼女が堪えきれなくなってはと、クリーインの注意を逸らそうとしたのである。「来客棟に、我々と一緒に宿泊するのは、どういう人たちなの？」

丸々と太った来客棟係りは、彼のほうへと向きなおった。

「ええ、お二人と同じ神さまを信じてなさる方たちです。北のほうの、高いご身分のお方たちだと、思いますよ」

「北のほうの、高い身分の人？」とフィデルマは、さっと真剣な顔になった。

「はあ、立派な服を着て、きれいな宝石を一杯つけてなさいます」

「その方の名前を、知っていますか？」

「いいえ、知りませんです。でも、もう一人の人、お連れの人なら、ブラザー・ディアナッハって呼ばれておいででした。召使いなんじゃないですかねえ」

「二人は北のほうの人だ、と言っていましたね？」とフィデルマは、確認するかのように、質問を繰り返した。

「ずっと遠くの、ウラー王国から見えたんだって、聞いとりますよ」

フィデルマは、じっと立ったまま、考えこんだ。

「もし、これがオルトーンの使節だとすると、一体、アード・マハは、何をこの……」フィデルマは、危うく、〝この神に見捨てられたような土地で〟、と言いそうになった。だが、この地の人間はキリスト教の神を信じてはいないのだから、この表現は適切とは言えまい。ともかく、オーラは〝アード・マハのオルトーン〟が族長ラズラに贈り物を届けた、と言っていた。アード・マハからの贈り物？　だが、意味をなさないではないか。どういうことなのだろう？　どうしてアード・マハは、自分たちの管轄権の及ばぬ(7)、しかも領民はキリスト教を信じていない地方の異教徒の族長に、贈り物をしたのだろう？　だが、彼女の思考は、丸々とした召使いによって、破られた。

「あたしにゃ、あの客人たちが誰なのか、何を求めてやって来なさったのかなんて、てんでわかんないです。あたしにわかってるのは、あの人たちはここにやって来て、ここに滞在してて、お蔭であたしゃ働かねばなんないってことだけです。人間、あっちに行ったり、こっちに行ったりするより、自分の生まれ育った土地で暮らすのが一番いいのに」クリーインは、ぜいぜいと奇妙な音を立てて大きく溜め息をついた。それにつれて、彼女の体は、たぷたぷと揺れた。

「あたしゃ、不平をこぼせる立場じゃないけど、ま、これがあたしのものの見方ってとこです。さあ、どうぞ、尼僧様、すぐに湯槽にお湯を汲み入れますから」

「私は、ここで待つことにするよ。待っている間に、元気づけに一杯やりたいのだが、ここに蜂蜜酒《ミード》は置いてあるかな？」

「そこの樽が、蜂蜜酒ですよ」とクリーインはフィデルマを浴室の一つに連れてゆきながら、振り返って、彼に樽を指し示した。「でも、今すぐ、お入りになりたきゃ、浴室はもう一つありますよ」

エイダルフは、フィデルマの視線に気づき、唇を噛んだ。

「そういうことなら、私も、今、風呂に入ったほうが、時間の節約になりそうだな」と彼は、渋々、降参した。

サクソン人の彼には、エールの人々の入浴習慣は、いささか極端すぎると思えて仕方ないのだ。彼らは、日に二回も、身を浄める。しかも、二回目は、全身浴なのである。どの施設であれ、来客棟に、浴室を数室、少なくとも一室は備え付けている。浴室には、湯浴み用の樽か大型の桶が置かれている。こうした樽や桶は、さまざまな名で呼ばれているが、一番普通に使われているのは、デイバックという呼び方である。アイルランド人は、湯上がりに、甘い香りの薬草《ハーブ》の液を、肌に塗ることまで、やるのだ。

彼らは、フォールカッドと呼ばれる夕刻の全身浴だけでは飽き足らず、朝起きるや否や、顔と手を水で洗う。入浴の際にも、朝の洗面にも、彼らはシュレークという香りを加えて固めた油脂、つまり石鹼を用いる。これをリネンの布に擦《こす》りつけて、泡立てるのである。それだけではない。時々、彼らは、ティ・ナ・ウリスという精神的な儀式めいた蒸し風呂浴場を訪れることさえ、やるのだ。これは盛大に火を熾《おこ》して、内部をまるで竈《かまど》のように熱した、小さな石造りの小屋であり、入浴者はこの中に籠り、十分に発汗した後、今度はすぐさま、冷たい流れに身を浸す。エイダルフは、この習慣をひどく毛嫌いしていた。これは、墓地への確かな近道にほかならない。彼の国、サクソンの地では、人々は入浴に全く魅力を認めていない。

サクソンの上流階級の人々は、週に一度入浴するが、普通は水泳を以て、〝身体の清潔[8]〟の維持に十分だと見做しているのだ。エイダルフは、体の清潔に関しても、行儀作法や日常習慣においても、決して不潔な男ではないが、その彼にしても、エールの人間の入浴儀式は、あまりにも極端だと思われるのだ。

一時間後、二人は食事を終えていた。その時、来客棟の扉が開いて、がっしりした顎が目立つ男が入って来た。聖職者であることは、一目で見てとれた。頭部が〈聖ペテロ型〉に剃られていたのだ。しかし、聖職者は質素な法衣を着ているのが普通なのに、この男は優雅な絹や刺繍をほどこしたリネンの衣をまとい、宝石で飾り立てられた磔刑像十字架《クルシフィックス》を身につけていた。フィデルマもエイダルフも、共に過ごしたローマ滞在の日々（『サクソンの司教冠《ミトラ》』に描かれている体験）にしか、目にしたことのないほど豪華なものだった。フィデルマは、男を非難の目で見つめた。ここに現れたのは、キリストの教えそのものを裏切っている男だ。

男は、黒く、油断のない目をしていた。彼の凝視には、奇妙な特徴があった。ほとんど瞬きをしないのだ。まるで、獲物を見つめる動物の目だ。目鼻立ちが大きいので、それに囲まれている目が、小さく見える。背は、低い。太っているというより、がっしりした、と形容するほうがいいだろう。肉付きの厚い顔からすると、肥満体が想像されるかもしれないが、逞《たくま》しい筋肉質の肩や太い腕を見れば、そうではないと、すぐにわかることだろう。

「私は、修道士のソリンでしてな」と彼は、勿体ぶった口調で名乗った。「アード・マハの大司教オルトーン殿の秘書官を務めております」彼の言葉の抑揚は、この男がウラーのオー・ニール一族が治める王国の人間であることを、はっきりと物語っていた。彼には、フィデルマの嫌悪感を即座にそそる何かがあった。フィデルマを見つめる彼の視線のせいかもしれない。その目は、彼がフィデルマを一人の人間ではなく、一人の女としてしか認めていないことを、あからさまに示していた。「オーラ殿から、あなた方の到着を知らされましたよ。あなたは、フィデルマ修道女殿、そちらは、異国から見えた修道士殿のようですな」

「アード・マハからとは、ずいぶん遠方からおいでになったものですね、ソリン殿」フィデルマは、アイルランド北部の王国の聖職者への礼節に促されて、嫌々ながら立ち上がった。

「あなたも、キャシェルから、おいでになっておられる」と、ずんぐりとした男は、一向動ずることなく近寄って来て、自分も腰を下ろした。

「キャシェルは、このモアン王国の王都です、ソリン殿」とフィデルマは、冷たく、彼に答えた。

「アード・マハは、アイルランド五王国における宗教上の最高権威の座ですぞ」とソリンは、いとも軽やかに、フィデルマの言葉を退けた。

「その点は、論じ合う必要があります」とフィデルマは、ぴしりと言い返した。「イムラックの司教殿は、アード・マハをそのようには、認めておられません」

「まあ、これは微妙な問題ですな。これについては、また別の機会に、論じ合うべきでしょう」とソリンは、いかにもうんざりしたとばかりの態度で、話を打ち切った。

だがフィデルマは、自分の立場を譲らなかった。彼女は、いきなり核心に迫ることにした。

「どういうわけで、〝アード・マハのオルトーン〟殿の秘書官が、兄コルグーの王国の中でも、きわめて小さなこの土地に、来ておられるのです？」

ソリンは、テーブルの上の自分のマグ（取っ手付きカップ）に蜂蜜酒を注いだ。

「キャシェルは、聖職者が旅をして回ることを、禁じておられるのですかな？」

「それは、私の問いかけへの返答には、なっておりません」と、フィデルマは答えた。「あなたは、とても〝ペレグリナトール・ナ・クリスト（キリスト教布教の巡礼者）〟の一人には、見えませんね」

怒りの色が、彼の目にさっと表れた。

「修道女殿、身の程をお忘れか？　儂は、オルトーン大司教の秘書官で……」

「私の前で、そのような地位は、何の保証にもなりません。私は、兄であるモアン国王から遣わされた特使です。なぜ、この地にいらしておいでなのです？」

このように直截《ちょくせつ》な物言いで問いかけられたことに対する怒りを抑えようとして、ソリンの顔から血の気がさっと引いた。だがすぐに、落ち着きを取り戻して、彼は、硬い微笑を面《おもて》に浮かべた。

「〝アード・マハのオルトーン〟殿は、キリストの教えがどのように篤《あつ》く奉じられているかを見届けるために、私をアイルランド五王国のごく僻遠の地にまで、遣わされておられるのですわ。オルトーン殿は私に、贈り物を携えて、各地へ……」

扉が、勢いよく開かれた。

オーラだった。彼女は眉をしかめ、腹立たしげな顔を見せて、入って来た。

「一体、どういうことです?」と、彼女は嚙みついた。「兄は、ずっと待たされていますよ。キャシェルは、王国の族長たちに、このような態度を取られるのですか?」

ソリンは、にやりと笑いながら、立ち上がった。

「私は、ちょうど、族長殿の会議の間へ出向こうではないかと、この修道女殿を誘っておったところですわい」と彼は、オーラに阿《おもね》るように話しかけた。「だが、修道女殿は、それよりも、私がどうしてグレン・ゲイシュに来ておるのか、その理由を聞きたがっておられるようでしてな」

フィデルマは、彼の嘘を正そうとしかけたが、口を噤《つぐ》んで、オーラのほうへ向きなおった。

オーラの怒りをはらんだ石のような硬い顔が、彼女を待っていた。

「私の用意は、できています。案内してもらいましょう」

オーラの眉が、吊り上がった。フィデルマの顔に浮かんでいる、気位の高い、威圧的な表情に、一瞬、面食らったようだ。自分の権威に挑まれることに、慣れていないらしい。彼女は、それ以上何も言わずに、フィデルマの先に立ち、来客棟を後にした。エイダルフとソリンが、殿《しんがり》を務めた。


ラーの中で一番大きな建物の一部が、数室からなる族長用の部屋になっていた。ラーのほぼ中央の三層の建物である。大きな扉を入ると、玄関ホールになっていて、そこから廊下が左右に延びていた。また、上の階の部屋へも、石の階段で、ここから行けるようになっている。丈の高い扉は、奥の大広間への入口だった。天井の高い、煙が薄く漂っている大広間には、数人の人影があった。壁には壁掛け《タペストリー》が襞を作って緩やかにかかり、天井からは、いくつものランプが吊るされて、広間を照らしている。しかし、それよりも強い明かりを放っているのは、部屋の中央に設けられている炉の、盛大に燃えている丸木の薪だった。広間の空気がぼんやりと烟《けむ》っているのも、この炉の火のせいなのだ。

鹿狩り用の大型猟犬が二頭、音高く燃え上がる炉の火の前に、長々と伏せっている。その片側には、装飾的な彫刻をほどこした大きなオーク材の椅子が置かれ、その周りに、族長の身近な縁者の男女が数人、集まっていた。二人の兵士が扉を警備しており、もう一人の兵士は、彫刻で飾られたオークの椅子のすぐ後ろに立っていた。フィデルマは、この三人目の兵士が、初めてオーラに出会った時、彼女につき従っていた、アートガルという名の黒髯の男だと、気がついた。

グレン・ゲイシュの族長ラズラは、族長の座である大きなオークの椅子に楽な姿勢で身を委ねていたが、たとえそうでなくとも、これが族長であることは、紹介を待つまでもなく、わかっただろう。オーラは彼の妹だとの知識があるフィデルマには、誰がラズラかを、もちろん、一目で見分けられた。二人は、それほどよく似ていたのだ。同じ目鼻立ち、同じ色の瞳と髪、頰に浮かぶ表情まで、同じだった。彼が、長い暗褐色の口髭を生やしていなければ、フィデルマは二人を同じ莢《さや》の豆と言いたいところだった。実際、彼をさらに注意深く見て、彼女は、ラズラとオーラは双子であることに気がついた。彼は、細面で、美男子だった。ただ、自分でそうと自覚しているらしいのが、玉に瑕だ。ラズラは、フィデルマがキャシェルで異教徒の族長としてなんとなく思い描いていたイメージとは、似ても似つかなかった。もっと粗野な、始末に負えない男を、予想していたのだ。だがラズラは、異教徒ではあるものの、落ち着いた、ごく礼儀正しく振舞う、洗練された人物であった。

オーラが二人を大広間に伴うと、ラズラは、フィデルマの身分に敬意を表して、族長の座である椅子から立ち上がり、挨拶をするため、前に進み出てきた。おそらく、オーラから、彼女がどういう身分の人間であるかを、聞かされていたのであろう。

「当地へ、ようこそお越しくだされた、〝キャシェルのフィデルマ〟殿。兄上のコルグー王は、ご健勝でしょうな？」

「息災に過ごしております、神のご加護で」とフィデルマは、習慣的にそう付け加えた。

周りの人々の中の一人が、押し殺した怒りの吐息をもらした。フィデルマは、声の主を知ろうと、彼らのほうへ、視線を向けた。

ラズラが、謝るように顔をしかめてみせた。その目には、面白がっているようなきらめきが覗いていた。

「ここにいる者たちの中には、どういう神のご加護なのかと、知りたがっている者がいるようでして」

フィデルマの目は、押し殺した声をもらした男を見つけた。灰色の髪をした、長身痩軀の男だった。金糸の刺繡がほどこされている、多色染めの長衣をまとい、高い地位を示す黄金の鎖を首から下げている。彼は、敵意を隠そうともしない目で、フィデルマの視線を見返した。その顔は、鳥類を思わせた。痩せた首に喉仏《のどぼとけ》が目立ち、息を大きく吸い込むのが癖らしいが、そのたびに、それが激しく上下している。深い眼窩から覗く蛇のように瞬くことのない黒い目には、重い感情がくすぶっていた。

「ムルガル殿には、ご自分の意見をお述べになる権利がおありです」とフィデルマは、ラズラに視線を戻しながら、冷たく答えた。

瘦身の男が驚くのを、フィデルマは目に納めた。ラズラさえも、彼女がムルガルとはっきり名指したことに、驚きを見せている。

「ムルガルを、ご存じだったのですかな？」と族長は、フィデルマがどうやって彼を名指すことができたのかという単純な推理に気づかずに、躊躇《ためら》いがちに問いかけた。

フィデルマは、自分が巻き起こした効果に、にんまりしそうになりかけて、それを抑えこんだ。

「むろん、ムルガル殿のご名声や、信念と学識と……礼節を備えた方だということなどを、知らない者がおりましょうか？」と彼女は、重々しく答えながらも、胸の内で、ラズラとの折衝に入る前に、できるだけ優位に立っておこうと、決意を固めていた。常に、相手の不意を突く形でことに取りかかるのが、得策である。彼女は、ただ推論を働かせたのだった。オーラが、兄のドゥルイドであり、ブレホンであると、ムルガルのことを、自慢していたではないか。実際には、フィデルマは、ムルガルなる人物のことなど、聞いたことさえなかった。だが、族長の間近に侍《はべ》り、高位の役職を示す黄金の鎖を首から掛けているこの男は、ムルガルでなくて誰であろう？　そこでフィデルマは、はったりをかけたのだ。そして、それがうまくいった。キャシェルからやって来た使節が見せた知識のほどは、グレン・ゲイシュの会議の広間中で、囁《ささや》かれることであろう。

ムルガルは、唇をぐっと引き結んだ。彼は、瞼《まぶた》の陰に目を押し隠しつつ、敵対者の力を推し測ろうと、フィデルマを見つめていた。

この最初の鍔迫《つばぜ》り合いが、どういう意味を持つものであるかは、フィデルマとムルガル以外の人々には、気づかれもしなかった。

その彼に、ラズラが「こちらへ来られよ、ムルガル、〝キャシェルのコルグー〟王の妹御である王の使節に、挨拶されるがいい」と、指示した。

長身の男は、進み出てくると、彼女の身分に敬意を払って、軽く頭を下げた。

「儂も、〝キャシェルのファルバ・フラン〟王の王女フィデルマ殿のお名前は、耳にしております」と彼は、喘息の気《け》を思わせる、ややかすれた奇妙な囁き声で、フィデルマに挨拶を述べた。「ご名声は、ご来駕に先立って、当地に達しておりますぞ。オー・フィジェンティ小王国は、キャシェルと長年にわたる因縁を持っておりますが、とりわけ、この冬の彼らの敗北（六六六年一月。長編『蛇、もっとも禍《まが》し』の背景。この『翳深き谷』は、六六六年七月に設定されている）は、フィデルマ殿のご活躍によるとか」

彼のこの言及には、脅迫の気配が潜んでいるのだろうか？

「オー・フィジェンティ小王国が目論んだ、キャシェルの正当なる王の王位転覆の策謀が失敗したのは、彼ら自身の傲慢と貪欲がもたらしたものでした」とフィデルマは、静かな口調で、それに答えた。「その反逆について、当然ながら、彼らは厳しい罰を受けました。でも私は、キャシェルに忠実に従う臣下として、キャシェルに背こうとする謀略が暴《あば》かれたことを、喜んでおります。キャシェルの王に忠誠を捧げる僕《しもべ》たるラズラ殿も、そのことをきっと喜んでおいでのことと思います」

ムルガルは、ゆっくりと目を瞬《しばたた》いた。あたかも、ひどく疲れていて、目を開いてはいられないというかのように、瞼が両の目の上に引き下ろされた。彼は、自分の敵手が並々ならぬ機転と理性を持った人物であり、その対応には、きわめて巧妙かつ慎重なる手法が必要になりそうだと、悟り始めたのだ。

「まさに讃嘆に値する、ご立派な信念ですな——ご自分が正しき信念の下に、悪しき者を相手に戦っているのだとの確信を持つことができるとは、心安らかなことでしょうな」

フィデルマは、それに応じようとした。しかしラズラは、ムルガルのほうを向いて立っている彼女の腕を取って、自分のほうへと向きを変えさせた。「信念を持っているというのは、なかなか良いことです。しかし、信念を固持し続けることより、信念のために戦うことのほうが容易だということも、間々《まま》あるようですな。さあ、フィデルマ殿、私のターニシュタのコーラを、ご紹介させて頂きましょう。彼は、妹オーラの連れ合いでもあります」

ラズラの傍らに立っていた男が一歩前へ進み出て、頭を下げて挨拶をした。ターニシュタというのは、大小の王国や族長領において、次の王位や族長位の継承者と定められている人物のことである。彼は、ラズラとほぼ同年輩と見受けられるが、背丈のほうは、族長より優に頭一つ分、高かった。見るからに行動型の男であり、まさに戦士にふさわしい体格である。その日焼けした褐色の肌は、赤みの強い赤銅色《コパー》の髪や、きらきらと輝く瞳の青い色と、際立った対比を見せている。美男子という訳ではないが、精悍な男らしさを漂わせる容貌がなかなか魅力的であることを、フィデルマの目は、見逃してはいなかった。おそらく、彼のゆったりとした動作や、その下に秘めた力強さ、面に浮かべたのんびりとした微笑などのせいで、おおらかな、愛想のよい男と見えよう。だが、洞察力ある人が見れば、彼の性格の中には鋼《はがね》のように強靭なものが秘められていることに、気づくはずだ。彼は、軍装で出席していた。軍刀は、農夫たちがよくやるやり方で、腰にさしていた。

「当地へのご無事なご到着、喜んでおります、フィデルマ殿」と彼は、挨拶の言葉を述べた。その低く響く深い声に、一瞬、彼女は驚かされた。「向こうの谷で遭遇なさった恐ろしい事態について、妻のオーラから聞いております。私は、自分の持てる力全てを用いて、その下手人どもを見つけ、必ず奴らを正義の前に引きずり出すと、はっきりとお約束します。この不条理な殺戮《さつりく》の理由は、究明されねばなりません。我々、この族長領の全ての人間に翳《かげ》を落としかねない事柄ですから」

フィデルマは、真剣な視線で、束の間、彼を見つめた。それから、さりげない口調で、問い返した。

「どうして、不条理な殺戮と言われるのです？」

ターニシュタは、びっくりした。

「おっしゃる意味が、わかりませんが」

「この殺害の理由はわかっていませんのに、どうして不条理な殺戮と言い切れるのでしょう？」

彼女は、慎重に言葉を選んで、彼に答えた。

しばし、ぎごちない沈黙が続いたが、コーラはすぐに肩をすくめた。

「それは、ただ、言葉の綾《あや》というか……」

彼の言葉を、ラズラの高らかな笑い声がさえぎった。彼は、すっかり面白がっていた。

「鋭いですな、フィデルマ殿。この分だと、我々の交渉、なかなか興味深い展開となりそうだ。しかし、真面目な話、オーラとアートガルから報告を受けて、我々は皆、いたく戸惑っておるのです。オー・フィジェンティは、この冬、アーンニャにおいて、兄上の軍勢に鎮圧されて以来、大人しくしておりますからな。それ以前には、彼らは、我々にとって、厄介な掠奪者でしたよ。この谷の向こうに、いくつかの氏族が住んでいるのですが、彼らは家畜の群れを強奪されていました。だからと言って、見知らぬ人々を、あのようなやり方で殺すでしょうかな？あの殺害されていた死者たち、一体、誰なのか？どこから来たのだろうか？こうした不可解な謎に答えを提供してくれる者が、今のところ、一人も出てこないのですわ」

フィデルマは、さっと興味を示した。

「あの死者たちは他所者だと、はっきり言い切れるのですか？」

ラズラには、自信があるようだった。

「アートガルは、死者たちの顔を、一人ずつ調べたのです。ここは、三十人もの若者が姿を消せば、すぐに気づくほどの、小さな土地です。アートガルが顔を知っている者は、一人もいなかったそうですわ」

「正確には、三十三人です」とフィデルマは、意味ありげにムルガルを見やりながら、訂正した。「三十三体の遺体です。三十三とは、奇妙な数ですわね。三十三体の死体が、〝太陽回り〟で、円形に並んでいました。その一人一人が、三つの異なる方法で、三度ずつ殺されていたのでした――〈三重の死〉ですわ」

氷のような沈黙が、会議広間を満たした。静まり返った広間の中で聞こえるのは、燃え上がる炉の火の呟きと、猟犬の一頭が立てる低い寝息だけだった。フィデルマの言葉に答える者は、誰もいなかった。彼女が何を言わんとしているのか、全員わかっていた。こうした象徴が告げる意味は、古来の信仰を守る人々にとって、ことさらに強烈であるのだ。ややあって、ムルガルが憤ろしげに、一歩前へ進み出た。

「はっきりと申されるがよい、キャシェルの特使殿。今口にされた言葉には、我らへの非難が聞き取れたようだ」

ラズラが、気を揉むように、自分のブレホンに視線を向けた。

「私には、非難の言葉とは、聞こえなかったぞ、ムルガル」と、彼はブレホンを窘《たしな》めた。次いで、彼はフィデルマに向きなおり、愛想よい口調で、話しかけた。「我々、古来の信仰を守る者たちが、今も人間の犠牲《いけにえ》を捧げているというイメージは、全く荒唐無稽ですよ。あなた方キリスト教の一部の聖職者が、どうやら、そのように説いておられるようですが。しかし、偶像クロム・クリューアハについて語っている古い物語の中でも、クロム・クリューアハ崇拝を持ち込んだティーガーンマス王に反対し、彼に立ち向かったのは、ドゥルイドたちであったと記されていますよ。さらには、ティーガーンマスを失墜《しっつい》させ、あの悪しき邪神崇拝を終わらせたのも、ドゥルイドたちだったのです」

「それは、わかっています」だが、フィデルマは自分の見解を引き下げようとはしなかった。「それでも私は、谷で、あのような形で殺害されていた者たちの死は、何かを象徴しているのだと、指摘しているのです。あのような象徴性は、必然的に、我々に、どういうことだろうと疑問を投げかけます。そして、その疑問には、回答が出されねばなりません」

夫の傍らに立っていたオーラが、非難するように、鼻を鳴らした。

「私は、フィデルマ殿に、あの殺害の下手人をグレン・ゲイシュにお求めになるのは的外れだと、すでに申し上げました」

「私は、あの責任がグレン・ゲイシュにあるなどと、仄《ほの》めかしてはおりません。でも、責任は、どこかにあるのです。そこで、お願いしたいと思います。皆様との会談の予定から、私に数日のお暇を、お許し下さい。雨や風で痕跡が失われてしまう前に、私は、アイルランド五王国の全ての法廷に立つドーリィー〔弁護士〕として、調査に取りかからねばなりません」

この申し出が、ラズラにとって不本意なものであることは、歴然としていた。だが、彼に代わって口を開いたのは、ターニシュタのコーラであった。

「我々グレン・ゲイシュとキャシェルの間には、論じ合わねばならない事項が、いくつもあります」と彼は、ラズラに向かって、思い切って提案した。「これは、重大な会談ですから、時間を他のことに割くわけにはゆきますまい。そこで、私に提案させて下さい、族長。私が、五、六人の兵士と共に、騎馬で出向き、〝キャシェルのフィデルマ〟殿に代わって、その調査に当たることを、お許し頂けませんか？　フィデルマ殿がこの地に来られた本来の目的である我々との折衝を終結へ向けて続けておられる間に、私はこの殺戮に関して、できる限りの調査を行い、ここへ戻って来て、フィデルマ殿に報告しましょう」

ラズラは、この提案に、ほっとしたようだ。

「実に、良い提案だ。我々は、それに賛成だ」

フィデルマは、これに不服を申し立て、訓練を受けたドーリィーである自分のほうが、こうした事態の判断に関して、ラズラのターニシュタよりも遥かに経験を積んでいるのだと、指摘しようとした。しかし族長ラズラは、そのままコーラへの指示を続けていた。「それがいい。すぐに準備をしてくれ、コーラ。アートガルと、ほかにもお前が必要と考えるだけの兵士を、伴うがいい。出立《しゅったつ》は、明日の明け方まで、待たねばなるまいな。それでは、今夜は、すでに計画していたとおり、我々は、キャシェルからの特使殿の歓迎の宴《うたげ》を開くとしよう」そう言うと、ラズラは、笑顔をフィデルマに向けた。「素晴らしい日程だ。そうは思われませんかな、〝キャシェルのフィデルマ〟殿？」

フィデルマが、さらに異を唱えようとした時、ムルガルが、いかにも満足そうな声で、口をはさんだ。

「コーラ殿は、グレン・ゲイシュには、何の責任もないと、発見されることだろう。儂は、そう確信しておりますぞ」

フィデルマは、苛立ちの視線を、ちらっと彼にはしらせた。

「あなた方のターニシュタは、そのような発見をなさるでしょうね。私も、そう確信していますわ」

ムルガルは彼女を見返し、何を仄めかされたのかに、気づいた。彼は、一瞬、彼女の言葉に真っ向から反撃しようとしたらしい。だが、フィデルマは、自分が究明しようとしていた調査から、このような形で逸らされてしまった不満を隠そうとして、すでに彼に背を向けていた。

エイダルフは、フィデルマがさらに猛進するのではないかと危ぶみ、不安を覚えていた。グレン・ゲイシュの族長がフィデルマに、折衝の会議を一時放棄して殺戮事件についての調査を行ってもよいと許可することなどあり得ないと、思慮ある人間なら誰でもわかるはずではないか。ありがたいことに、少なくともエイダルフの見る限り、フィデルマも、そのことを理解したらしい。とうとう、フィデルマも、事態を受け入れた印に、頷いたように見えたのだ。

「結構ですわ、ラズラ殿」と、フィデルマは答えた。「このお申し出、了解いたしました。キャシェルに戻りましたら、私は兄に、この件を詳しく報告せねばなりませんので、コーラ殿には、発見されたことは全て、細大もらさず、お話し頂きたいと思います。たとえ取るに足りないと判断されたことでも、私にとっては、興味深く思えることもあるかもしれませんので」

「では、私は、部下と共に、明日の朝、日の出と共に出発いたします」とターニシュタは、フィデルマに請けあった。

ラズラは、満足の笑みを、面に広げた。

「素晴らしい。では、我々の関心を、ほかのことに向けようではありませんか。私は、主《あるじ》としての務めを怠っていたようだ。もう、ソリン殿とは、お会いですかな？　あなた方キリスト教徒の指導的地位におありの方で、〝アード・マハのオルトーン〟殿の秘書官をお務めですわ」

フィデルマは、わざわざソリンを振り向くことはしなかったが、彼がエイダルフと並んで立ち、何事かを彼の耳に囁いているのを、視野の片隅に捉えていた。エイダルフは、困惑した様子で、一、二歩、彼から離れた。

「ソリン修道士殿とは、すでにお目にかかっております」と答えたフィデルマの声には、お目にかかったことを嬉しがっている気配は、全くないようだ。

「それに、私の書記のディアナッハ修道士は、いかがですかな？」と、ソリンが近寄って来ながら、訊ねかけた。「多分、まだ、お会いになっていないのでは？」その口調には、何やら匆体ぶった気配が漂っていた。あたかも、自分は専属の書記が付くほどの重要人物なのだ、ということを強調するかのような物言いである。フィデルマは振り返り、ソリンが前へ押し出そうとしている、華奢《きやしや》な、いささか女性的な若者を見つめた。おそらく、やっと十代を抜け出したばかりといった年齢だろう。蒼白い顔に、点々とにきびが覗いている。頭は〈聖ペテロの剃髪《トンスラ》〉ではあるが、あまり丁寧な剃り方ではない。若者は、神経質になっているらしい。フィデルマの視線を受けとめようとしない褐色の目が、彼におどおどとした印象を与えている。フィデルマに、同情を覚えさせるような、ぎごちない若者である。

「〝サルヴェ（幸《さち》あれかし）〟、ブラザー・ディアナッハ」とフィデルマは、緊張をほぐしてやろうと、彼にローマ式の挨拶で、声をかけた。

「〝パクス・テクム（安らぎ、あれかし）〟」と若者は、つかえがちな口調で挨拶を返した。

フィデルマは、ふたたびムルガルに向きなおり、「この機会に、私も、ケント王国の〝カンタベリーのテオドーレ〟大司教猊下の特使、エイダルフ修道士殿を、ご紹介させて頂きます」と、彼に告げた。

エイダルフは一歩前に進み出ると、先ずラズラに、次いで一座の人々全てに向かって、軽く頭を下げた。

「当地へ、ようこそ、おいでなされた、〝カンタベリーのエイダルフ〟殿」とラズラは、いささか異国の名前を発音しにくそうに口にしながら、歓迎の言葉を述べた。「どのような目的で、この小さな谷に足をお運び下さったのですかな？　遙か遠方の国の大司教テオドーレ猊下が、ここがどういう状態であるのかと興味をお持ちになるとは、思えませんが？」

エイダルフは、如才なく、答えた。

「私は、ただキャシェルのモアン王の許に遣わされた特使です。しかし、そのご歓待に与《あずか》っている機会を利用して、領内を遠くまで旅し、モアンの王土の民の繁栄の様、その暮らしぶりなどを、見聞させて頂こうと考えたのです」

「では、三層倍、歓迎申し上げますぞ。我々がどのように暮らしているかを、ご覧になって下され」とラズラは、重々しくエイダルフに答えた。それから、フィデルマへ視線を戻して、「それでは……」と、彼女に話しかけた。

フィデルマも、「それでは……」と応じながら、法衣の陰から、身分を示す白い笏杖《しやくじよう》と、それと同時に、自分の短剣を取り出した。そして「私ども、伝統を守らねばなりますまい」と言いつつ、片手で短剣を、柄《つか》をラズラに向けて差し出し、もう一方の手で、牡鹿の頭部が一端に付けられている笏杖を差し出した。

ラズラは、この儀式的作法を心得ていた。彼は片手を差し伸べ、人差し指で軽く笏杖を叩いた。

「我らは、貴殿を、コルグー王の特使としてお迎え申し上げる」彼は、荘重な声でそう唱えると、一歩引き下がり、広間のあちこちに控えている召使いたちに向かって手を振って合図をし、椅子を運び込ませて、族長の権威の座であるオークの椅子の前に、半円形に並べさせた。ラズラは、フィデルマとエイダルフに、椅子を勧め、何人かの人々は、その後方に引き下がった。族長が彼のオークの椅子に戻ると、ムルガル、コーラ、オーラ、ソリンの四人が椅子に腰を下ろした。着座したのは、彼らだけであった。

「さて、この交渉の目的について……」と、ラズラは、口を開いた。

だが、フィデルマが言葉をはさんだ。「私は、この折衝の目的は、このグレン・ゲイシュの地にキリスト教の教会や学問所を設立した場合、イムラックの修道院長であるセグディー司教殿はどのような権能をお持ちになられるかに関しての合意に達することであると、理解しております。私の理解に、間違いはありませんでしょうか？」

ラズラは、彼女が即座に披瀝した折衝事項の要約に、一瞬、まごついた。

「そう、間違いありません」と、彼は肯定した。

「それで、族長殿は、代わりに何を、イムラックにお求めなのでしょか？」とフィデルマは、問いかけた。

「修道女殿は、何を以て、我々がイムラックに期待していると、お考えになったのですかな？」とムルガルが、疑わしげに、反問した。

フィデルマは、ムルガルに楽しげな色を全く欠く笑顔を向けた。

「今、こうして取り組もうとしている会談に、我々は〝交渉〟、あるいは〝折衝〟という表現を用いておりますわ。この言葉を以て、私は、そのように受けとめたのです。交渉、折衝とは、取り引きです。取り引きとは、妥協を含む一種の合意に達することを、意味します。それとも、私は間違っておりますか？」

「間違ってはおられませんとも、フィデルマ殿」と、ラズラは答えた。「この取り引きは、単純明快ですわ。このグレン・ゲイシュにキリスト教の教会を建立し、子供らを教育することを許可する代わりに、キャシェルは、ここの宗教の在り方に、つまり父祖の信じていた宗教を我々が守り続け、古《いにしえ》より受け継いできた信仰の道を我々が辿り続けることに、一切干渉なされぬという確約を、我々は頂きたいのです」

「わかりました」と答えはしたものの、事態を考えてみて、フィデルマはかすかに面を翳《かげ》らせた。「でも、人々にキリスト教を説くことが許されないのでしたら、私どもがこの地に教会を建立し、キリスト教の教育機関を設立して、どうなるのでしょう？　人々に、キリスト教の教会や学問所に行くことを禁止なさるのでしたら、そもそも、どうしてそれらを設けようとなさるのです？」

ラズラは、ムルガルと、ちらっと目を見交わした。それから、慎重に言葉を選んだ口ぶりで、彼はフィデルマに答えた。

「実を言いますとな、〝キャシェルのフィデルマ〟殿、我々のこのグレン・ゲイシュには、すでにキリスト教徒の社会が存在しているのですわ」

フィデルマは、ひどく驚かされた。だが、それを面には表すまいと努めた。

「わかりかねますが。私は、いつも、グレン・ゲイシュは古の信仰、古の生き方を固守する人人の砦だと、聞かされておりました。そうではなかったのでしょうか？」

「いや、そうですとも」とムルガルが、声をとがらせて、割りこんできた。「また、今後とも、そうであり続けますわい」

「そういう態度は、よろしくないぞ」と、ラズラが、ブレホンを窘めた。「時代は、変わったのだ。我々は、それにつれて動いていかねばならぬ。さもなくば、自滅あるのみだ」

フィデルマは、ラズラに視線を向け、興味をそそられて、彼をじっくりと見つめた。自分は、この族長を、いささか過小評価していたのだろうか？　彼の領民の中には、族長がイムラックの司教に接触したことに賛同していない者がいることは、確かだ。しかし、今、彼は領民たちの確固たる指導者としての資質を発揮している。

ムルガルが、苛立たしげに、大きなかすれた音を響かせた。

ぎごちない沈黙を、ラズラが破った。

「我々、グレン・ゲイシュの男たち、女たちは、長年にわたって周辺のクランと、婚姻関係を結んできました。それによって、我々は、〝グレン・ゲイシュの民〟としての力を持ち続けてきたのです。近親結婚を禁じる古代の法律を守ることにより、力強く、健全なる民として、生き続けてきました。しかし、我々の中に入って来た、こうした夫たち、妻たちは、すでに新しい信仰を奉じていることも、多かったのです。彼らは、グレン・ゲイシュに新しい信仰をもたらし、子供たちをその教えに従って、育ててきました。彼らの社会は、今では、かなりの大きさになっています。そして、自分たちの精神的な支えとなってくれる、新しい宗教の教会と僧侶を求め始めています。また、自分たちの信仰について学べるようにと、その学問所も、欲しがるようになっておるのです」

コーラが、何やら聞き取りがたい言葉を呟いた。

だがラズラは、彼に注意を払わずに、真っ直ぐにフィデルマに向きなおった。

「我々の中には、あなた方の宗教の勝利は避けがたい必然だと認めている者たちも、おりますよ。過去二世紀の間に、アイルランド五王国は、我々の一部の者たちが好もうと好むまいと、変貌を遂げたことは、確かですわ」

「古より伝わるアイルランドの法律の基本的な精神は、何人《なんぴと》も、人々に、どのような神たち、女神たちを信奉すべきかを強要はしない、と定めておりますぞ」と、ムルガルが口をはさんだ。

「ところが、新しい宗教の神々がアイルランド諸国の王たちを服従させてからというもの、彼らは、お前たちが祈るべき神々はこれであると、我々に命じた。お前たちは、ただ、彼らの三人の神々のみを……」

「ただ一人の神を、だ！」とエイダルフが、議論をじっと聞いていることに、もはや我慢できなくなって、大きな声を上げてしまった。

「ただ一人、となア」と、ムルガルは嘲笑した。「自分の宗教をご存じないようだな。新しい宗教には、貴殿がたが〝三位一体〟と称しておられるように、三人の神々がおられるのではないのかな？　それに、〝キリストの御母〟という女神も一人、おられるではないか？」

フィデルマは、それに対して、首を横に振った。

「それは、我々キリスト教徒の考え方とは、違っております、ムルガル殿」と彼女は、穏やかに異を唱えた。そして今度は、ラズラに向きなおって、「でも、この会談は、神学論を戦わせる場ではありません。私どもは、そのためにグレン・ゲイシュに伺ったのではございません」

族長は、面を伏せて、やや考えこんだ上で、彼女に同意した。

フィデルマは、「個人の自由と信仰の自由についての議論は、また別の機会に譲ることにいたしましょう」と、付け加えておいた。

「では、その論議の際に」と、ムルガルは、彼女に告げた。「覚えておいて頂きたい、我々の信仰は、この土地と密接に結びついたものだということを。我々の信仰は、数《かぞ》うること能《あた》わぬばかり遙かなる時の彼方から、我らの祖先がずっと信じてきたものだ。それ故に、心に留め置かれるべきだ、信仰が芽生えた土壌から、その信仰を根絶することは、きわめて難事であると。その土壌の上で、我らの信仰は育まれ、豊かなる稔りを生みだしてきたのだ。覚えておかれよ、母なる土壌を奪われた信仰の自由など、そこに生《お》いたった樹木にとって、決して真の自由ではない、ということを」

フィデルマは、認識し始めた。このムルガルは、単に、滅びつつある宗教の強力な代弁者というだけではない。深い思想を持った、精神的な人物なのだと。彼女は、彼が決して侮《あなど》ることのできない敵手であると、悟った。

「今のお言葉、心に留めましょう、ムルガル殿」とフィデルマは、認めた。「でも、この地に、キリスト教の教会と学問所を設立する件で、具体的な合意に達するための折衝を行うということが、私どもの目下の仕事であるはずです。もし、それを本当に望んでおられるのでしたら、ですけれど。私は、あなたの顧問官がたは、このキリスト教の教会と学問所を設立するという点で、すでに意見が一致しておいでなのだとばかり、思っておりました。だからこそ、この件の具体的な折衝をするために、私はグレン・ゲイシュに伺ったのです。神学論争をするために伺ったのでは、ありません」

ラズラは、少し顔を赤らめた。

「私は、このグレン・ゲイシュの領民たち全ての信仰を、満足できるものにしてやりたい。それで、キリスト教の教会や学問所も設立してやりたいと考え、あなたをお招きしたのです、フィデルマ殿。確かに、私の評議会の何人かは、こうした変革に不賛成だが、それは、まあ、避けがたいとして、大部分の民のための、より大いなる福利こそ、私の族長としての指導の根底です」

「そういうことでしたら、私のほうは、この大事な協議を、いつでも始められます」

ラズラが、急に立ち上がった。

「では、皆に告げよう、我々の折衝の会談は、明朝、角笛の響きを以て、開始する。我々は、ふたたびこの会議の間に集まり、論ずるに値する諸々の問題について、論じ合おう。しかし、今宵は、グレン・ゲイシュを訪れて下さったお二人のために、おもてなしの宴と余興を、ご用意してありますぞ。角笛を合図に、宴の広間にお越し下され」

第六章

フィデルマは、公式の会議に先立って非公式にラズラに会い、彼の族長としての姿勢について話し合いたいと望んでいた。だが、その機会が提供されないと知って、驚いた。夜の宴《うたげ》が始まるまで数時間ある。この時間を、折衝に臨むラズラの態度についての事前の話し合いに充てるのは、非常に有効であろうと、フィデルマは感じていたのだ。この件で、領内の諸氏族の指導者たちの間に、意見の不一致があるかもしれないではないか。だが、彼女は、丁重にではあるが、ラズラもコーラも、お会いする時間は取れないと、告げられた。という訳で、フィデルマとエイダルフは、どうぞご自由にお過ごしをとばかりに、二人きりにされてしまった。丁重に無視された、ということのようだ。ラー〔城塞〕の中の人々は皆、ソリン修道士と彼の若い書記までも、二人の前から姿を消していた。

そこでフィデルマは、ラーの中やその敷地を見て回るのも有益だろうと、エイダルフに提案した。その順路として、二人がラーを囲む城壁の胸壁《バトルメント》廻《めぐ》りをすることにしたのは、当然の選択であろう。この胸壁は、花崗岩の防壁の内側の、高い位置に設けられた桟道状の木造の通路であった。外敵の攻撃を受けた際には、兵士たちはここに陣取り、押し寄せる敵軍にここから矢を射かけて、ラーを防御することができるのだ。

「人に聞かれることなく話ができるのは、今のところ、ここしかないと気づいていたのです」とフィデルマは、周りを見まわしながら、エイダルフに説明した。「もし慎重に振舞う必要が生じた時のために、この場所を覚えておきましょう」

二人は、防壁に沿って延びる桟道を進み、門の上に立っている見張り番から十分離れた箇所で、足を止めた。

「秘かな場所が必要かもしれぬとおっしゃるとは、何か気になっておいでなのですか？」と、エイダルフが訊ねた。

「二、三、気になることがありますわ」と、フィデルマは認めた。「あの三十三体の遺体のことを、忘れないで」

「では、コーラが、あの殺戮《さつりく》について何か具体的な証拠を見つけて戻って来るとは、期待していらっしゃらないのですね？」

「それは、はっきりしています」と彼女は、ぴしりと答えた。「おそらく、ラズラには、私たちをここに足止めしておきたい理由が、いくつかあるのかも。でも、私には、彼は私たちにあの件をこれ以上穿鑿《せんさく》されたくないのでは、という気がします。私たち、何やら操られているのではないかしら？　この数時間を使えば、私たちがここへやって来た本来の要件を、十分に捗《はかど》らせることができるはずなのに、どうしてこのように私たちを放っておいて、自分の前から退けようとしているのでしょう？　これでは、貴重な時間の浪費です」

「まあ、ラズラが折衝をいつ開始するかをすでに宣言してしまったからには、我々が今できることは、ほとんどありませんね。明日、会議が開始する時刻には、コーラはもう出発しているはずですし」

フィデルマは、雄弁に肩をすくめてみせた。

「コーラが、どういう報告を持ち帰るにしても、私たちの知識に追加できる報告は、何もないだろうという気がします。でも、それよりもっと目の前の事態で、気になっていることがあるの。あのアード・マハから来ている聖職者です。彼が突然ここへ、それもこの大事な時に、姿を現したことは、奇妙です。それに、彼と彼の若い書記、今どこにいるのかしら？　あの聖職者、今、ラズラと、何か私には内密のことを話し合っているのかもしれませんわ。でも、そうだとしたら、どうしてかしら？」

「多分、あの聖職者の存在には、別に不吉な意味はないのでは？」

「いいえ、そんなことは、ありませんわ」フィデルマの返事は、真剣だった。「ここは、これまで、キリスト教会を代表する人を、いつも拒んできた、外の世界から孤立した土地でした。それが今、彼らは、モアン王国のキリスト教の中枢であるイムラックから代表を招いているばかりか、ウラー王国のアード・マハからも、同様に聖職者を招いているではありませんか。それも、ただの聖職者ではなく、〝アード・マハのオルトーン〟自身の秘書官を、です。あなたはすでにご存じでしょうけれど、アード・マハは、ウラー王国におけるキリスト教の中枢の地です。三十年前に、アード・マハの司教であったクメアンは、自分がアイルランド五王国の大司教にして最高位の司教と名乗ることについて、ローマ教皇の祝福を願い出ました。しかし、モアン王国のイムラックは、これを認めてはおりません。オルトーンが聖パトリックのコマーブ、つまり後継者であることは、事実です。でも、アード・マハは、このモアン王国のグレン・ゲイシュには、何の権限も持ってはいません。それに、私は、あのソリン修道士なる人物に、好意を持てませんわ。私たち、気を緩めないようにしましょう。何やら訝《いぶか》しいことが潜んでいるような気がするのです」

エイダルフは、彼女の事態の受けとめ方に、驚かされた。だが、ソリン修道士に好感を持てないという点では、同感だった。

「感じのいい人間では、ありませんね。策士ですよ」

「策士？　どのように？」とフィデルマは、さっと問いかけた。「そのような言い方をなさるには、何か理由がおありなのかしら？」

「会議の広間で、あなたがラズラと話しておられた間に、あの男、私に話しかけて来たのです」

「そのこと、気づいていましたわ。あなたは、まるで侮辱を受けたかのように、彼からさっと離れてしまわれましたね？」

フィデルマのことをよく知っているエイダルフは、彼女の観察力の鋭さについて、わざわざ口にすることはしなかった。

「あの男、私に、アイルランド五王国の信仰の最高権威であるアード・マハに忠誠を誓うべきだと、説きつけようとしたのです。彼は、二人ともローマ・カトリック教会の〈聖ペテロの剃《トン》髪《スラ》〉をしているということで、仲間意識を持ち出しましてね」

フィデルマは、そっと笑い声をもらした。

「それで、なんとお答えになったの?」

「あんまり。それより、彼にしゃべらせるほうがいい、と思ったのです。彼が何を狙っているのか、見つけることができますからね。彼は、〝アード・マハのオルトーン〟が全アイルランドの最高位の司教であると私に認めさせようと、躍起《やっき》になっていましたよ」

「前にも言いましたけれど、アード・マハは、決してアイルランドの信仰の最高の権威では、ありません。アード・マハの司教は、〝大司教〟という称号を用いて、そう装っていますけれど[1]。我々が正式にアード・マハの司教に認めている肩書は、〝聖パトリックのコマーブ〟、つまり、〝聖パトリックの後継者〟という肩書だけですわ。これは、イムラックの司教が、〝聖アルバのコマーブ〟と呼ばれておいでになるのと、同じ言い方です。ですから、アード・マハとイムラックは、アイルランドのキリスト教において、同等の位置を占めているのです」

「ソリン修道士は、そうは考えていないようですね。彼に言われましたよ、ローマ・カトリックの剃髪をしている者は、全て、アード・マハの権威を認めない者たちとの付き合いを避けるべきだそうです」

フィデルマは、眉をひそめた。

「オルトーンは、〈パルキア〉(2)の地位に、野心を燃やしています。でも、全くばかばかしい話ですわ。彼に、なんとお答えになったの？」

エイダルフは、つっと顎を突き出した。

「私がどう感じたかは、告げませんでした。単に、カンタベリーの大司教テオドーレ猊下が私を派遣されたのは、キャシェルのコルグー王に対してであって、アイルランド五大王国のほかの四人の王に対してではないのだとだけ、指摘しておきました」

フィデルマは、ちらっと微笑を浮かべた。

「それに対して、ソリンは、どのような反応を見せました？」

「彼は、魚のようにぷっと頬を膨らませ、悔しそうに顔を真っ赤にしましたよ。その段階で、私は彼から離れて、話を打ち切ったのです」

「それにしても、彼が、あなたにそのような形で話しかけても大丈夫と考えた、というのは不思議ね」と、フィデルマは思案した。

エイダルフが、うっすらと顔を赤らめた。

「多分、彼は、我々を引き離したかったのだと思いますよ」

「どういうふうに？」

「きっと、彼は、私たちが以前からの友人であったことに気づかず、私があなたと、たまたま旅の道連れになっているのだと考えて、ここで使命を果たそうとするあなたを、孤立させようと、望んだのでしょう」

「何のために？」

「よくわかりません。多分、私に、あなたと行動を共にするより、一人で旅するほうがいいと、警告しようとしたのかもしれませんね」

フィデルマは、興味をそそられた。

「あなたを威嚇《いかく》したのですか？」

「威嚇ではなかったと思いますよ……正確には」

「では、正確には、なんだったのです？」

「ソリンは、たとえば、というような曖昧《あいまい》な言い方をしていましたから、私には彼の真意がよく摑めなかったのです。私にわかったことは、彼は、あなたに良かれと考えている人間ではない、ということだけです」

「では、私たち、ソリン修道士に注意を怠らないことにしましょう。彼が何を狙っているのかを、見極めないといけませんね」

「彼が、この地で、何かを目論んでいることは、確かですよ、フィデルマ」と、エイダルフも同感だった。

少し間《ま》をおいた後、フィデルマはふたたび口を開いた。「今夜の宴は、正式行事だと聞きました。そのような宴では、席次が定まっていることは、ご存じでしょ?」

「私のアイルランド滞在も、その知識が身につくほどには、長くなっていますよ」

「それは、好都合。私は、ラズラや彼の近親者たちと同じテーブルにつくことになりましょう。キャシェルの王の妹だから、というだけの理由でね。多分、ソリン修道士は、ムルガルを始めとするオラヴ(3)がたや学者がたと同じ席でしょう。あなたは、きっと、ソリンの若い書記のディアナッハ修道士と一緒だと思います。彼は、ごく若い上に、初心《うぶ》な若者です。彼の主《あるじ》の動機について、できるだけ聞き出してみて下さらないかしら? ソリンがグレン・ゲイシュにやって来た真意はなんなのかを知ることができれば、助かります」

「できるだけ、やってみますよ、フィデルマ。お任せ下さい」

フィデルマは、しばし無言で、唇をすぼめて考えこんだ。

「私は、この折衝は、ごく簡明な協議として進行するのだろうと、思っていましたわ、エイダルフ。でも今は、そうとは思えなくなっています。ここでは、何やら奇妙なことが、進行しつつあるみたい。水面下で。私たち、それを明らかにしなければならないようです。そのような気がしてきましたわ」

軽い咳払いが、二人を妨げた。熱心に話しこんでいたため、二人は金髪の兵士がやって来るのに気づかなかったのだ。兵士は、彼らの前二、三フィートのところで立ち止まり、二人を訝しげに見守った。砦《とりで》の門の前でオーラに挨拶した、あの兵士だった。

「お二人がここに立っておられるのに、気づいたのです、修道女殿。それで、何かご必要なのかと思いまして」と、彼は思い切ったように声をかけてきた。

「いや、我々はただ、宴の前に、夕べの空気を楽しもうとしていただけだ」と、エイダルフが説明した。

フィデルマは、興味を覚えて、兵士を見つめた。彼の顔をしげしげと見たのは、これが初めてだった。逞《たくま》しい顔立ちに、明るい青色の瞳。その金髪は、穫《と》り入れ時の小麦の色である。歳の頃は、三十代の初めといったところだろうか。上唇にたくわえた髭は、昔風に、長く口の両側から顎の骨へと続いている。それが、彼の歳を、やや上に見せているようだ。振舞いも、礼儀正しい。

「どうして、私に〝修道女殿〟と呼びかけたのです?」とフィデルマは、厳しい声で、問いを投げかけた。「キリスト教徒以外は、普通、そのような呼びかけはしませんが」

彼は、やや長くフィデルマと目を合わせた後、さっとエイダルフにも視線をはしらせ、それからふたたび、目を伏せた。やがて彼は、人に聞かれるのを恐れるかのように、桟道をさっと見渡した上で、片手をシャツの中へ差し込んで、革紐の先に付けた何かを引き出した。小さな青銅の磔刑像十字架《クルシフィックス》だった。

フィデルマは、それを注意深く見つめた。

「では、あなたもキリスト教徒なのですね？」

戦士は素早く頷いて、十字架をふたたびシャツの内側にしまい込んだ。

「ここには、ドゥルイド〔賢者〕のムルガルが認めようとする以上のキリスト教徒が暮らしているのです、修道女殿」と、彼は答えた。「自分の母親は、グレン・ゲイシュの男と結婚して、こちらへやって来ました。そして、自分が生まれると、秘かにキリスト教の教えの中で、自分を育ててくれたんです」

「では、ラズラは、この地のキリスト教徒社会で、すでにキリスト教徒として育てられている者たちのために、教会と学問所を建てたいと考えていると言っていたが、あれは偽りではなかったのか」と、エイダルフも考えこんだ。

金髪の兵士は、頷いた。

「そのとおりです、修道士殿。長年にわたって、我々キリスト教社会は、族長とその評議会に、我々の悩みに答えてくれる神父様を迎えることを許してほしいと、要求し続けてきたんです。でも、最近までは、拒否されてました。ところが、我々は今、族長がイムラックとキャシェルに、まさにこの目的のために使者を送ったという、喜ばしい情報を耳にしたんです」

「ところで、あなたの名前は？」

「ラドガルです、修道女殿」

「そして、戦士のようですね？」

ラドガルは、くすっと笑った。

「グレン・ゲイシュには、生粋の戦士は、一人もおりません。自分の生業《なりわい》は荷車大工で、族長が兵士を必要とするたびに、招集に応えます。ここの兵士たちは、皆、自分の職業を持っとるんです。族長が自分の護衛隊長と考えとられるアートガルだって、やはり生業は鍛冶屋ですよ」

フィデルマも、オーラからそう聞かされたことを、思い出した。

「それにしても、どうして我々の前に、こうして名乗り出てくれたのかな？」と、エイダルフは訊ねた。

兵士は、素早く、一人からもう一人へと、視線を向けた。

「自分がしてさし上げられることが、何かあればと、思ったんです。自分にできることで、何か必要なことがありましたら、お申し付け下さい」

その時、近くで、角笛が吹き鳴らされた。ラドガルが、顔をしかめた。

「ああ、角笛だ！　宴へ向かわなければ」

フィデルマが予想していたとおり、ラズラは厳格な伝統主義者らしいと、エイダルフは気がついた。ラーの会議の広間は、今は大宴会の広間へと変わっていたが、その手前の控えの間《ま》には、すでに全員が待ち受けていた。先ず、族長の館の従僕三人が、大広間に入っていった。次いで、族長の公的な顧問官である高官《ボルスカーラ》のムルガルが、一同の席次を決定する儀式監督として、中に入った。さらに、ファルスチュッアク〔角笛奏者〕が、彼に続いた。ふたたび角笛が一吹き鳴り響くと、ラズラ自身や客人たちの盾持ちが、それぞれ、主《あるじ》たちの盾やラズラの戦士隊の軍旗を運び込んだ。盾は、その所有者の地位に応じて定められている席の上方の壁に、掛けられた。

三度目の角笛が鳴り響くと、紋章捧持者によって、その他の身分の人々の紋章旗が運び込まれて、その所有者がどこに坐るべきかを示すために、所定の場所に立てられた。最後に、四度目の角笛が吹奏され、人々はゆっくりと大広間に入り、自分の盾や紋章旗の下の、定められた席についた。このような手順で入場するため、見苦しい席次争いや押し合いは、見事に避けられていた。全てのテーブルで、席は片側にだけ、設《しつら》えられていた。したがって、男性も女性も、向かい合って坐ることはなかった。席次に関する、このように窮屈《きゅうくつ》なまでの規定は、この上もなく厳しい慣習になっているのだと、エイダルフは気づかされた。

広間には、大型の木のテーブルが、いくつも並べられていた。ラズラの儀式監督者は、全ての会食者が、それぞれの地位に応じて然《しか》るべき席に坐ったかどうかの確認に、大わらわである。時として、宴における席次をめぐって、由々しき口論が持ち上がることもあると、エイダルフは聞いていた。(4)

フィデルマの席は、オーガナハト王家の王女という身分から、中央のテーブルのラズラの隣りに用意されていた。彼女のもう一方の隣りには、ターニシュタ〔継承予定者〕のコーラが坐り、さらにその隣りは、彼の妻オーラと、彼らの娘エスナッドの席であった。それ以外の族長の家族たちは、両側のテーブルに居並んでいた。兵士たちには、また別のテーブルが割り当てられている。ソリンやムルガルのような学者たちは、エイダルフには誰ともわからない、他の学者たちと共に、これまた別のテーブルについていた。エイダルフのテーブルは、明らかに、そう高くない地位の専門職の者たちの席であった。諸氏族の長《おさ》や下級の用人たちには、また別のテーブルが用意されている。

エイダルフは、ソリン修道士の書記ディアナッハ修道士の席が、フィデルマが予想していたとおり、自分の左隣りであることに気づいた。エイダルフは、人々が席次をこのように重視することを非常に珍しがっている、という態度を取って、それを話題にディアナッハとの会話を始めようと試みた。若い書記は、これまで見せていた内気な態度を何とか克服して、頭を振りながら、エイダルフの批判めいた言葉を、大真面目に否定した。

「私の父の時代に、〝マグ・ラーの戦い〟という戦乱がありましたが、その端緒となったのも、ドゥーン・ナ・ヌゲッドで催された宴会で、コンガル・クローアンが本来彼に与えられる席より下座に坐らされたということだったのです」とディアナッハは、もの静かに、だがきわめて真面目な態度で、エイダルフに教えてくれた。

エイダルフは、会話をさらに広げることにした。

「それは、どのような戦いだったのかな?」

若い書記は、エイダルフに、「大王《ハイ・キング》ドーナル・マク・エイドーがコンガルや彼と同盟を結んでいたダール・リアダ[5]の人たちを海の彼方に追放なさる結果になった戦闘です」と、説明した。

ディアナッハの反対側の隣りに坐っていた初老の男が、ムルガルの書記のムールであると名乗って、二人の会話に入って来た。

「コンガルたちの追放という事件の真相は、この戦闘によって北方の強力な諸王国の間に残っていた古い信仰を壊滅しようとした、ということですよ」彼の声には、非難の響きが聞き取れた。「コンガルが宴における席次に関して侮辱的な扱いを受けたという説も、確かにあります。だが、ウラーの有力な小王や大族長たちに関する限り、彼らは長年にわたって、新しい宗教、キリスト教に反発を示していたのです。そこで、キリスト教徒である大王ドーナル・マク・エイドーは、彼らにキリスト教を強制しようという決意を固めた。それに対する北方の小王や大族長たちの抵抗は、結局はマグ・ラーにおいて大王ドーナル・マク・エイドーと対決した挙句の敗北でした。それ以後、古くからの信仰は、僻地の小さな氏族たちの間にしか、存続しておらんのです」

若い書記ディアナッハ修道士が身震いをこらえながら、胸に十字を切った。

「新しい信仰が、マグ・ラーの戦い以降、勝利を得てきたことは、事実です」とディアナッハは、同意した。「主のご加護に感謝を。でも、こういうことも語られていますよ。その宴がまさに始まろうとしていた時、男と女の、二人の黒く恐ろしい妖怪が現れて、途方もない量の食べ物を貪りつくして消え失せたとか。そこで、大王ドーナルは、キリスト教徒の軍団を率いて、悪魔の勢力と戦わなければなりませんでした。そして大王は、〝デオ・ファヴェンテ（神のご加護で）〟、彼らを全滅なされたのです」

初老の書記ムールは、それに嘲笑《ちょうしょう》で答えた。

エイダルフは、ムールを無視して、「それは、いつ起こった事件だと、君は言っていたかな？」と、あたかもディアナッハに同感しているかのように、若い書記に話しかけた。

「父の時代のことです。父が若い戦士だった時ですから、三十年近い昔のことです。父は、そのマグ・ラーの戦場で、右腕を失いました」

エイダルフは、この時やっと、以前この戦闘について聞いたことがあったと、気がついた。彼は、トゥアム・ブラッカーンで学んだのだが、その修道院付属の学問所に、ケン・フェイラッドという初老の教師がいた。彼は、アイルランドの古代法の教授であったが、エールの民の言語であるゲール語の文法についても、著書がある。エイダルフは、この著作に大いに助けられ、アイルランド語（ゲール語）の知識を深めたのであった。フェイラッドは、歩く時、足を引きずっていた。それについていろいろ問いかけるエイダルフに、彼は、若い頃、戦場で受けた傷のせいだと、打ち明けてくれたのだった。その戦場の地名を、エイダルフは間違って、

〝モイラ〟と覚えていたが、それがこの〝マグ・ラー〟だったのだ。トゥアム・ブラッカーンは、法律や神学の学問所だけでなく、優れた医学院としても、すでに名声を確立していた。戦場で負傷したフェイラッドはここに連れてこられ、優れた外科医でもあった修道院長による治療の結果、健康を取り戻したのであった。フェイラッドは、回復後もトゥアム・ブラッカーンに留まり、ここの学問所で法律を学び、ついにはアイルランド五王国の偉大なるブレホン〔裁判官〕の一人となった。エイダルフは、このことをディアナッハに告げて、彼との会話をはずませようとした。だが、ちょうどその時、それは妨げられてしまった。

ラズラが立ち上がり、喇叭手《ラッパしゅ》が角笛を吹き鳴らして、一同に静粛を求めたのである。エイダルフは、そのはずはないとすぐに気づきはしたが、一瞬、ラズラが〝デオ・グラティス〔食前の感謝の祈り〕〟を唱えるのかと、思ってしまった。もちろん、ラズラは、客人たちに伝統的な歓迎の辞を述べただけであった。

続いて、召使いたちが、食べ物を載せた数々の大きな盆や、葡萄酒や蜂蜜酒《ミード》のピッチャー〔柄付き水差し〕を運び込み始めた。エイダルフは、熱い肉料理の皿が、これまた身分の順に、定まった作法でもって、客人たちに差し出されていることに気がついた。見事な骨付き肉の大皿は、氏族の長や役人や知識階級の人々の前にも、彼らの身分に応じて、うやうやしく運ばれた。ドゥエリーマン〔饗応係り〕と呼ばれる、大きな肉を切り分けたり配ったりする係りの者たちは、テーブルに沿って進みながら、それぞれの客人に骨付き肉料理を勧めている。饗応《もてなし》を受ける側は、左手を伸ばして骨付き肉の端を押さえ、右手にナイフを持って、必要なだけの肉を切り取っている。だが、人々は、切り取ろうとしている大きな肉塊の関節の辺りの肉だけは、そっと避けている。もし、手つかずに残されているその箇所をうっかり切り取ろうものなら、とんでもない無礼を働いたことになるのだ。今はごく饒舌になっていたディアナッハ修道士は、このクーラーミール〔英雄の一口〕[6]という部分を切り取った者を罰する法律さえあるのだと、エイダルフに忠告してくれた。この箇所の肉は、客人の中でも、きわめて勇敢な偉業を成し遂げたと衆目が認める人物のために取っておかれる、一番大事な部分なのだそうである。

パンを載せた皿と魚や冷製肉《コールド・ミート》の皿が、熱い肉料理に続いた。果物を山盛りにした鉢も、運ばれてきた。輸入された葡萄酒も、地元のエールや蜂蜜酒の水差しと共に、宴を賑わせた。エイダルフは、葡萄酒は決して上質のものではないな、ゴール地方から、果たしてどのようにして運ばれてきたものやらと、あまり良い評価を与えなかった。それにしても、グレン・ゲイシュは葡萄酒を輸入できるわけだ。つまり、族長は自分の食卓を大いに自慢しているのである。エイダルフは、この葡萄酒のあと口が悪いことに気づいて、地元の芳醇な蜂蜜酒に切り替えることにしたが、その時には、すでに陶器の高杯《ゴブレット》で二杯も、酷い葡萄酒を飲み干していた。

食事の後で手を拭うために、全員にラヴラット〔手拭きの布〕が配られていた。

食事の間に、エイダルフは、どうしてソリン修道士に同行しているのかを、若い書記から懸命に聞き出そうとしてみた。だがディアナッハは、無邪気そうに、逆にエイダルフに質問してきた。それが本当に下心などない素直さなのかどうか、エイダルフには、わかりかねた。若者は、エイダルフから、アングロ・サクソン諸国の生活について、聞きたがった。また、エイダルフがローマを訪れたことがあると知るや、もはや彼に答えるより、ローマの都や、そこに建つさまざまな大寺院について、エイダルフの話を聞き出すことに熱心になった。実を言うと、エイダルフは、ほとんど何も情報を手に入れることができなかった。葡萄酒の渋さが口に残っているもので、つい適量以上に蜂蜜酒を飲み続けてしまったのである。若い書記のほうは、賢明にもエールのビーカー（広口の大型コップ）一杯で宴を始め、ほんの少しずつそれを啜《すす》って、宴が終わるまで、その一杯で通していた。

それでも、若い書記は、エイダルフの執拗な質問に、「私の父親は、マグ・ラーの戦いで片腕を失うまでは、ウラー王国のドゥエル・フィーアタックの戦士だったのです」と、答え始めた。飲みすぎたエイダルフの質問は、かなり執拗になっていたのである。「でも、それは、私が生まれるよりずっと前の話です。私は修道士がたの中で学ぶために、アード・マハに送られました。書記になるための教育を受けたのも、アード・マハでした」

「でも、どうやってこのグレン・ゲイシュにやって来たのかな?」

「ソリン修道士と一緒に、です」彼の素直さは、エイダルフを苛立たせた。

「そのことは、知っている。でも、どうして君が、ソリン修道士の同行者に選ばれたのだね?」

「私が、良い書記だったからだと思いますよ」と、ディアナッハは答えた。「それに、私が適任だったからでしょ。アード・マハからこの国まで、長い旅路ですからね」

「そもそも、ソリン修道士は、どうしてここに派遣されたのだろう？」とエイダルフは、話を促した。

若者は、エイダルフがこの点ばかりを繰り返し問いかけてくるもので、うんざりと溜め息をついた。

「そんなこと、ご当人しか、知りませんよ。私は、上役に呼ばれ、鉄筆と筆記盤[7]を持って、ソリン修道士の前に出頭し、彼の命令に従うようにと、言いつかっただけです」

「でも、少しは、聞かされたはずだろう？」酒のせいで、彼の質問の仕方は、かなり押しの強い口調となっていた。

「我々は長い旅に出るから、そのつもりで用意しておくように、と言われただけです。そして、我々は神のため、アード・マハのための任務につくのだ、とも言われました」

「では、ソリン修道士は、この旅の目的について、何も君に告げなかったのかね？　道中、ふっと、何かもらすことさえなかった、と言うのか？」

ディアナッハ修道士は、はっきりと首を横に振った。

「だが、当然、君は好奇心をそそられたのではないのかな？」エイダルフは、骨を放すまいとする犬のように、この話題にかじりついていた。

「どうして、そんなに、ソリン修道士の任務に興味を持たれるのです？」と若者は、とうとう、反問してきた。「ソリン修道士は、好奇心と野心は、心の平静を責め立てる二本の鞭だと、言っておられますよ」

エイダルフは、苛立ったものの、自分が深追いしすぎたことにも、気がついた。

「好奇心の欠如は、知識の敵のはずではないか？　好奇の気持ちなくして、どうやって物を学ぶことができる?」とエイダルフは、いささか弁解気味に、そう言い返した。

ディアナッハ修道士は、エイダルフの赤らんでいる顔に、嫌そうな一瞥を投げかけると、もうそれ以上この話に取り合おうとはせず、反対隣りに坐っている、初老の書記ムールのほうを向いてしまった。エイダルフは、急に恥ずかしくなった。それほど酔い痴れては、いなかったのだ。まだ、感受性を失っては、いなかったのだ。彼は、酷い葡萄酒と強い蜂蜜酒を一緒に飲んでしまった自分に、舌打ちをした。

最上席のテーブルについているフィデルマは、ラズラや彼のターニシュタに、間近に迫っている会談について訊ねることは礼を失すると、承知していた。宴の席は、武器と、政治と商売の話を持ち込んではならぬ場であると、昔から決まっていた。そこでフィデルマは、会話を〝グレン・ゲイシュの民〟の歴史に向けた。もともと彼女は、モアン国内のさまざまな地方について、できる限り知ることを、楽しみとしているのだった。しかし、会話はなんとなく警戒気味で、一向にはずまなかった。

それで、数人の楽師たちが許されて大広間に入って来たのを見て、彼女は何やらほっとした。多くの族長たちの宴会では、食事の合間にも音楽が奏でられる。だがラズラは、自分は食事の間に楽人たちを呼び込むことはしないのだと、客人たちに告げた。彼は、食事がすっかり終わってから初めて、楽人たちに入って来ることを許し、余興の音楽を奏でさせるのである。「食事の間の音楽は、料理人と楽人への無礼であり、また客人がたの会話の妨げにもなりますからな」というのが、彼の持論であるようだ。

この頃になると、さらに大量の葡萄酒が客人たちの間で酌み交わされていた。やがて竪琴奏者の一人が、膝に載せて奏でる小型のクルーイト〔竪琴〕を抱えて入って来た。彼は前へ進み出ると、テーブルをはさんで、族長の正面の床に足を組んで坐り、しなやかな指を、目を見張らせるばかりの複雑な動きで弦にはしらせて、完璧な和音でもって難しいリズムを爪弾きつつ、溌剌《はつらつ》とした曲を奏で始めた。繊細で、しかも朗々とした奏法が、曲をさらに輝かせている。太い弦の奏でる深みある響きに趣きを添える高音の軽やかな音色も、耳に快い。

クルーイトの演奏が終わると、オーラがフィデルマのほうへ身を乗り出した。「お聞きになったでしょう？　私ども、哀れなる異教《ペイガン》の輩《やから》ではありますが、自分たちの音楽を楽しんでおりますよ」

フィデルマは、オーラの秘かな嘲《あざけ》りには、取り合わなかった。

「私の恩師、ブレホンの〝ダラのモラン〟殿は、かつて、〝音楽のあるところに悪はなし〟と言っておいででした」

「賢明なる観察ですな」と、ラズラが同感の意を表した。「今度は、あなたが曲をご所望くだされ、フィデルマ殿。私の楽人たちが、彼らの技倆を、あなたのためにご披露しますぞ」

クルーイト奏者に、もう一人、ケシュ奏者が加わった。これは、四角形のさらに小さなハープで、フィデルマが知っている限りでは、常にクルーイトに伴って奏でられるようである。ティムパーニ[8]奏者も、弓や爪《ピック》で奏でる自分の八弦の楽器を携えて、クリューセック（短いフルート）を持った笛吹きと共に、楽人の一団に加わった。

　宴会の余興として人気の音楽は、大体、三種に分けられる。聞く人を楽しさと笑いに誘う曲や生き生きとしたダンス音楽を指すガン・トゥレイゲ、英雄の死を悼む悲しみと嘆きのゴル・トゥレイゲ、そして報われぬ愛や子守唄のような、もっと柔らかな調べのスアン・トゥレイゲという、三つのタイプである。

　幼い頃、音楽は、フィデルマの日々の暮しの中で、欠くことのできない大切な核を成していた。常に楽人や歌い手や吟唱詩人が、キャシェルの王城を満たしていた。

　フィデルマが、どの曲を所望しようかと考えていると、隣りのテーブルにソリン修道士と並んで坐っていたムルガルが、よろめくように立ち上がった。彼は、赤い顔をしていた。フィデルマは、彼が葡萄酒を飲みすぎていることに、即座に気づいた。

「儂は、オーガナハト王家の姫君のお好みに適いそうな歌を一つ、知っておりますぞ」せせら笑うような発言だった。「儂が、歌って進ぜましょう」と言って、彼は歌いだした。

〝モアンの大いなる巌《いわお》(9)に建つ砦は、
かつては、オーン(10)の城塞。後に続きしは、コナールと、
ネッド・フロイエック。さらにはフィデルミッド。
そして、フィーンゲン(11)。やがては、ファルバ・フラン
それが今は、コルグーの城。

城塞は変わることなけれど、主は移《うつ》ろう。

世々《よよ》の王者は、今は地下の床《とこ》に眠る〟


戦士たちのテーブルから、わっと哄笑《こうしょう》が炸裂《さくれつ》した。大いに同感して、ナイフの柄で木のテーブルを叩く者も、大勢いた。

ムルガルの歌の意味は、明々白々だった。キャシェルの王たちの権威は泡沫《うたかた》、との示唆である。

ラズラの面《おもて》は、怒りの仮面へと一変した。

「ムルガル、葡萄酒が過ぎたな。分別を失ったか？　族長の目の前で、自分の主に恥をかかせ

おって！」

　ムルガルは、いささか怯《ひる》みはしたものの、まだ顔に笑いを残したまま、族長に向きなおった。葡萄酒が、彼を無鉄砲にしていた。

「族長殿のオーガナハト王家の賓客《ひんきゃく》が、歌をご所望になられましたのでな。儂はただ、お客人の兄上、キャシェルに御座《おわ》すお方への賛辞の歌を、ご披露しただけですわい」

　彼は、まだ薄ら笑いを浮かべたまま、どすんと腰を下ろした。フィデルマは、ソリン修道士が、彼女の当惑を勝手に想像して、薄笑いを顔に浮かべているのに気づいた。フィデルマは、ムルガルのもう一方の隣りに坐っている若い娘にも、目をとめた。金髪で、かなり美しい、ほっそりとした娘だ。しかし、無表情に、じっとテーブルに視線を伏せている。明らかに、酔いの回っている隣席の男に、困惑しているようだ。

　ラズラが謝罪しようと、フィデルマを振り向いた。だが彼女は、立ち上がっていた。そして、ムルガルの冗談を面白がっているかのように、柔らかな微笑を面《おもて》に広げた。

「ムルガル殿は、見事な歌を聞かせて下さいました」と彼女は、宴席の一同に語りかけた。「でも、私は、もっと良い歌が、もっと見事な調べに乗せて歌われるのを、聞いております。ムルガル殿に、キャシェルの吟唱詩人たちのごく最近の作品を、お聞かせしてもよろしいでしようね？」

　そう告げると、彼女はそれ以上あれこれ述べることなく、頭をさっと振って、顔にはらりとかかった髪を払いのけ、歌い始めた。始めは囁《ささや》くように、だが次第に高らかに、歌声は響いた。フィデルマは、天性、音楽の才に恵まれていた。その軽やかな、高く澄んだ歌声に、大広間の人々は皆、ひっそりと聴き入った。

〝オーガナハトの貴人《あてびと》　コルグー王は、
　枯れ木の小枝にはあらず。
気高き勲《いさお》しの王ファルバ・フランの王子。
ボイン河の岸辺より、南はクリーンナの海原(12)まで、
　エールを治め給《たも》うた
かの〝金髪のエベル〟(13)の血を受けし、
　オーン・モールの誇らかなる後裔。

コルグーは、紛れもなく、真《まこと》の貴人の生まれ。
エールの聖なる森の木の根より生え出でし、
ミレシウス(14)の正統なる継承者。
もっとも年古りたるオークに劣らぬ古き樹の、
　多いなる稔りの果実。

枝々の多に茂《さわ》れる、
　　その頂の王冠〟

フィデルマは、ぎごちない静寂の中、腰を下ろした。やがてエイダルフが、歌詞の意味合いを十分に理解できぬまま、ただフィデルマがこれまで聞いたことのないほど美しい調べを歌いあげたことに感じ入り、ほろ酔い気分に駆られて、音高く拍手を響かせた。それにつられて、ラズラも彼に倣《なら》った。すぐに儀礼的な称賛の拍手が、細波《さざなみ》のように、大広間に広がった。その響きがおさまると、ラズラは楽人たちに向きなおって、静かな曲を奏でるようにと、命じた。

今の歌は、キャシェルの歴代の王たちは必滅の存在、彼らの権威も泡沫にすぎぬというムルガルの皮肉な嘲笑に対する、フィデルマの返答であった。彼女は、オーガナハト王家は、アイルランドに最初に上陸したゲール人の首領ミレシウスの子エベルの子孫である。オーガナハト王朝の祖オーン・モールは、彼の後裔なのだと、フィデルマは歌ったのである。この歌によって、宴に連なる人々は、フィデルマの地位を、改めて思い出した。

ラズラは恥じ入って、フィデルマに視線を向けた。

「ムルガルの礼節に悖《もと》る振舞いを、どうぞお許し下され」

このラズラの言葉は、宴の広間において賓客が侮辱されることは決してあってはならぬ、という厳しい掟に触れたものであった。

フィデルマは、彼を咎《とが》めることなく、それに答えた。

「おっしゃるとおり、ムルガル殿が礼節を忘れられたのは、葡萄酒のせいですわ。もっとも、セオグニス(15)は、〝葡萄酒は、人の本性を覗かせる〟と言っておられましたが」

突然、平手打ちの音が、広間に大きく響きわたった。この突発事に、クルーイト奏者の静かな調べが乱れた。さらに、いろんな物音が続き、とうとう音楽は途絶えてしまった。先ず、椅子が後ろに倒れた。何枚もの陶器の皿が割れて、床に飛び散った。次いで、怒りの、だが押し殺した叫びが上がった。宴席の全ての人々の目が、ムルガルのテーブルに注がれた。彼は、またもや立ち上がっていた。だが今度は、ゆらゆらと体を揺らしながらであり、片手で赤くなった頬を押さえている。彼は、目を怒《いか》らせて、金髪の女性を睨みつけた。彼の隣席に坐っていた娘だ。彼女も今や、ドゥルイドのムルガルの前に立っていた。フィデルマの目にとまっていた、あの娘である。彼女も、顔を怒りに歪めていた。

「この豚！　牝豚の息子の豚男！」と歯の間から痛罵の言葉を吐き出すと、彼女はさっと彼に背を向け、振り返ることなく、宴の広間から出ていった。別のテーブルについていた太った女が立ち上がり、ムルガルのほうへ憤りの視線を投げつけながら、小走りに、金髪の娘の後を追って、宴席から出ていった。それが来客棟係りの召使いであることに、フィデルマは気づいた。

ムルガルは、怒りのあまり身を震わせているようだったが、彼もまた、広間を後にした。一瞬おいて、兵士の一人、金髪のラドガルが、ムルガルを追って、退場した。

この騒動を見守っていたフィデルマは、問いかけるように、ラズラに視線を向けた。

「家庭内の揉め事ですかしら?」とフィデルマは、何食わぬ顔で、彼に訊ねた。

「いいえ、マルガは、ムルガルの妻ではありません」とオーラが、ラズラが答える前に、棘《とげ》のある口調で、フィデルマに答えた。「ムルガルときたら、女好きでしてね」

オーラの〈選択の年齢〉になったか、ならないかの娘エスナッドがくすくす笑いだしたが、父親のコーラの怒りの眼差《まなざ》しに気づき、頬を膨らませた。だが、笑い声を上げることは、さすがに慎んだ。

ラズラは、薄く顔を赤らめていた。

「旅の客人をお迎えしての宴の席で口にする話題ではあるまい」と、彼はぴしりと妹を窘《たしな》めた。

オーラは、不満げに渋い顔を兄に見せたが、そのまま椅子の背に身を凭《もた》せた。ラズラは、より慎重な表情になって、ふたたびフィデルマに話しかけた。

「全く、葡萄酒は、もっとも優れた人間をさえ、粗野な蛮人に変えてしまうものですな」全てを冗談にしようと努めての、ラズラのとりつくろい方であるようだ。

「葡萄酒は、雨のようなものですね」と、テーブルについてから、ほとんど沈黙を続けていたコーラが、意見を述べた。「沼地に降れば、いっそう事態を悪化させます。良き土壌に降ると、土の力を目覚めさせ、輝かせるのでしょうが」その口調からすると、彼はムルガルには、一向に敬意を抱いてはいないらしい。

「あのマルガという女性、なかなか魅力的な娘さんですね」とフィデルマは、自分の印象を口にした。「どういう人ですの？」

「我々の薬草治療師ですわ」ラズラの口調は、いささか、さりげなかった。フィデルマは、彼の頰が赤らんでいることに気づいた。だが彼は、自分がきちんと答えていないと感じたらしく、言葉を続けた。「そう、魅力的な娘です」

フィデルマは、驚いた。

「あのように若くて、薬草治療師ですの？」

「だが、法の定める資格は、持っておりますぞ」ラズラの返答は、何やら弁解気味に聞こえた。

「ええ、それはそうでしょうね」というフィデルマのもの柔らかな返事には、批判の色が潜んでいた。「マルガは、ラーの中に住んでいるのですか？」

「そうです。どうして、そのようなことを、お訊ねですか？」と、鋭く反問したのは、コーラだった。

「あら！」フィデルマは、コーラの声に自分への猜疑《さいぎ》を聞き取って、話題を変えることにした。「いつであろうと、薬草治療師がどこに住んでいるかを知っておけば、安心ですもの」

楽師の一人が、中断していた長い歌を、ふたたび歌い始めていた。楽器の伴奏なしの歌い方でもって、彼は高く低く抑揚をつけながら歌った。目に見えぬ者どもによって、山の頂へと誘《おび》きだされる若い娘についての歌だった。やがて、その山頂で、娘は、神々によって定められた自分の運命に、出合うのである。突然、フィデルマは、この歌物語の中の女主人公《ヒロイン》に、自分が重なるような思いに囚われた。何かが、彼女をこの谷へと引きずりこんだ。そして、この谷で、目に見えぬ何者かが、彼女の運命を支配しようとしている。

第七章

フィデルマが、もう退席しようと考えた時、宴《うたげ》はまだ酣《たけなわ》だった。音楽も奏でられていたし、葡萄酒や蜂蜜酒《ミード》も盛んに酌み交わされていた。しかしフィデルマがキャシェルからの長旅で疲れてしまったのでとラズラに断ると、彼も止めようとはしなかった。彼女は、広間を横切りながら、エイダルフに来るようにと、そっと合図した。彼はよろめきながら立ち上がり、いささか未練げではあったものの、それに従った。彼は、自分が適量より少しばかり度を過していることには気づいていたから、ゆっくりと慎重に歩くことで、それを取り繕《つくろ》おうと努めた。

外は、驚くほど明るかった。満月だったのだ。月は、雲一つない夜空に、白い球体となって輝いていた。空も、一面にきらめく無慮無数の星によって、明るく輝いている。フィデルマは、戸口でエイダルフを待っていたが、彼の覚束《おぼつか》ないゆっくりとした足取りには、気づいていないようだ。

「さあ、ラー〔城塞〕の外壁に沿って、ぐるっと歩いてみましょう」フィデルマの言葉は、提案というより、指示であった。彼女は階段を昇って、胸壁《バトルメント》の内側に設けられた桟道状の通路に出た。穏やかな夜風が、心地よく髪をそよがせる。外壁の先のほうに、ぼんやりと人影が見えた。宴を抜け出して、二人だけの色っぽい戯《たわむ》れに夢中になっている若い男女らしい。フィデルマは、散策は諦《あきら》めて、夜空を見上げた。離れたところから、時折、笑い声や楽の音が聞こえてくる。足許の中庭からも、婀娜《あだ》っぽい女の笑いと相手の男の低い忍び笑いが聞こえてきた。フィデルマは、自分には無関係な余計な物音に耳をふさいで、息を呑むばかりに壮麗な夜空の輝きを見つめた。

「〝カエリ・エナルラント・グロリアム・デイ〟」とフィデルマは、ラテン語で囁《ささや》いた。

エイダルフは、傍《かたわ》らの胸壁の欄干《らんかん》に摑まっていたが、その言葉を聞き取った。彼は額を擦《こす》って、頭をはっきりさせようとした。そして、『詩篇』からの言葉であると、思い出した。

「〝もろもろの天は神のえいくわうをあらはし……〟」と彼は、はっきり発音しようと努めながら、満足そうにそれを翻訳した。

「ええ、『詩篇』の第十九篇（第十九篇の一節）ですわ」フィデルマは、まだ空をじっと見つめながら、エイダルフの引用に、頷いた。その後、一瞬おいて、彼女はさっと振り向いた。「大丈夫ですか、エイダルフ？　あなたの話しぶり、おかしいわ」

「どうも、葡萄酒を飲みすぎたようです、フィデルマ」

フィデルマは、好ましいことではないと言うかのように、舌をちっちっと鳴らした。

「でも、ソリン修道士の書記から何を引き出したのか、話して下さるまでは、解放してあげませんよ」

エイダルフは、気分悪そうに口をぐっとすぼめた。だが、周りの世界が回転し始めたため、思わず呻いた。

「どうしました?」エイダルフが片手で額を押さえるのを見て、フィデルマは心配して問いかけた。

「酷い葡萄酒と、さらに酷い蜂蜜酒のせいです」

「私に、同情を期待しないで」と、フィデルマは叱りつけた。「さあ、ディアナッハ修道士について、聞かせて頂戴」

「私に言えるのは、彼はごく初心《うぶ》な若者か、それともきわめて優秀な俳優かのどちらかだってことだけです。彼は、ソリンのグレン・ゲイシュ訪問の背景について、何の説明もしてくれませんでした。ソリンは何も打ち明けてはくれなかったと、言っていましたよ」

フィデルマは、苛立ちを見せて、下唇を突き出した。

「それを、信じたのですか?」

「言っているでしょう、あの若者が純真なのか、欺瞞《ぎまん》の術《すべ》にごく長《た》けているのか、断言しにくいって」

「ソリン修道士によれば、彼は、アイルランド五王国の僻地において、キリスト教信仰がどれほど確かに根づいているかを確認するための使節として、アード・マハからやって来ているだけだそうです」と言って、フィデルマは考えこんだ。

「それを疑うのですか?」

「どうして、アイルランド五王国それぞれのキリスト教の拠点に、人を遣わさないのでしょう? そうすれば、各国におけるキリスト教の最高の地位にある修道院長や司教がたが、オルトーンに、知りたいことを教えてくれるはずです。そのやり方を取れば、ソリン修道士が一年かかって見つけるであろう情報が、一週間でオルトーンの許に伝達されるでしょうに。この件には、何か納得ゆかぬものがありますわ」

エイダルフは、まだ朦朧《もうろう》としていて、それ以外の可能性を、思いつけなかった。そこで彼は、この問題にこれ以上意見を述べることは止めて、突然、話題を変えた。

「あなたが、あれほど歌がお上手だとは、知りませんでした」

「大事なのは、私の歌い手としての優劣ではなく、あの歌の意味です」と言いながら、フィデルマは満足げな笑みを顔に浮かべた。「ムルガルのあの騒動にも、気づいていらしたでしょ? あの娘との悶着のことです。歌に歌われていた娘のことではありませんよ」

「大広間の中で、あれに気づかなかった人間、一人もいないと思いますよ。かなりきれいな娘でしたね」

「あの騒動の原因にも、気づきました?」

「もちろん、ムルガルがあまりにも馴れ馴れしく振舞ったため、あの娘、彼の好色ぶりにうんざりしたのだと思いますが」

この判断は、ムルガルについてのオーラの小意地の悪い評価と合致するようだ。

フィデルマは、月光のもとに仄《ほの》暗く広がる谷の光景を、じっと見つめた。少し不気味な、でも美しい夜景だった。

「あなたは、どうお思いになる、エイダルフ、この異教の世界を?」ややあって、フィデルマはそう訊ねた。

エイダルフは、答える前に、少し考えてみた。彼は、混乱した思いの中から、何か筋の通った意見を引き出そうと努めた。

「ほかの世界と、たいして違いはしませんよ。異教徒であろうがあるまいが、キリスト教世界のどこにだっているように、ここにも行儀の悪い人間、嫉妬深い人間、見せかけだけの人間がいます。だが、あなたが任務を早く終了できれば、それだけ早く、我々はこの土地から立ち去ることができます。私は、キャシェルの兄上の宮廷に満ちている、あの明るい賑わいが、懐かしいです」

「何か、忘れていらっしゃらない?」とフィデルマは、いささか面白そうに問いかけた。

「忘れて?」ひたすら寝台が恋しいエイダルフは、呻きながら問い返した。「忘れるって、何をです?」

「谷の入口で出合った、三十三体の殺害された若者たちのことです」

「ああ、あれ?」とエイダルフは、首を振った。「いえ、忘れてはいませんよ」

「ああ、あれ?」とフィデルマは、彼の言葉を真似たが、すぐ真面目な顔になった。「ここには、キリスト教世界のどこにだって見られるような感情を持った人々もいるでしょうが、何か邪悪なるものも、確かにはびこっています。それがなんであるかを見つけ出すまで、私は落ち着けませんわ」

「ターニシュタ〔継承予定者〕のコーラの調査結果を待たれるのではないのですか?」と答えながら、エイダルフは懸命に欠伸《あくび》を抑えようとした。だが、うまくいかなかった。

「コーラが、正確な観察を報告できるとは、期待していませんわ。でも」とフィデルマは、視線を夜の天球へと戻した。「私たち、明日に備えて、もう部屋に引き揚げるほうがよさそうね。情報を得る前に結論に飛びつくわけには、ゆきませんもの」

彼女は振り向いて、木造の階段を下り始めた。エイダルフも、その後に続いたが、ふたたび周りの世界が旋回し始めたので、またもや呻き声を懸命に抑えねばならなかった。彼は、必死に手摺りにかじりついた。フィデルマは、よろめきながらついて来るエイダルフの呻きを、わざと無視した。それでいて、自分の連れが無事来客棟の寝台に辿《たど》りつくのを確かめようと、絶えず気遣わしげな視線を彼に向けていた。やっと部屋に戻って、彼は自分の寝台に倒れ込んだ。

フィデルマは、しばらく待ってから、彼の部屋をそっと覗きこんでみた。

エイダルフは、服を着たまま、寝台に俯《うつぶ》せに横たわっていた。かすかな鼾《いびき》が、もれてくる。

フィデルマは、普通は、酒に呑まれてしまう人間を大目に見るほうではない。だが、これまで、エイダルフが深酒をするのを見たことはないので、彼が飲んだくれかどうかは、疑わしきは罰せず、ということにしておこう。彼女は、彼のサンダルを脱がせて、ぐったりと横たわっている彼の体に、毛布を掛けてやった。

早起きのフィデルマは、この日も、早朝に起きだした。来客棟の四人の宿泊者の中で、今朝の入浴者は、彼女が最初らしい。身仕舞いを終え、服をまとったフィデルマが来客棟の主室へ入っていくと、来客棟を担当している丸々と太った召使いクリーインが、一日の最初の食事のために食卓を調えていた。その時初めて、彼女は気づいて、驚いた。エイダルフが、もう起きだしていたのだ。髭も剃らず、髪も乱れたまま、両手で頭を抱え込んでいるところをみると、昨夜の宴の名残りが、まだ残っているらしい。フィデルマが机の向かい側に腰を下ろすと、彼は呻きながら頭をもたげ、眠り足りないかのように、目を瞬《しばたた》いた。

「雄鶏という雄鶏全部に、神の呪いあれ!」と彼は、不明瞭な声で呟《つぶや》いた。「やっと眠りかけたかどうかって時に、あの忌々しい雄鶏の奴、時を告げ始めたもので、安眠から引きずり出されてしまった。まるで、地獄の悪魔の合唱隊だ」

フィデルマは、酔いつぶれて、ほとんど一晩中、眠りこけていたくせに、と言ってやるのは、止めておいた。だが、叱りつける振りをして、顔をしかめてみせた。

「あなたが、神に、雄鶏に呪いを与え給えとお願いなさるなんて、驚きましたわ。あらゆる鳥の中でも、雄鶏はキリスト教にとって、もっとも聖なる鳥ですのに」

「どうして、そうなるのです?」とエイダルフは、まだぼんやりとして、額を擦りながら、問い返した。

「イエスを十字架に架けた後、ローマ兵たちは鶏を料理し始めたという、あの話を、お忘れ? キリストは三日後に生き返るという噂が信徒たちの間で囁かれていると、兵士の一人が仲間たちに告げた。第二の兵士がその話を嘲笑《ちょうしょう》し、そのようなことが起これば、この死んだ鶏が時を告げるぞと、冗談の種にした。すると、死んだ鶏が大鍋の中から立ち上がり、羽ばたきをして、〝マリアの御子は、ご無事〟と、高らかに告げた、という話が伝えられているではありませんか」

頭痛に責められながらも、エイダルフは、その鶏の〝マック・ナ・ホギー・スローン〟というアイルランド語の御告げの響きが、朝を告げる鶏鳴とよく似ているなと、納得した。それと共に、記憶も甦《よみがえ》って来た。

「似たような話を、ギリシャ正教の『ニコデムスの福音書』(1)で読んだことがありますよ。ただ、雄鶏を料理し、キリストを裏切った〝イスカリオテのユダ〟を励ましていたのは、彼の妻だったという点が、違っていますけど。鶏は羽ばたいて三度《たび》鳴きましたが、それには、意味はありませんでしたよ」

フィデルマは、機嫌よく笑った。

「物語を、アイルランド人の胸の琴線に触れるように解釈するというのは、我々の詩人たちの伝統でしてね。我慢して下さいな」

エイダルフは、頭痛を思い出して、またもや呻きをもらした。

「信仰心を固めるために、雄鶏に鳴いてもらう必要など、私には、ありませんよ。私の望みは、こっちが休息したがっている時には、雄鶏も静かにしていてほしい、ということだけです。そうでなければ、私に明晰な頭でキリストの教えを理解することなど、できないではありませんか？」

「雄鶏であろうとなんであろうと、あなたの睡眠不足の原因は、それとは別のところにあるのではありません？　どうやら、〝夕べのワインは金、朝《あした》になれば鉛〟という諺を、ご存じないようね？」

エイダルフがそれに答えようと口を開きかけたちょうどその時、若い書記のディアナッハ修道士が、入って来た。

エイダルフは、若い書記の髭の剃り跡もさわやかな晴れやかな顔を、またフィデルマに対する彼の元気な挨拶と、やつれたエイダルフに向ける批判的な眼差《まなざ》しを、心密《ひそ》かに、呪ってやった。若者の内気さは、今や、すっかり消え失せていた。

朝の挨拶を交わし合った後、フィデルマは若者に、彼の主《あるじ》の修道士〝アード・マハのソリン〟

殿は、今朝、どこへ出かけられたのかと、訊ねてみた。

「ご自分の部屋には、おられませんでしたよ」と、ディアナッハ修道士は答えた。「ですから、きっと、もう起きて、外出されたのだろうと思います」

フィデルマは、ちらっとエイダルフを見やったが、サクソン人修道士は、自分の二日酔いの対応で、手一杯らしい。

「では、よほど早くに出ていかれたようですね。あの方の日課なのかしら?」

若者は、部屋に漂っている芳香に、すっかり気を取られているらしく、上の空の態度で、彼女にそのとおりと、頷いた。

丸々としたクリーインは、忙《せわ》しなく彼らの周りを動き回り、オーヴンから出したての芳《かんば》しい香りを漂わせるパンと濃縮《クロテッド》クリーム、果物、冷製肉《コールド・ミート》、それに蜂蜜酒の入った水差しを載せた盆も、運んできた。だが、それらをテーブルに置くと、よく太った来客棟の召使いは、これから自分の家に帰っていいだろうかと、彼らの許しを求めた。娘と一緒に薬草を摘みに行く約束をしたのだと言う。フィデルマは、ほかの二人に代わって礼を言い、後は自分たちでやれるからと、帰宅を認めてやった。クリーインが出ていったあと、エイダルフはすぐさま、蜂蜜酒の水差しに震える手を伸ばして、賛成しかねる目で見つめているフィデルマに、弱々しい笑みを向けた。

「〝シミリア・シミリブス・クラントゥール(同じ物は、同じ物を以ちて癒すべし)〟」とラテン語で呟きながら、彼は水差しの蜂蜜酒を陶器の広口杯に注いだ。

「おや、違いますよ、修道士殿」と若い書記は、非難の目を、彼に向けた。「〝同じ物を以ちて、その症状を癒すこと能《あた》わず〟ですよ。全然、間違っておいでです」

若者があまりにも真剣なので、エイダルフは口に運びかけた広口杯を、途中で止めてしまった。フィデルマは、面白がって、にこりと笑いかけた。

「では、あなたの忠告は、ブラザー・ディアナッハ？」と、彼女は促した。

若者は、視線をフィデルマに向けて、じっと見つめながら、大真面目に考えこんだ。

「〝コントラリア・コントラシイス・クントゥール〟……〝逆なるものを以ちて、その症状は癒されん〟ですね。これは、アード・マハで学んだ原理です。考えてもご覧なさい。ある物のせいで患っている者に、さらにそれを与えたら、どのような結果になるかを。患いをいっそう悪化させるだけです。あらゆる医術の根本は、症状を募らせる物ではなく、逆の効果をもたらす物を用いて、患いに対抗することでしょう？」

「どう答えます、エイダルフ？」とフィデルマは、面白そうに、くすくすと笑った。「あなたは、トゥアム・ブラッカーンで医術を学ばれたのでしょ？」

無言の答えとして、エイダルフは目を閉じ、半ば苦痛、半ば法悦といった表情で、震えながら広口杯の中身をがぶりと飲み干し、喜びの吐息を長々とついた。

ディアナッハ修道士は、驚いて彼を見つめた。

「このサクソン人修道士殿が我々の偉大なる医学院の一つで学ばれたとは、知りませんでした」と彼は、詰問気味にエイダルフに話しかけた。「あなたは、昨夜、そんなことは、言われませんでした。それにしても、あなたは、暴飲に、さらに酒を追加すべきではないことくらい、知っておられるはずですよ。これは、恥ずかしい振舞いです、修道士殿」

エイダルフは、目を閉じたまま、呻き声をもらしつつ、広口杯にもう一杯蜂蜜酒を注ぎ、若い書記に、答えようとはしなかった。フィデルマとディアナッハ修道士はすでに朝食を終えていたが、エイダルフはほとんど食事らしいものを口にしてはいなかった。若い修道士は、二人に断って、すぐに自分の部屋に戻っていった。彼が立ち去ると、フィデルマは身を乗り出して、エイダルフの腕に、手を置いた。

「お説教は、ご勘弁を」とエイダルフは、彼女が口を開く前に、呻き声を上げた。「ただ、静かに死なせて下さい」

「なにはともあれ、あの若者の言うとおりですよ、エイダルフ」とフィデルマは、真面目な口調で話しかけた。「今日の会談のために、頭脳を明晰にしておかなければならないのに。蜂蜜酒も、飲みすぎれば、頭を鈍らせてしまいます」

エイダルフは、目を閉じてしまいそうになるのを、堪《こら》えているのが精いっぱいであった。

「はっきり言っておきますが、私がとりたい食料は、これだけです。私が今日の活動を開始するには、これで十分。少なくとも、蜂蜜酒は、私のどくどく脈打つような頭痛を癒してくれましたからね……今のところは」

「では、折衝の会談に備えて、少し外を歩きましょう。ところで、ディアナッハ修道士が今、ソリン修道士のことをなんと言ったか、お聞きになったでしょ？」

エイダルフは立ち上がろうとして、またもや呻き声をもらした。

「彼が、今朝早く出掛けた、ということだけですが。なぜです？ ほかに何か、我々が注意すべきことを、言っていましたっけ？」

「早くどころか、一晩中、一度も部屋に帰ってきていませんわ」

エイダルフは、興味を引かれて、フィデルマを見つめた。

「どうして、知っておられるのです？」

「私は、あなたの困った雄鶏が時を告げる前に、起きだしていました。ソリン修道士の部屋の扉は、昨夜、私が自室に引き揚げようとした時と全く同じほど、開いていました。寝台の覆いも、昨夜同様、捲《めく》られていませんでした。ということは、理論的に考えれば、彼は一晩中、自室に戻っては来なかった、ということになります」

エイダルフは、髪に指を差し込みつつ、考えこんだ。

「彼、我々が宴会場から引き揚げた時に、まだ後に残っていましたっけ？ いや、ちょっと待って。若いディアナッハ修道士は、早くに引き揚げていた。信仰心が篤《あつ》く、真面目な奴ですね、あの男。いや、思い出してきたぞ。ソリン修道士も、その後間《ま》もなく、出ていったんだ。私たちより前に。実際、ムルガルが劇的退場をやってのけた、すぐ後だった」

「では、一晩中、どこに行っていたのかしら？」

「ソリンがここでやっている何事かと関連している、と考えておられるのですか？」

「わかりません。でも、とにかく私たち、ソリン修道士を見張っていなければ。私は、どうも、あの修道士、好きになれませんわ」


二人が来客棟を出ようとしたちょうどその時、扉が開いて、話題の人物が姿を見せた。彼も、二人がまるで自分を待ち受けていたかのように目の前に立っているのを見て、驚いた。だがすぐに、愛想のいい笑顔を作って、良い朝ですなと、挨拶を述べた。

「私たち、まだ外に出ていませんので、良いお天気がどうか、わかりませんの」フィデルマは、無邪気な顔をして、彼に答えた。「そんなにいいお天気ですか？」

「私のように、早起きなさるべきですな」とソリン修道士は、平然と答えながら、食卓に歩み寄り、腰を下ろすや、盆の上に残っていた朝食を、勢いよく食べ始めた。なかなか食欲旺盛であるようだ。

「いつも、このように早起きなさるのですか？」とフィデルマは、何食わぬ顔で、会話を続けた。「私たちは、往生していましたのよ、そうでしょ、エイダルフ？」

「ええ、そうなんですよ」とエイダルフも、すぐにフィデルマの揶揄《やゆ》に乗った。「特に今朝は、あの忌々しい雄鶏の鳴き声に、邪魔されていましたよ。あなたを寝台から引きずり出したのも、あいつですか、ブラザー・ソリン？」

「いや、もっと早くに目覚めていましたよ。私は、いつも早起きでしてね」

エイダルフは、ちらっと、フィデルマと目を見交わした。だが彼女は、首を横に振ってみせた。エイダルフに、あからさまにソリン修道士の虚言を指摘させたくはなかったのだ。

「朝食前の元気な散策で一日を始めるのは、きっと素敵でしょうね？」とフィデルマは、テーブルに戻って、すっと椅子に坐りながら、話を誘い出そうとした。

「無上の楽しみですわい」とソリン修道士は、パンをちぎり、チーズをさらに一切れ切り取りながら、満足げに、フィデルマの言葉に頷いた。

エイダルフは、咳きこんだ振りをして、憤《いきどお》ろしい感情を紛らわした。そして、あることに気づいた。きっと、フィデルマも気づいているに違いない。ソリン修道士は、昨夜の宴会でまとっていたのと同じ法衣を着ていた。彼のような地位にある者なら、特別な会に出る時に備えて、常に予備の法衣を携えて来ているはずなのに。

フィデルマもまた、ソリンが昨夜以来、着替えをしていないことに気づいていた。だが、そのことをエイダルフが話題にしないようにと、彼に急いで話しかけた。

「私の部屋へ行って、ラズラと彼の顧問たちとの会談のために私が用意してきた資料を、取って来て頂けないかしら？」とフィデルマは、さっとエイダルフに指示を与えた。

エイダルフは、すぐ、その意を察し、寝室のある二階に向かったが、階段を昇りきったところで立ち止まり、会話の続きに耳を澄ました。

「この周辺に、散策向きの場所があるのですか、ブラザー・ソリン？」とフィデルマが訊ねる声が、聞こえてきた。

「まあまあの場所なら、ありますよ」

「あなたがお出掛けになったのは、どの辺りなのでしょう？」

「川が二股に分かれる辺りに、何軒か人家が固まっていましてな、その少し先まで、行ってきましたよ。ラーの門から四分の一マイルほどですかな」すぐに、返事が返ってきた。

いかにも自信ありげな口調であったので、これでは、ただ早朝の散歩をしてきただけだというソリンの話に、フィデルマも揺さぶりをかけることはできまいと、エイダルフは見てとった。アード・マハからやって来たこの聖職者は、何を狙っているのだろう？ソリンが全てを混乱に陥《おとしい》れようとする企みに関わっている、と自分たちが疑っていたのは、間違っているのだろうか？

まるで彼の胸の内を読み取ったかのように、内密な話ですが、と言わんばかりにひそめたフィデルマの声が聞こえてきた。

「今は、私たちだけですわ、ブラザー・ソリン。ですから、二人だけの話として、伺わせて下さいな、あなたは何のために、こちらへいらしておいでですの？」

やや間があってから、ソリンが深い声で、くすりと笑いだした。

「すでに、お話ししましたぞ、シスター・フィデルマ。だのに、信じては頂けないようですな」

「真実を、お話し頂きたいのです」

「誰の真実を？　あなたには、私の真実がお気に召さぬらしい。となると、何を申し上げればよいのですかな？」

「あなたは、アイルランド五王国においてキリスト教がどのように根づいているかを把握なさりたい〝アード・マハのオルトーン〟殿に命じられて、ここに来ておられるだけだと、キリストの聖なるお体にかけて、お誓いになれますか？　そもそも、なぜなのです？　ウラー王国のアード・マハは、このグレン・ゲイシュを管轄してはおりませんよ。ここは、モアン王国のイムラック大修道院の管轄下にある地です」

ソリンは、かすれた声で、軽く笑った。

「あなたは、タラで学ばれたのでしたな、〝キャシェルのフィデルマ〟殿。あなたのことは、オルトーン殿からも、伺っておりますよ。あなたの師匠は、ブレホンの〝ダラのモラン〟で、信仰の上での指導者は、〝ダロウのラズローン〟修道院長。見習い修道女時代は、キルデアで過ごされた。また、ウィトビアの宗教公会議では、キルデアの修道院長、エイターン[2]殿の顧問を務められましたな。その会議の後、〝アード・マハのオルトーン〟殿からの要請で、ローマにも赴かれ、その使命を果たされた。修道女殿が兄上の庇護のもとでキャシェルに滞在[3]されるようになられたのも、ローマから帰国されてからのことだった」

フィデルマは、ソリンが自分についてこれほど詳しく承知していることに、驚かされた。

「よくご存じですのね、ブラザー・ソリン」とフィデルマは、彼の言葉を認めた。

「私は、前に申し上げたとおり、オルトーン殿の秘書官ですからな。何でも、よく承知しておく必要があるのですわ」

「それは、私の質問へのお答えには、なりませんわ。アード・マハは、このモアン王国の全てのキリスト教教会の母なる大本山であるとは、認められておりませんよ」

「私が言おうとしているのは、あなたは、ウラー王国のオー・ニール系諸王国の権力について、ある程度認識お出来になるほどには、諸国の見聞を広くお持ちの方だ、という点でしてね。そして、オー・ニール系の王たちが、大王《ハイ・キング》の座に就く権利を主張して、アイルランド五王国全域の統治権を握ろうと望んでいるのと同じように、アード・マハも、アイルランド全土の宗教上の統治権を主張しておるのです」

フィデルマは、それに動じはしなかった。

「私も、オー・ニール王家とオーガナハト王家の間に、大王位という象徴をめぐっての葛藤《かっとう》があることは、承知しています」と彼女は、慎重に言葉を選びつつ、この事実を認めた。「このことを知らぬ者は、五王国広しといえど、一人もおりますまい。オー・ニール王家は、長年、タラは、すなわち大王は、アイルランド五王国全土の統治権を持つべきだと、主張してこられました。しかし、アイルランドの諸王が初めて集まって、大王は彼らの中から選出すべきであるとの声明を出された時、大王は、専制的な覇王《はおう》ではありませんでした。そうではなく、〝誉《ほまれ》ある上席者〟の一人だったのです。大王は、皆、諸国の王家の王者たちの中から、その王者たちによって、代わる代わる選出されるべき地位だったのです。名誉であり、敬意の印であるのです。決して権利を付与されてはおりませんでした。アイルランド五王国の法典を開き、王に関する法律をご覧下さい。もし、その中に、〝上位王国の王《プロヴィンシャル・キング》〟（ウラー王、コナハト王、ラーハン王、モアン王）より大いなる実権を揮う権威者の存在を認める法文があるようでしたら、私にお見せ頂きましょう」

　ソリン修道士は、椅子に背を凭《もた》せかけながら、嘲《あざけ》るような薄笑いを浮かべた。

「あなたは、オーガナハト王家の王女でいらっしゃる。だから、必要とあらば、キャシェルに有利になる法文をすぐさま引用して私にお聞かせになるだろうと、予想しておりましたよ」

「私は、ドーリイー〔弁護士〕として、話しております」とフィデルマは、はっきりと彼に告げた。「もし私がオーガナハトの王女として話をしたのでしたら、私は『ウーラケヒト・ベック』(4)を引用したでしょうね……それには、〝諸王の上に立つ、もっとも偉大なる王は、モアンの王〟と述べられておりますから」

「オー・ニール王家は、それに同意はしませんな」

「当然でしょうね」フィデルマは、自分の声に嘲笑が響くのを、抑えきれなかった。

「しかし、修道女殿は、過去に、シャハナサッハ王を、大王として認めておられたのでは？

大王都タラに赴かれ、大王宮廷で、尽力なさったのでしたな？　それに、オルトーン司教殿を、大司教として認めておられた」

「私は、大王の剣の盗難事件に関して、その謎の解明に助力するようにと求められて、ドーリイーとして、タラに招かれたのです（短編「大王の剣」で描かれている事件）。私も、大王という地位を、諸王がたが認めておられるように、聖なる名誉の地位として、認めています。ですが、オーガナハト王家の者は誰一人、タラの玉座に就いておられるあの方を、アイルランド島南部を統《す》べるオーガナハト王家の上に立つ、より上位の権威としては、認めておりません。オルトーン殿についても、私は〝アルキエピスコポス〟というギリシャ語に当たる訳語として、〝大司教〟とお呼びしておりますものの、この言葉に、〝聖パトリックのコマーブ〟、すなわち〝聖パトリックの後継者〟という以上の意味を、持たせてはおりません。なぜなら、〝大司教〟と言っても、ちょうどイムラックにおける〝聖パトリックのコマーブ〟の聖アルバが、モアン全土の司教がたを監督しておられるように、アイルランド五王国それぞれにおいて、自国内の全司教を監督なさる地位なのです。アイルランド全土の全司教を監督する地位として、〝大司教〟とお呼びしているのではありません」

　ソリン修道士は、ゆっくりと首を横に振った。

「大王が実質を伴わない肩書ではなくなる時代が、来ようとしておるのですぞ、フィデルマ殿。このアイルランドを、つまらぬ論争を戦わせ合っている上位王国の集まりではなく、強大なる国家となし得るのは、全ての上位王国を統合し、それを把握することのできる強大なる大王のみです」

　フィデルマの目に、危険な輝きが一閃《いっせん》した。

「そして、その大王は、オー・ニール王家の一人である、と言われるのですね？」

「〝九人の人質を取りしニーアル〟(5)の子孫をおいて、ほかにどなたがおられます？　昨夕、修道女殿は、オーガナハト王家はミレシウスの子エベルの末裔であると言われた。だが、オー・ニール王家も、ミレシウスの長子でアイルランド島の北部を治めたエレモン(6)の末裔だという、同等の権利を持っているのではありませんかな？　エベルがその地位を簒奪《さんだつ》しようとした時、エレモンはエベルを殺害したのではありませんでしたかな？」

　このやり取りの間、ソリン修道士の挑発にもかかわらず、フィデルマの声は平静であった。低く、淡々とした口調であった。

「私は、ブラーマッハのご子息で、現在タラの玉座に就いておいでのシャハナサッハ大王にお目にかかったことがありますが、彼は信念をお持ちの方で、今、あなたがお説きになったような大王権に、野望をお持ちになってはおられません。シャハナサッハ大王は、これまでの慣習を重んじて、大王位に就いておられるのです。アイルランド五王国の国法を、遵奉していらっしゃるお方です」

「シャハナサッハ？　ブラーマッハ・マク・エイドー・スレインの息子の、あの若造か！」思わず口走った、嘲りの言葉だったようだ。だが、すぐに、彼の面《おもて》に奇妙な表情が浮かんだ。今、吐き捨てた言葉を〝しまった〟と悔やんだかのような表情だ。彼は、急に態度を変えた。

「おっしゃるとおりですわ、フィデルマ殿」彼の声が、急に阿《おもね》る様な口調に変わった。「時々、私は、現実を蔑《ないがし》ろにして、この国のより良き君主制度に関する自分の夢を、力説してしまうのですわ。もちろん、修道女殿の仰せのとおりです。全くそのとおりですわい。シャハナサッハ大王は、自分の王権の在り方を、変えたりはなさいますまい」

ソリン修道士は、言い過ぎた、と気づいたのだ。フィデルマは、それを見抜いた。だが、この聖職者がなぜグレン・ゲイシュに来ているのか、その理由をフィデルマにわずかなりと察知させるほど、言い過ぎてはいなかった。

「オルトーン殿がなぜキリスト教圏のごく外《はず》れの、この侘《わび》しい土地に、ご自分の代理を遣わされたのか、あなたはまだ説明しておられませんね」と彼女は、返答を迫った。「オルトーン殿は、キリスト教の現状を、遙かに簡単な方法でお知りになれるはずですのに」

ソリン修道士は、表情たっぷりに肩をすくめてみせた。

「多分、オルトーン殿は、この地域を真《まこと》の信仰へ導こうとするに当たって、イムラックが苦戦しておられることを耳にされたのではありませんかな。そこで、どのように布教が行われたのか見て来るようにとの使命を、私に託されたのでしょう。きっと、イムラックがこの暗黒の谷にどのように光をもたらすか、その方法について交渉されるために修道女殿はこちらにお越しになったのでしょうが、ちょうどその時、私がこの地へやって来たのは、おそらく偶然の一致だったのです」

「まさに、三題詩(7)の〝当てにならぬ言明〟ですわね」と、フィデルマはぴしりと告げて、エールの古典文芸を引用した。「〝多分〟と、〝きっと〟と、〝おそらく〟の三つ揃い！」

ソリン修道士は、フィデルマの造詣の深さを称賛するかのように、くすりと笑った。

「さてと、修道女殿、ほかにもまだ、私にご助言できることが……」

エイダルフは、彼らの応酬を見てとろうと身を乗り出して覗いていたが、背後で誰かが咳払いをしたのに気がついた。

「お加減、悪いのですか、ブラザー？」

エイダルフが顔を赤らめて身を起こしてみると、若い修道士ディアナッハが、訝《いぶか》しげに見つめていた。ディアナッハが自室に戻っていたことを、エイダルフは失念していた。

「少し目眩《めまい》がしてね」とエイダルフは、自分がここでこのような恰好をしていたことについて、何かもっともらしい口実を思いつこうと努めながら、口ごもりつつ、そう答えた。「それには、膝の間に頭を突っ込むようにすると、よく効くんだ」

「それで、そんな姿勢を？」からかわれたのだろうか？　エイダルフには、なんとも判断がつかなかった。「階段の上で、そんなことなさるなんて、危険ですよ。まあ、きっと、それで気分は良くなられるんでしょうけど。でも、健康法に関して、どうも、あまり賢明な考えをお持ちではないようですね。では、失礼します、ブラザー・エイダルフ」

エイダルフが適切な返事を思いつく前に、若者はさっと階段を下りていってしまった。エイダルフは、当惑を覚えた。彼が階段の最上段で、なぜ屈みこんでいたのか、あの若い修道士は、疑問を抱いたに違いない。エイダルフが階下の会話に耳を澄ましていたことは、歴然としていたはずだ。

ソリン修道士は、階段を下りて部屋に入って来た自分の書記を見上げて、ちらっと微笑んだ。

「お早う、ブラザー・ディアナッハ。鉄筆と粘土の筆記盤は、用意したろうな?」

「はい」と、若者は答えた。

ソリン修道士は、視線をフィデルマに向けた。

「この問題は、もうはっきりしたわけですから、我々、これ以上、この件に関して話し合う必要はなさそうですな?」と彼は、かすかに声に抑揚を添えて、問いかけた。

フィデルマは、彼の視線を、平静に見つめ返した。

「同感ですわ」と、彼女は答えた。「少なくとも、今のところは」

ソリン修道士は、口の周りの食事の名残りを拭きとりながら、立ち上がった。

「一緒に来たまえ、ブラザー・ディアナッハ」と指示して、彼は扉へ向かった。「我々は、午前中の会議に備えて、準備せねばならぬ」そして、フィデルマたちにちらっと視線をはしらせた。何か、意図をひそめた視線なのだろうか。フィデルマには、計りかねた。

二人が部屋を出て、扉が閉ざされるとすぐ、エイダルフが覚束ない足取りで、階段を下りてやって来た。

「階段の上から、お二人の会話に耳を澄ましているところを、ディアナッハに見つかってしまって……」と言いかけるエイダルフを、フィデルマはさっとさえぎった。

「では、私たちがどういうことを話していたか、聞いておいでですね？」

「ええ、そうしたほうがいいかと……」

「ソリン修道士が何かを隠していることは、確かです」と彼女は、ふたたび彼をさえぎった。

「〝アード・マハのオルトーン〟が、このような僻地に関心を持つはず、ありませんわ。ここでは、何か、別のことが起こっています。それがなんなのか、とても気にかかります。全く、ソリンは何をしようとしているのかしら？」

「こういう教訓がありますよ、〝嘘には、できるだけ真実を盛り込むべし〟」と、エイダルフは、言ってみた。

フィデルマは、一瞬、彼を見つめたが、すぐに面に笑みを広げた。

「時々、あなたは、私がつい忘れている、ごく当たり前なことを、思い出させて下さるわ、エイダルフ」フィデルマは、そう言って、ちょっと考えこんだ。「ソリンは、昨夜、どこに行っていたかについて、明らかに嘘をついていました。ところが、私が、今朝はどこを散策していたのかと訊ねた時には、躊躇《ためら》うことなく正確に、その場所について描写してみせることができましたわ。おそらく、そこには、実際に行っていたのでしょうね。午前中の会談が終わったら、私たちもそちらへ散策してみましょう。何か、発見できるかもしれません。気分一新にも、なりそうよ」

彼女は、窓から外を覗いてみた。日は高くなっていた。

「でも、折衝の会談が始まるまでに、あまり時間はなさそうね。頭をすっきりさせるのでしたら、今は短い散歩ということにしておきましょう」

エイダルフは、辛そうだった。

「私の頭をすっきりさせるには、短い散歩では足りませんよ、フィデルマ。あの酷い葡萄酒、今もまだ、頭のてっぺんから爪先まで、体中に残っています。昼まで体をしゃんと保っておくには、新鮮な空気だけでは、とても無理です」

酷い気分ではあったが、それでもフィデルマに言葉巧みに促されて、エイダルフは彼女の後に従った。本当は、寝台に倒れ込んで、もう一度、眠りたかった。吐き気もするし、気も遠くなりそうだ。冷や汗がにじみ出し、肌が強張り、口も乾いていた。

ラーの外に出てみると、何人かの姿が見えた。昨夜の宴会は明け方まで続き、大勢の人がそれに参加していたにもかかわらず、彼らは今日の労働に取り組んでいる。フィデルマとエイダルフは、彼らから挨拶の声をかけられた。敵意など、全く見られない。それどころか、中にはきわめて親しげな態度を見せる人たちもいた。もっとも、誰もが好奇心を抱いて、フィデルマを見つめているようだ。ムルガルの歌に対する彼女の返歌が、彼らの噂話の話題となっているらしい。

二人は、ラーの中庭を横切って、門へ向かおうとしていた。だがフィデルマは、小型のずんぐりとしたロバに引かれた荷車がちょうど門から入って来ようとしているのに気づいて足を止め、エイダルフにそれを指し示した。さまざまな草を積んでいるようだ。懸命に進もうとしているロバをさらに叱咤《しった》激励《げきれい》しているのは、背の高い、ほっそりとした女性だった。

フィデルマは、肘でエイダルフに合図をした。

「昨夜の宴会で、ムルガルのお相手だった人ではないかしら?」と、彼女は囁いた。エイダルフは、ぼんやりとした目をそちらへ向けた。だがすぐに、すっぽりとマントと頭巾をまとってはいるものの、それが誰かを見てとった。マントの下に着ているのは、昨晩の装いより、もっと地味な服だ。

フィデルマは、さっと彼女のほうへ歩み寄った。

「マルガ、ですね?」

女は、さっと振り向いた。フィデルマは、つい、その空色の目に見入っていた。氷を思わせる、あまりにも淡い青色をした瞳だった。その蒼白い面には、何の感情も窺《うかが》えなかった。ふっさりとして長い髪は、穫り入れ時の小麦の色だ。フィデルマの昨夕の評価は、間違ってはいなかった。魅力的な女性だ。昨夜の判断を変える必要はない。マルガは、長身で、黒いマントが蒼白い顔と金髪を、ひときわ引きたてている。今はゆったりとした長いマントに隠されているが、彼女の見事な肢体は、昨夜、目にしている。動作も軽やかで、猫のようにしなやかだ。

だが、その声は、かすれたような囁きだった。

「あたしは、あなたを存じ上げませんよ、〝キャシェルのフィデルマ〟殿。どうして、あたしの名を、そう馴れ馴れしく口になさるのです？」

「ちょうど、あなたが私の名を人からお聞きになったように、私もあなたの名前を、誰かから聞きましたわ。だから、そう呼びかけたのですけど、〝薬草治療師のマルガ〟というお名前、間違っていたのかしら？」

「ええ、マルガです。そして、ディーアン・ケヒト(8)の聖なる〝癒しの泉〟を守っておいでの女神エルミッドの御名の許に、治療を行っています」

彼女の返答は、まるで挑戦だった。だがフィデルマは、それに挑発はされなかった。

エルミッドは、古《いにしえ》の女神の一人である。フィデルマは、彼女にまつわる物語を、よく知っていた。エルミッドは、医術の神ディーアン・ケヒトの娘で、これまた医術の神であるミーアクの妹である。ミーアクが父を凌ぐ才能を発揮するようになると、それに怒って、ディーアン・ケヒトは息子を殺してしまった。すると、ミーアクの遺体から、三百六十五種類の薬草が生えだした。エルミッドは、兄の遺体から生えた薬草を摘み取り、自分の服を地面に広げて、その各部分に、そこの病に効く薬草を、並べておいた。ところが、まだ息子ミーアクを妬《ねた》んでいたディーアン・ケヒトは、怒りに駆られて、娘の服を打ち振い、薬草をすっかり混ぜ合わせてしまった。そのため人間は、これらの薬を用いた不老不死の医術の神秘を学ぶことができなくなってしまった、という神話である。

「癒しが、あなたの天職でありますように、〝薬草治療師マルガ〟」とフィデルマは、マルガの名乗りに、真摯《しんし》に答えた。「治療の神ディーアン・ケヒトが私どもから隠してしまった医学の秘密を、あなたが幾分なりと学びとっておられますように」

マルガの目が、わずかに細められた。

「あたしの知識を疑っておられるのですか、〝キャシェルのフィデルマ〟様?」彼女の囁くような声には、威嚇《いかく》の気配が潜んでいた。

「どうして私が、疑ったりすると、おっしゃるのかしら?」フィデルマは、マルガがかなり激しやすい娘だと気づきながら、何食わぬ顔をして、問い返した。「遠い昔の神話で私が知っていることは、ほんのわずかですけれど、怒りに駆られたディーアン・ケヒトが、私たち人間に医療の知識を十分に学ばせまいとしたという話は、誰だって知っていますよ。私が考えていたのは……」

「あなたがどう考えておいでなのかは、わかっています」とマルガは、ロバの引き綱へ手を伸ばしながら、ぴしりとフィデルマの言葉をさえぎった。「失礼しますよ。あたしには、やらなければならない仕事がありますのでね」

「人は皆、男であろうと女であろうと、それぞれ、やらねばならない仕事を抱えています。でも、私は今、あなたに訊ねたいことがあるのです」

マルガは、即座に、きっとなって身構えた。

「でも、あたしのほうは、それに答える気は、ありませんね。では……」

彼女は、立ち去ろうとした。フィデルマは、笑顔を見せながら、それを引き止めようと、すっと片手を伸ばした。マルガが思わず顔をしかめるほど、フィデルマの握力は、強かった。

「私には、今しか、時間がありませんの」と言いながら、フィデルマは荷車の積み荷に目を向けた。「治療用の草木や薬草を採集していらしたのかしら？」

マルガは、態度を和らげようとはしなかった。

「見れば、おわかりでしょ」と彼女の返事は、素っ気なかった。

「このラーの中で、施薬所も開いているようですね？」

「ええ」

マルガは、中庭の向こうに建つ数棟の建物のほうへ、ちらっと目を向けた。その中の、ずんぐりとした奇妙な塔が一端に設けられている、ひときわ高い、三階建ての建物を、見やったらしい。マルガの無意識の動作を追って、フィデルマも、そちらへ目を転じた。その一角が、店になっているらしい。扉の外に、乾燥した薬草の束が吊るされていた。

「では、あれが薬草治療師としての、あなたの店なのですね？」

マルガは、ほとんど無礼といっていい態度で、肩をすくめた。だがフィデルマは、それを気に留めもしていないようだ。

「そんな質問、何のためなんです？」蒼白い顔の薬草治療師の声は、苛立たしげだった。

「ごめんなさいね」とフィデルマは、宥《なだ》めるような口調で、それに答えた。「実は、私のこの友人なのですけど……」

エイダルフは、一瞬、びっくりしたらしいが、すぐに顔をとりつくろった。

空色の目が、ちらっと彼に向けられたが、マルガの表情は変わらなかった。

「実を言うと……」とフィデルマは、打ち明け話といった口調で、先を続けた。「昨夜、少し葡萄のジュースを飲みすぎてしまいましてね」

「あのゴールのワインときたら！」とマルガは、鼻を鳴らした。「よほど良質のものでない限り、輸入されて来る途中で、傷《いた》んじまうんです。ところが族長のラズラときたら、自分と家族の分しか、いい葡萄酒を買うことができないんです。適量以上、あの葡萄酒を飲んだ人たち、ほかにも大勢いますよ」

「たとえば、ムルガルのように？」とフィデルマは、すかさず口をはさんでみた。

ちょっと、話が途切れた。

「鋭い目をしておいでです、キリスト教徒のお方。ええ、あたしが言ったの、ムルガルのことです。でも、これ、あなたが口をはさまれる問題では……」

「ええ、もちろん」と、フィデルマは微笑した。「でも、この私の友人、気分が悪くて、薬草の助けが必要らしいの。それで、あなたに薬草を少し、売ってもらえないかと、考えたのですが？」

エイダルフは、この嘘に、びっくりしてしまった。彼は、薬草治療についての教育を受けていて、これについては、相当の知識を持っているのだから。マルガは、気難しい目を、彼に向けた。エイダルフが、思わず怯《ひる》んでしまうような視線だ。エイダルフは、その目でまじまじと見つめられて、顔を赤らめてしまった。

「頭痛と吐き気かしらね？」

エイダルフは、平然としゃべる自信がないので、ただ頷いてみせた。

薬草治療師は振り返って、荷車の積み荷を探し始めたが、やがてその中から、長さ八インチほどの、根の付いた草を引っ張りだした。茎の下のほうには、翼状の突起があり、葉脈もはっきり見えている。エイダルフには、これが何か、すぐにわかった。釣鐘形の花をつけるフォックスグローヴ（キツネノテブクロ。ジギタリスの一種）だ。生籬《いけがき》や土堤、あるいは丘の斜面の樹木の陰などによく見られる薬草である。

「葉っぱのほうだけ水に入れて、火におかけなさい。そして、その煎じ汁を飲むことね。ちょっと苦いけど、よく効いてくれます。おわかり、サクソンの人？」

「ああ、わかった」と、エイダルフは大人しく答えた。

彼は薬草を受け取り、財布を取り出した。

「ここに持っている貨幣の中では、このスクラパル[9]銀貨が、一番小額なのだ」と呟きながら、彼は貨幣をマルガに渡そうとした。だが彼女は、首を横に振った。

「この谷では、貨幣なんて、使わないんでね、サクソンの人。あたしら、外の世界と取り引きする時だって、物々交換。貨幣は、しまっておきなさい。この薬草は、異教徒からキリスト教徒への贈り物」

真面目な顔で礼を述べかけたエイダルフの言葉をさえぎって、フィデルマが笑顔でマルガに話しかけた。

「あの酷い葡萄酒のせいで具合を悪くする人たち、大勢いるのでしょうね？」

「それほどでも。蜂蜜酒より葡萄酒を飲みたがる者たち、ちゃんと抵抗力を身につけてますからね」

「でも、昨夜は、何人か、悪酔いしたのでは？」

マルガは、肩をすくめた。

「まあ、二、三人はね。でも、ほとんどの豚男たち、酔いつぶれて寝込んじまって、それで終わり」

「ムルガルは、いつもあんなに飲むのですか?」

マルガは、気に障ったように、ぐっと目を細めた。だが気を変えたのか、態度を和らげた。

「ま、あの男があたしの助けを求めたこと、一度もありませんね。こっちだって、助けてやるなんてこと、しませんけど。あなたには、拍手しなければね、〝キャシェルのフィデルマ〟さん。昨夜、あの豚男になさったしっぺ返し、お見事でした」

「ムルガルを、お嫌いなのかしら?」

「ちゃんと気づいていらしたのでは?」とマルガは、にやりとした。

「気づいていましたよ」

「あいつ、欲しいものはなんだって手に入れられるって、思っているんだから。図々しくも、あの汗っぽい前脚で、あたしに触ろうとするなんて。あんな馴れ馴れしいことをするわけにはいかないんだって、今は思い知ったはずだけど」

「よくわかりました」とフィデルマは、真面目な態度で、彼女に答えた。

マルガは、疑わしげに、彼女をきつい目で見つめた。

「あたしに訊ねたいって、このことだったんですか?」と彼女は、不機嫌な声でフィデルマを詰問した。

「これだけ、というわけではありませんわ」とフィデルマは、微笑した。

「このエイダルフ、不快感をすっきり取ってくれるものを、本当に必要としていたのです」

マルガは、疑うように、しばらく二人を見つめたが、やがてロバの手綱を取ると、彼らを後に残して、中庭の向こうへと、ロバを引いて立ち去っていった。だが、ふっと足を止めると、エイダルフを振り返り、呼びかけた。

「その薬草の葉の煎じ汁、気をつけなさいよ、サクソンの人。正しい飲み方をしないと、毒を持ってる薬草ですからね。適切な分量は、人によって違うんだけど、あなたなら、一口か二口だけ。それ以上は、駄目ですよ」

そう言うと、マルガはもう一度向きを変え、ロバを従えて、施薬所のほうへと去っていった。

エイダルフは、安堵の溜め息をつき、額の汗を拭った。

「彼女が、最後にああ言ってくれて、ほっとしましたよ」と彼は、手にしている薬草の葉を、眉をひそめて見つめながら、静かに呟いた。

「なぜです?」とフィデルマは、興味を覚えて、そう訊ねた。

「私は、薬草の知識を持っていますからね。マルガが何とかして私を毒殺しようとしているのだと、考えたのです。もし、彼女が何も警告してくれなかったら、そして私にこの薬草の葉についての何の知識もなかったら、煎じ汁をたっぷり飲んで、すぐに死んでしまったことでしょう。一口啜るのと、たっぷり飲み干すのとでは、大変な違いなのです」

　フィデルマは、首をひねって、去っていく薬草治療師の後ろ姿を、興味深げに眺めた。

「初めのうち、マルガはきっと、あなたが嫌いだったのよ、エイダルフ」と、フィデルマは、ちょっと笑みを浮かべた。

「外国人だからですか、それともキリスト教徒だからかな？　あるいは、男性として、ですかねえ？」と、エイダルフは考えこんでしまった。

　フィデルマは、くすくすと笑いだした。

「まあ、少なくとも今は、早すぎる死を迎えることのないように忠告してくれるほどには、あなたが気にいったようね」

第八章

角笛の高らかな響きが、辺りの空気を震わせた。

「会議開始の合図ですよ」とフィデルマは、エイダルフに注意した。「その薬草、しまっていらっしゃいな。会議に出ましょう」

エイダルフは、大きな呻き声を上げた。

「そんな会議になんぞ、とても出られそうにありませんよ」と、彼は抗議した。「本当に、死にそうなのです」

「死ぬのは、会議が終わってからになさいな」とフィデルマは、軽やかに言ってのけた。しょうことなく、エイダルフは彼女の後ろに続いて、ラー〔城塞〕の中の族長の建物へ向かった。

二人は、同じ方向に向かう人たちに出会ったが、彼らは傍《かたわ》らに身を寄せて道を譲り、先に通してくれた。控えの間《ま》には、長身の金髪の兵士ラドガルが、二人を待っていた。フィデルマたちが入っていくと、彼はやって来て、フィデルマにうやうやしく敬礼した。

「どうぞ、自分の後ろについていらして下さい、修道女殿」彼はそう告げてから、「あなたも、どうぞ、修道士殿」と、付け足した。

彼に先導されて会議の広間へ入ってみると、すでにラズラは、公的な族長の座についていた。前夜の宴《うたげ》の名残りはすっかり片付けられており、今はラズラの席の前に、ぐるりと半円を描いて、椅子が並べられている。ラズラの右隣りは、空席になっていた。ターニシュタ〔継承予定者〕の席なのだろう。どうやら、ターニシュタのコーラは、例の事件の調査という任務のために、もう出発したようだ。空席になっている彼の椅子の後ろには、オーラが腰掛けているが、二人の娘エスナッドの姿は、見当たらない。

族長の左の席には、ムルガルがだらしない恰好で坐っていた。彼も、エイダルフに劣らず具合が悪そうだ。蒼い顔で、目の周りが赤い。怒りの一撃の赤い痕を、まだ頬に留めている。彼の後ろには、小さな机が用意されていて、昨夜エイダルフが言葉を交わした初老の書記ムールが、坐っていた。

フィデルマは、半円形の中央の椅子に、案内された。フィデルマの隣りに、エイダルフの席も設けられていた。二人の後ろには、ソリン修道士とディアナッハ修道士が坐っていた。残りの椅子は、グレン・ゲイシュ族長領のその他の有力者たちの席だった。さらにその後ろには、この谷の住人たちが、つめかけていた。自分たちの族長が、遙か彼方のキャシェルの王から遣わされてきた特使と、どのように折衝するのかを見ようと、集まって来ているのだ。大広間は、騒々しいざわめきに満たされていたが、やがて二度目の角笛が高らかに鳴り響くと、喧騒は静まっていった。

ムルガルが、ゆっくりと立ち上がった。

「これより、折衝の会議が開催される。最初に発言する権利は、我らの族長の最高顧問たるドゥルイド〔賢者〕にしてブレホン〔裁判官〕でもある、この儂のものである」

エイダルフは、驚いて目を剝いた。族長を差しおいて、まず最初に発言するとは、何という無礼な振舞いだ。だが、彼のこの反応に気づいたフィデルマが、身を乗り出して、囁《ささや》いた。

「これは、法律で認められている、彼の権利なのです、エイダルフ。たとえそれが王であろうと、ドゥルイドが先ず話し始めるのです」

ムルガルは、二人のこのやり取りに気づかなかったようだ。彼は、ラズラの族長の座の近くに、進み出た。

「族長殿に申し上げておきたい、儂はこの折衝に反対であります。儂のこの異議は、記録に残しておいて頂きたい」

ムルガルは、そう言って、ラズラの顔に視線を向けた。族長は頷き、さらに書記のムールのために、はっきりと付け加えてやった。「いかにも、そのように発言された。それを、筆録するがよい」それから、ふたたびムルガルに向きなおると、先を続けるようにと指示を与えた。

「ラズラ殿のご先祖は、我々を見事に統治なされた。その後の歴代の族長がたも、我々の心地よい谷に羨望の目を向ける輩《やから》と関わりを持つことを拒んで、長年にわたって、我々を外の世界の脅威から、守ってこられた。ここは、実に肥沃にして豊饒な谷だ。堕落を知らぬ土地だ。なぜ、そうであるのか？　それは、外部から変化を持ち込もうとする連中の前に、この谷を閉ざしてきたからだ。ラズラ殿のデルフィネ〔血縁者〕がたの集会が、適正なるやり方に則《のっと》って、彼を氏族の長《おさ》に選出したので、我々このグレン・ゲイシュの族長領の全領民も、彼をこの族長領の首領として、受け入れた。それが、三年前のことであった。

しかし、今や、族長は、この族長領に外来の宗教の教会を建立することを考えられて、その折衝のために、使節を派遣してくれるようにと、キャシェルに要請するべきだと考えられたのだ」

ひどく体調が悪いにもかかわらず、エイダルフは、この発言を何ら抗議することなく聞き流すことはできなかった。

「エールの全ての国王がたが受け入れ、五王国においてすでに二世紀という歳月、信奉されてきている宗教ですぞ」彼は不快な思いを抑えることができず、嘲《あざけ》りの言葉を吐き捨てた。「全く、外来の宗教とは！」

大広間に集まっている人々の間から、反感の喘ぎがもれた。フィデルマさえも、困惑を隠しきれなかった。ムルガルが不愉快そうにラズラを振り向き、口を開こうとした。だが族長は、片手を上げてムルガルを制し、自分の椅子から身を乗り出して、自ら、エイダルフに声をかけた。

「サクソンよ、あなたは、この国の定めを知らぬ異国からの旅人であるから、発言を控えねばならぬ場合について、十分に弁《わきま》えていないようだ。だから、今の暴言は、見逃すことにしよう。あなたには、この会議で発言する権利はないのですぞ。この会議場で席を与えられているのも、〝キャシェルのフィデルマ〟殿と行《こう》を共にしているお人だからなのだ。それに、たとえ発言権が与えられている者であろうと、冒頭の弁論を妨げることは、誰にも許されぬ。冒頭の弁論が終わってから初めて、資格を認められた参加者のみが、陳述するに値することを発言できるのだ」

エイダルフは、赤面しつつ、腰を下ろすしかなかった。フィデルマにまで、厳しい叱責の視線を浴びせられてしまった。

ムルガルは、得意気な笑みを浮かべながら、先を続けた。

「我々は、この外来の宗教が何をもたらしたかを、見てきた。それがもたらしたものは、海の向こうからやって来た異人たちだった。我々の生き方も習慣も知らぬ異国人たち。我々に威張って命令する異国人たち。我々が積み上げてきたものを非難しようとして、それを愚弄《ぐろう》する異国人たちだ——外来の宗教は、そうした者たちを、この国に連れてきたのである」

エイダルフは、歯噛みをした。会議の決まりについて無知だったせいで、ムルガルに点を稼がせてしまった。

「グレン・ゲイシュを取り囲む山脈は、我々を保護してくれている。こうした保護の外に住む我らの同胞たちは、外国の宗教に屈服したかもしれぬが、だからと言って、それが正しい宗教であるということにはならぬし、我々はそれを受け入れるべきだ、ということにもならぬ。儂は、はっきりと言いますぞ、それは拒否せねばならぬと。我々を取り囲む山々は、これまで、この有毒なる宗教から、我々を守って来てくれたではないか。これが、グレン・ゲイシュの族長のドゥルイドであり、ブレホンであり、つまりは最高顧問官である儂の見解だ」

ムルガルは、列席者たちの称賛の呟《つぶや》きに包まれて、椅子に腰を下ろした。

ラズラが角笛吹奏者に頷くと、今一度、角笛が吹き鳴らされて、大広間のざわめきが静まった。おもむろに、ラズラが口を開いた。

「ほかの者たちに先駆けて冒頭の演説を行う権利は、ムルガルのものだ。次に意見を述べる権利は、族長の私にある。私も、ムルガルと同じく、エールの真《まこと》の神々、時の始まりより我々を守り給い、我々の先祖がたが信仰を捧げてきた神々や女神がたへの信仰を、固く守っておる。しかし、この族長領の民の全てに庇護の手を伸べることも、族長としての私の義務なのだ。そこで、この族長領にあって、すでに新しい信仰を受け入れている者たちのために教会その他の施設を設けることについて、イムラックの司教殿と折衝に入ってもよいとの使者を遣わしたのだが、その前に、私はこの問題を慎重に考えた。その上で、どうすれば我々双方が合意できるかを論じるために、誰かしかるべき人物を当地に派遣してもらおうと、決断したのだ。イムラックは、長年、我々の谷にキリスト教の教会と学問所を設立したいと、望んでいたからな。私は、現実主義者だ。すでに谷の外の人間と結婚している領民は、大勢いる。したがって、領民の幾分かは、この新しい宗教を信奉しているという現実を、我々は認めねばならぬ。彼らの中には、私の意に逆らうことになるのではと恐れて、キリスト教徒であることを秘匿している者たちもいる。確かに、私には、嬉しくない現実だ。そのことを、私は隠しはしない。新しい宗教を弾圧せよという提言も、受けている。しかし、グレン・ゲイシュの領民は、私にとって、皆、我が子なのだ」

ムルガルは、異を唱えたそうな様子でラズラを見つめたが、沈黙を破ることはしなかった。

ラズラは、しばし考えをまとめるように間《ま》をおいたが、ふたたび口を開いた。

「そのようなやり方は近視眼的な政策だ。なぜなら、人間、禁じられれば、かえって強く求めるものだ。だから、新しい信仰を奉ずる者に、支援というより、むしろ自由を与えてやるほうがいい。そういう形で、新しい信仰を、自然に衰退させようではないか」

族長の演説が終わるや、ふたたび低いざわめきが起こった。

やや戸惑いの色を面《おもて》に浮かべて、フィデルマが立ち上がった。

「私がこちらに参りましたのは、新しい宗教を広めようがためでも、従来の信仰を退けるためでも、ありませせぬ。私は、皆様が、すでに新しい信仰を受け入れることに同意しておいでだと、聞かされておりました。したがって、新しい信仰の受け入れ方をどのように進めていくかについて、皆様と折衝するためのキャシェル側の特使として、私はご当地に伺ったのです」

エイダルフが驚いたことに、フィデルマはふたたび腰を下ろしてしまった。彼女の意見陳述の短さに、ラズラさえも驚いて、当惑の色を見せた。

「修道女殿は、当然、ご自分がたの信仰のために論じられるものと、思っておったのですが……」と彼は、覚束《おぼつか》ない口調で、問いかけた。

ムルガルも、戸惑ったらしい。

「どうやら、修道女殿は、論ずることがおありにならぬらしい」と、彼は嘲った。

エイダルフは、彼女のほうへ、体を傾けた。

「この異教徒たちに、我々の信仰を侮辱させていいのですか？」彼は、パガーナッハ〔異教徒〕という単語を用いて、フィデルマに囁きかけた。

ムルガルは、耳敏《みみざと》かった。

「このキリスト教徒のサクソンは、今、我々を〝異教徒〟と呼んだようだが、儂の聞き違いかな？」と、彼は大声を会場に響かせた。

エイダルフは、危うくそれに応じかけたが、発言を禁じられていることを思い出した。彼は、無言で我慢した。

「族長よ、我々を〝異教徒〟と呼びはしなかったか、この男に確かめて下され」とムルガルは、にすぎぬぞ」

「誰にも劣らず、敏い耳をしておいでだな、ムルガル」と、ラズラは彼に答えた。「だが、〝パガーナッハ〟というのは、新しい信仰を奉じる者たちが我々のことを指す時に、よく使う表現ラズラに迫った。

「そのことは、よく承知しておりますわい」と、ムルガルは族長の言葉を認めた。「しかし、その〝パガーナッハ〟というアイルランド語は、そもそも、我らエールの子らの言葉にはなかった単語ですぞ。キリスト教徒の信仰が外来の思想であることの証拠として、この単語ほど明確なものが、ほかにありましょうかな?」

「〝パガーナッハ〟は、すでに我々アイルランド人の言葉の中に取り込まれている単語であることは、今さら論議するまでもありますまい」とソリン修道士が、ぜいぜいと耳障りな声で、口をはさんだ。「これは、もともと、ラテン語の〝パグヌス〟から来た言葉でしてな」

ムルガルが、にやりと笑った。

「まさに、そのとおり! ラテン語においても、この単語は、儂がいかなる人間であるかを——つまり、儂がこのアイルランドという国土の民であることを——、正しく伝えておる。ラテン語で〝パグス〟、あるいは〝パグヌス〟は、村や国を、あるいは、そこの住人を、意味する。すなわち、〝兵士〟を意味する〝ミリテス(ミレス)〟の反対語だ。他国へ遠征し、そこを蹂躙し、荒廃させる〝兵士ども〟の反対語が、この〝パグヌス〟なのだ。キリスト教徒がたは、自分たちを誇らしげに、〝ミリテス〟と、つまり〝キリストの軍勢〟と名乗って、自分たちが踏みにじった、その地の住民〝パグヌス〟を、見下《みくだ》しておられる。だが儂は、自分が〝パグヌス〟と、すなわち〝この地の住人〟と呼ばれることを、誇りとしておりますぞ。〝パグヌス〟は、名誉ある身分なのだ」

フィデルマは、ムルガルが怜悧な知性を持った男であることには、すでに気づいていた。しかし、彼がこれほどラテン語の知識を持っていることには、驚かされた。彼女は、ふたたび立ち上がった。

「もう一度、申し上げます。私は、ご当地に、宗教論争をするために伺ったのではありません。私がこちらをお訪ねしたのは、どのような合意に達することができればもっともよいかという、実際的な問題を、論じ合うためです」

突然、今は空席になっているコーラの席の後ろから、オーラが立ち上がった。彼女は、明らかに、この論争を楽しんでいた。

「もし夫が、ここに出席していましたら、キャシェルを代表なさるこの特使殿に、反論したことでしょう。でも、私自身も、コーラの代理としてだけでなく、族長の妹としても、この会議で発言する権利を持っています」

「オーラに発言させよ！」という叫びが上がり、彼女は、椅子に坐っている有力者からも、その後方に立っている平民たちからも、支持を集めていた。

ラズラが、妹オーラに、続けるようにと、頷いた。

「私と夫のコーラが、私の兄ラズラに不同意であることは、別に秘密ではありません。ラズラは、この谷にキリスト教を持ち込もうとするイムラックの長年の試みを、これまでは拒んできました。それなのに今、ラズラは、キリスト教に布教を許してやれば、新しい信仰は、この谷で速やかに消滅する、と考え始めたかに見えます。もしそうであれば、ラズラは愚かです。アイルランド五王国において、今、この新しい宗教がどのような地位をかちえているか、見てご覧なさい。二百年前に、大王《ハイ・キング》〝タラのリアリィー〟は、アイルランドは、常に、別の宗教を受け入れる余地を持っている。もし弾圧を加えれば、かえってそれをより急速に浸透させることになろうと、考えられた。そして、ブリトン人パトリックに従う者たちが、彼らの神を信じることを、お許しになった。それから、二百年。私どもの先祖たちが信仰してきた神々を信じ続けている土地は、この五王国の中で、今ではほんのわずかな飛び地、といった有様です。新しい宗教は、いたるところで、圧倒的に人々の心をとらえています。息をつく余地を与えてやれば、それは私ども全員の首を絞め、息を止めてしまいましょう」

オーラが腰を下ろすと、一斉に拍手が起こり、足が踏み鳴らされた。

フィデルマが苛立ったことに、ソリン修道士がオーラに続いて立ち上がった。

「〝キャシェルのフィデルマ〟殿が、オーラ殿と論じ合おうとされないので、アード・マハにて司教の座に就いておられる〝パトリックのコマーブ〔後継者〕〟であるオルトーン殿の代理として、私が、フィデルマ殿がいとも軽々しく無視してしまわれた挑戦に応じるべきであると考えます。この会議において発言することを、どうか私にお許し頂きたい」

フィデルマは、石のように硬い表情で、じっと前を見つめた。だが彼女は、胸の中で、素早く考えをめぐらせていた。これは、彼女が予期していた折衝ではない。フィデルマは、この会議が、新しい信仰を受け入れるかどうかという宗教論争の場になるとは、誰からも聞かされていなかった。この論争に自分が呼ばれたのは、キリスト教への改宗者をできるだけ増やすためだったのか。だが、フィデルマは、自分が目眩《めくら》ましの道具として、このキリスト教是非の論争に、巧みに巻き込まれたように思えるのだった。それにしても、何から目を晦ますというのだろう？

ラズラが、ソリン修道士に、前に出て話し始めるようにと、命じた。

ソリンは、勝ち誇ったように、得意気な視線をちらっとフィデルマに投げかけてから、演説を始めた。

「貴殿は、キリスト教の何を恐れておられるのですかな？」と彼は、先ずムルガルを見つめながら、問いかけた。

「一言で言えば、それが我らの古来からの教えを損なうからだ」

「それを、悪しきことだと、言われるのか？」

ムルガルは、険悪な笑みを、面に浮かべた。

「我々は、太古の神々や女神がたを、〈永遠なる者たち〉を、崇拝している。あなたたちのキリストは、処刑されて、死んだ。そのような彼を、力強い戦士と言えるのか？　彼は、彼を守ろうとするものを、何千人も持っていたか？　否《いな》だ。彼は、しがない大工だった。その彼が、木の上で死んだ。なんたる皮肉か！」

ムルガルは、独りよがりの笑みを浮かべて、辺りを見まわした。「ほれ、このとおり、儂は、キリスト教なる宗教について、いささか勉強しておりますぞ」

ソリン修道士は、こう愚弄されて、真っ赤になっていきり立った。

「神の御子キリストは、世に平和をもたらすために、そのように定められておられたのだ。神は、ご自分の独り子のお命を捧げられるほど深く、この世界を愛しておられたからだ」

ムルガルは、冷笑した。「なんたる神だ！　その愛とやらを示すために、我が子を殺さねばならぬとはな。その神は、息子を嫉妬しておったのか？　あなた方の神の息子も、父親に劣らぬ哀れな神じゃな！」

ソリン修道士は、激怒のあまり、息をつまらせた。

「よくも、そのような……！」

「癇癪《かんしゃく》の発作で、議論はできませんぞ」ムルガルは、明らかに、面白がっていた。「我々に聞かせて頂けぬかな、あなた方の神が何を教えられたかを？　是非とも、伺いたいものだ。彼は、強い神だったのか？　民を奴隷にしようとする者に、どう抵抗すればよいかを、教えてくれたかな？　己《おのれ》を恃《たの》み、自信を持って生きていくことを、教えてくれたか？　何が善であり、正義であるかの弁えを、教えてもらえたか？　悪を行う者に抵抗する術《すべ》は？　否だ。儂は、ちゃんと知っておりますぞ、彼は心の貧しさを説いておるではないか？　あなた方の聖典に、書かれておりますぞ――〝心貧しき者は、幸いなるかな、天の王国は、彼らのものなればなり(1)〟と。あなた方の神の天国は、我々の〈彼方なる国〉とは、違うようだな。我々の〈彼方なる国〉の英雄の広間では、〈永遠なる者たち〉と共に、英雄がたが集まっておられ、そこで、正義と、徳性と、雄々しい自恃《じじ》の精神が報いられるのだがな。

　驚いたことに、あなた方の神は、もし誰かに頰を打たれたら、もう一方の頰も差し出して、その者にそちらも打たせよと、教えておる。それによって、さらなる不正と圧政が生まれ、さらなる悪が誘発されるのではないのかな？　我々のブレホンは、圧政を看過黙認する者はその悪事の加担者であると、明確に教えておりますぞ。もし心貧しければ、高慢で横暴なる者たちに踏みにじられよう。もし、直《す》ぐなる心を持ち、悪を許さぬという固い決意を抱く者であれば、人々は、彼によって救われよう。これに同感なさらないかな、修道士ソリン殿？」

ソリン修道士は、激怒していた。逆上のあまり、いかにも情けない有様で、明晰なる論旨を展開してみせるどころではなかった。ソリンは、そのような姿を、人々の目にさらす羽目になっていた。すでにフィデルマは、能弁なムルガルと渡り合うには、ソリン修道士の知性ではとても太刀打ちできないと、見てとっていた。彼女は、軽く頭を振って、エイダルフに囁いた。

「エール文芸の三題詩《トライアッド》の中に、〝世のもの笑い三種〟という詩があります。怒っている男、嫉妬深い男、吝嗇《けち》な男ですって。ソリン修道士は、ムルガルが仕掛けた罠に、まんまと引っかかってしまいましたわ」

ソリン修道士は、自分が皆にどう見られているかに、気づきもしないで、まだ続けようとしていた。

「キリストは、仰せになっておられる、〝今泣く者は、幸いなるかな。やがて笑うことになろうから。今、嘆く者は、幸いなるかな。やがて慰めが得られようから(2)〟。そして、〝今貧しき者は、幸いなるかな。天の王国はお前のものであるから〟と」

「よい約束ですな。だが、あの世に行ってから、果たされる約束だ」とムルガルは嘲った。

「この世の教えとしては、貧弱だ。人間の貧しさは、その精神の貧しさから生じるものだ。あなた方のその宗教は、貧しき者はいつまでもその貧しさの中に生き続け、自らは彼らの惨めさの中で、さらに豊かになり、いっそう肥《こ》え太ろうと望む暴君によって、考えだされたものに違いない」

「そのような、そのようなことが、あるものか……」ソリン修道士はそう叫ぶだけで、平静を取り戻すことなど、とてもできない有様であった。

フィデルマが、突然、立ち上がった。

彼女は、一言も声を発しなかった。だが、立ち上がったことと、その沈黙でもって、人々のざわめきを静めてしまった。彼女は、どのような密やかな囁きすら聞き取れるばかりの静寂が大広間を満たすまで、静かに待った。

やがて、もの静かな口調で、彼女は語り始めた。「私は、誤った情報を与えられておりました。私は、この会談は、実際的な問題についての折衝であると、聞かされていたのです。宗教論を戦わせる会議であるとは、聞いておりませんでした。皆様が、もし宗教論争を戦わせる論者をお求めなのでしたら、イムラックの司教殿に、そうお伝えになるべきでした。そうすれば、司教殿は、皆様がたの学者と論じ合うにふさわしい私どもの学者を、ここに派遣なさったはずです。私は、この国の法律の、つたない僕《しもべ》にすぎません。私は、この午後、キャシェルへの帰途につきます。そして、グレン・ゲイシュの族長殿は、新しい宗教を受け入れるとの決断に、まだ達することができないでいらっしゃると、報告いたします。族長殿がその決断を下されたと確認できるまで、キャシェルは、二度とグレン・ゲイシュに特使を派遣することはありますまい」

フィデルマにさっと振り向かれて、エイダルフは、よろめきながら立ち上がった。そして、胸の内で、呻いていた――こんな体調で、あの長旅をまたもや始めなければならないのか。考えただけで、ぞっとする、と。

「敗北宣言ですかな？」とムルガルが、大声で呼びかけた。「キリスト教徒は、ドゥルイドと論理的に討論する力はないと、認められるのかな？」

フィデルマは足を止め、彼のほうへ、視線を向けた。

「おそらく、エール文芸の三題詩は、ご存じでしょうね？」

「それを知らぬようなら、儂はブレホン失格ですわい」とムルガルは、得意気に、それに答えた。

フィデルマは、

〝いかなる闇をも照らす蠟燭《ろうそく》三本。

それは、真実、

それは、自然の理法、

そして、知識〟

と引用しておいて、ふたたび会場に背を向けて、扉に向かった。

「お待ち下され」とのラズラの声が後ろから追ってきたが、フィデルマは、今度は立ち止まることさえしなかった。

彼女が進み続けると、兵士ラドガルが、困惑の態で、それでも片手を軽く剣の柄《つか》において、謝るような態度を見せつつ、扉の前に立ちふさがった。

「族長が留まられるようにと言っておられます、修道女殿」と彼は、言いにくそうに、フィデルマに告げた。「族長の言葉には、従わねばならんのです」

彼は、フィデルマの目に躍る緑の炎にたじろいだ。

「私は、〝キャシェルのフィデルマ〟、オーガナハト王家の王女です。何人《なんぴと》であろうと、私を留めることは、許されません！」

一体フィデルマは、どのようにやってのけたのだろう？　エイダルフには、わからなかった。彼女の存在そのものが、そうさせたのであろうか。ラドガルは一歩引き下がった。彼女は、さっと、扉を抜けて、中庭へ出てしまった。彼女は、エイダルフがついて来ているかを確かめることもなく、足早に中庭を横切って、来客棟へ向かった。そして、中へ入るや、すぐさま、水の入った水差しを取り上げて、ぐっと一気に飲み干した。

エイダルフは、急いで彼女に従って建物に入り、すぐにその扉を閉ざした。彼は、心配そうに、彼女を見つめた。だが、彼女の顔が笑いを堪《こら》えているのに気づいて、啞然として頭を振った。

「一体、どうなっているのです？」

フィデルマは、上機嫌だった。

「ラズラが企んだことかどうかは、わかりませんけれど、これは茶番劇《シャレード》ね。時間を潰させて任務を長引かせようというのか、それとも私たちの注意を、使命から逸らしてやろうとの意図なのか。とにかく、故意に仕組まれていた筋書ですわ。私が見極めなければならないのは、それが何のためなのか、また、誰が仕組んだことなのか、という点です。それと、もう一つ。あの愚か者ソリンですが、彼もこの欺瞞《ぎまん》に関わっているのかしら？」

「私には、まだ何もわからないのですが」

「私たちは、実際的な問題を検討するためにグレン・ゲイシュに来ていますのに、ムルガルは我々の異なる信仰をめぐっての宗教論争という泥沼へと、私たちを故意に誘い込もうとしていました。もしそれを折衝の出発点としましたら、私たち、何週間も論議を続けなければならないでしょうね。でも、なぜなのでしょう？　そのようなことをして、何の役に立つのかしら？　私たちに、今できることは、ただ一つ。私が先ほどやってみせたような態度を取り続けて、彼らの手の内の札をさらけ出させることです」

「そうできると思われますか？」とエイダルフは、彼女の考えを確かめたがった。

その時、二人は、近づいて来る人声に、気づいた。

エイダルフが窓から覗いてみて、フィデルマに知らせた。

「ソリン修道士と、彼の書記です。ソリン、上機嫌とは言えないようですよ」

すぐに、ソリンが荒々しく入って来た。まだ、悔しげな赤い顔をしている。

「修道女殿は、キリストの教えを広めようとする私を、一向支えて下さいませんでしたな」と彼は、挨拶抜きで、いきなり噛みついてきた。「あなたがなさったのは、主人側を怒らせてしまったことだけだ。この谷でキリスト教を布教するために、何らかの手立てを講じることができたかもしれぬのに。お蔭で、それが潰れてしまいましたぞ」

だがフィデルマは、「宗教論争であなたを支えることなど、私の仕事ではありません」と、言い返した。その語気の鋭さに、ソリンは目を瞬《しばたた》いた。もし彼が、自分の権威にフィデルマが跪《ひざまず》くと予期していたのであれば、そうはゆかぬと、一瞬にして思い知らされたはずだ。彼女は、エイダルフを振り向き、「行って、私たちの馬に鞍を置いて下さらない？ 私も、荷物をまとめて、すぐに行きますから」と告げた。

彼は、気が重そうではあったが、彼女の指図に従って、部屋を出ていった。

ソリン修道士は、驚愕した。

「そうやって、出てゆかれるおつもりか？ 今、このラーから出ていくことは、できませんぞ！」

フィデルマは、彼に、冷たい視線を向けた。

「誰が私を止めると言うのです？ それに、あなたには、何の関係もありますまい？」

「族長と、彼の顧問官たちを、あのように侮辱して、ここから立ち去ろうとなさるのか？」

「族長と彼の顧問官たちは、予定されていた問題についての折衝に入ろうとしなかった。侮辱されたのは、私です」

ソリン修道士はどうしようもなく、お手上げとばかりに、両手を広げた。

「しかし、何事にも、相互の妥協というものが、ありましょうが。この地の者たちは、キリスト教を受け入れるにあたって、保証を望んでおるのです。我々の側にも、それを与えてやる道義的義務がありますぞ。両者にとって、キリスト教の何かが……」

「お気の毒に、ソリン修道士殿」一応、心遣いを装ってはいるものの、いたって辛辣な口調であった。「ご自分が、果てしない議論に巧みに引き込まれ、信仰についての些細《ささい》な点を問題とした論議でもって、時間を浪費させられていることが、おわかりにならないのですか？ それとも、気づかない振りをしておいでなのかしら？ あなたは、悪党なのやら、おめでたい方なのやら、私には判断つきかねますわ。もっと稔りあることに向けるべき時間を、どうして無駄に費やそうとしておいでなのでしょうね？ これは、ムルガルや彼の追従者たちをキリスト教に改宗させる好機であると、本気で考えておいでなのですか？ 〝フェバルレ・リベンテル・ホミネス・クオド・ヴォルント・クレドゥント〟という言葉を、思い出されるべきです。〝普通、人は、自分が信じたいことしか、信じない〟――賢明な格言です」

「何を言っておられるのか、わかりませんな」とソリンは、たじたじと受け身だった。

フィデルマは、彼の表情に目を凝らした。

「おそらく、そうでしょうね。あるいは、そうでないのかも。私の注意を逸らそうとするこの企みに、あなたがそうと知りながら加担なさっておいでだとは、私も考えたくありませんわ」

彼女はさっと階段を駆け上がり、自分の鞍掛け鞄《サドル・バッグ》を取り上げ、次いでエイダルフの部屋からも、彼の分を持ち出し、ふたたび来客棟一階の大きな部屋に戻った。

「多分、私どもの道は、ふたたび交差するかもしれませんね、ソリン修道士殿。でも私は、その日を待ちかねてはおりませんよ」彼女は、彼に、氷のように冷たい口調でそう告げるや、彼の反応を待つまでもなく、来客棟を出て、中庭を横切り、厩舎《きゅうしゃ》に向かっていた。

厩《うまや》の前には、すでにエイダルフが、二人の馬を連れ出して待っていた。彼の顔は、蒼ざめていた。見るからに、体調が悪そうだ。フィデルマは、彼を気の毒に思いはしたが、止むを得ない。全ては、今彼女がやろうとしていることにかかっているのだから。

「我々、これからどうするのです?」と、彼の声は元気がなかった。「会議の広間の扉の前に集まっている連中に、見張られていますよ」

「さあ、先ほど宣告したように、ここから立ち去るとしましょう」

そう言うと、フィデルマは、ひらりと馬上の人となった。エイダルフも、それに倣《なら》った。フィデルマは、真っ直ぐ、ラーの門へ向かってゆく。門の前には、数人の兵士が立っていた。彼らは、二人を見つめながら、覚束なげに、会議広間の前の人々へちらちらと視線を投げかけている。どう対応してよいのか、わからないようだ。だが、結局は脇へ身を寄せて、フィデルマとエイダルフが通るに任せた。

ラーの外へ出ると、エイダルフは呻き声を上げた。

「休憩をとらなければ、遠くまでの馬の旅、とても無理です、フィデルマ。あの酷い葡萄酒のせいで、まだ体調が悪いのです」

「遠くまで行かずに済みますよ」とフィデルマは、彼に請けあった。

「何を企んでおいでなのか、正確なところを、私に聞かせて頂けないのですかねえ」とエイダルフは、ぶつぶつとこぼすしかなかった。

「正確なところ？　私にも、わかりませんわ。だって、計画は、時に応じて、刻々と変更しなければなりませんもの」

エイダルフは、またもや出そうになる呻きを、何とか抑えた。一時間、寝台に横になれるなら、なんでもする、といった気分だ。いや、三十分でもいい。

「では、別に計画はない、ということですね？」と彼は、期待をこめて、念を押した。

「ええ、もちろんよ。でも、遠くまで行く必要はないということは、確かですよ。一スクラパル対一セクール(3)で、賭けましょうか？　川が二つに分岐している辺りに、一塊りの人家が見えるでしょ？」

エイダルフは、そちらをちらっと見やって、頷いた。

「ソリン修道士が、今朝早くに散歩していたと言っていたのは、あそこですよ」とフィデルマは、説明した。「でも、私たち、あそこへ着く前に、ラーからの騎馬の使者に追いつかれて、ラズラの伝言ということで、是非ともラーにお戻り願いたい、そして、この午前中の出来事をお許し頂きたい、と頼まれますよ。私は、そちらに賭けますわ」

「あなたのことは、よく知っていますからね」とエイダルフは、諦《あきら》めたように、鼻を鳴らした。「だから、あなた相手に金を賭ける気は、ありませんよ。でも、時々、思うのですがね、我々、こんなこみいったやり方でなく、もっと進みやすい道を辿《たど》ることはできないのでしょうかねえ」

彼らが木造の橋に到達する前に追いついて来たのは、族長ラズラ自身であった。この橋を渡ると、ラーに一番近い集落である数軒の人家の前に出る。グレン・ゲイシュの族長は、いかにも恐縮している様子であった。

「〝キャシェルのフィデルマ〟殿、謝罪申し上げます。折衝のための会議を暴走させてしまったのは、全く、私の落ち度でした」

フィデルマたちは、木橋の手前で馬を止め、体を半ば捩《よじ》って、彼に向きあった。

フィデルマは、彼に答えなかった。

「あなたのおっしゃるとおりでした、フィデルマ殿」とラズラは、さらに言葉を継いだ。「あなたは、当地に、キリスト教に関する宗教論をなさりにおいでになったのではない。我々がキリスト教を受け入れるにあたっての実際的な問題を論じ合うために、おいでになったのでした。あれは、新しい宗教への反感に駆られたムルガルが……」

フィデルマは、片手を上げた。

「族長殿は、実際的な問題を論じ合うために、会議を再招集なさるおつもりなのですか？」

「もちろんです」と、ラズラは即座に、それを肯定した。

「あなたのドゥルイドや顧問官がたは、この谷にキリスト教教会の建立を許可するというあなたのお考えに、同意してはいらっしゃらないようですが？」

「ラーにお戻りになって、ご自分で、その点をお確かめ下さい」という族長の提案は、懇願に近いものだった。

「もし、戻るとなりますと……」とフィデルマは、意味ありげに言葉を切った。「もし、私が戻るのであれば、それに関して、条件があります」

ラズラの顔に、懸念の色が広がった。

「どのような条件ですかな？」

「私があなたと折衝に入ります前に、あなたは顧問官たちに諮《はか》り、彼らの意思を明確にしておいて頂きたいと思います。つまり、皆様がキリスト教の学問所や教会をお望みなのか、そうでないのか、はっきりと意見をまとめて頂かねばなりません。もし、その答えが否定的なものであれば——どうやら今は、そのようですが、そうであれば、私はこれ以上、自分の時間を無駄にしたくありませんので、キャシェルに戻ります。もし、答えが肯定的なものでしたら、私どもは、ご一緒に、実際的な問題に取り組むことにいたしましょう。ただし、その折衝の議論は、今度は顧問官だのブレホンだのを抜きにして、族長殿と私の二人だけで行うことにいたしましょう。ムルガルに、役者としての才能を発揮させるための劇場を提供する気は、ありませんので」

ラズラは、眉をつっと上げた。

「ムルガルを、そのようにごらんになったのですか?」と、彼は驚いて、そう訊ねた。

「族長殿は、そうお思いにはならないのですか?」とフィデルマは、反問した。

ラズラは、一瞬、苦い思いを味わったらしいが、すぐ正直に笑いだした。ひとしきり笑ってから、彼は頭を振った。

「確かに、あなたがおっしゃるようなところが、彼には、ありますな、フィデルマ殿。私も、それを認めますよ。ただ、あの男の真剣な意図を、過小評価はなさらないほうがいいでしょう」

「ええ」と彼女は、静かに答えた。「彼を過小評価はいたしません」

「では、戻られることに、同意して頂けたということですな。もっとも、ムルガルが謝罪するかどうかは、受けあえませんが」

「私は、彼の謝罪など、求めておりません。私が求めるのは、あなたの顧問官がたがこの問題について、どのようなことを論じ合いたがっておられるにせよ、それは、私があなたと具体的な検討に入る前に済ませておいて頂きたい、ということだけです」

「お約束します」と、ラズラは片手を差し伸べた。「必ず、そうします、〝ギャシェルのフィデルマ〟殿」

フィデルマは、彼を注意深く見守ったが、その手を取ろうとはしなかった。

「話を終える前に、一つだけ、正直に聞かせて下さい、ラズラ殿。〝アード・マハのソリン〟修道士は、ここで何をしているのでしょう？」

ラズラは、驚いたようだ。

「ソリン修道士は、修道女殿のご指示で、こちらに来ているのだとばかり、思っていました。彼は、アード・マハからの贈り物を携えてやって来たのですよ」

「私の指示で？」だが、フィデルマは自制した。「ソリン修道士が、あなたにそう言ったのですか？」

「そうではありませんが、修道女殿と同じ宗教を信じている人ですので、私は、てっきり……」と、彼は肩をすくめた。「となると、私が知っているのは、彼は、我々のもてなしを求めた旅人だ、ということだけです。我々は、自分たちとは違う宗教の信者だという理由だけで、旅人にもてなしを拒むことはしませんから」

そこで初めて、フィデルマは彼の手を取った。

「お言葉を、信じますわ、ラズラ殿。エイダルフと私は、もう少しして、ラーへ戻ります」

ラズラは、戸惑ったようだ。

「私と一緒に、今、お戻りにはならないのですか？」

「あなたの魅力的な谷を、もうしばらく、見せて頂きたいのです。私ども、程なく戻りますわ」

ラズラは、やや躊躇《ためら》いを見せたが、すぐに肩をすくめた。

「わかりました。同意して下さったこと、感謝しています」そう言って、ラズラは馬首を回《めぐ》らせ、ラーへ向かって、普通駆《キャンター》け足で引き返していった。

エイダルフは、族長の後ろ姿を、羨ましげに見送った。

「私も、戻って、ほんの少しでも、眠りたいですよ」と彼は、呻いた。「私には、あなたがやっておいでのゲームが、一向、わからない」

「外交術というゲームよ、エイダルフ」と、彼の友は、にこっと笑ってみせた。「問題は、誰が、誰のために動いているのか、私にもわかっていない、という点です。さあ、あの数軒の民家から、私が欲しい情報を得られるかどうか、やってみましょう」

彼らは橋を渡り、五、六軒の民家に囲まれた小さな広場へ入っていった。その中の一軒は、少し大きめの農家であるが、ほかの家屋は皆、狭い土地を持った農夫や、もっと大きな土地持ちに雇われている小作人の小屋といった、倹《つま》しい住居であった。

大きな農家の前では、赤ら顔の大柄な女が扉に寄りかかり、あからさまな好奇の目でフィデルマたちが近づいて来るのを見守っていた。フィデルマは、橋のたもとで足を止めてラズラと話をしていた時から、彼女に気づいていた。がっしりとした体軀に、筋張った腕。いかにも、一日中、平気で野良仕事をやってのけそうな、典型的な農夫の女房であった。女は、フィデルマたちを注意深く見つめている。幾分かの敵意も交えた表情だ。

「ご機嫌よう、女将さん」とフィデルマは、挨拶の声をかけた。

「亭主は、会議ですよ」と女は、素っ気なく、それに答えた。「亭主は、ローナン。この地所の持ち主です」

「私も、会議に出ていましたわ」

「尼僧様がどういうお人か、知ってますよ」

「それは、好都合」と言いながら、フィデルマは馬から下りた。「説明の必要、ありませんものね」

女は、相手の気を萎《な》えさせるような渋面を見せた。「言ったでしょうが、亭主は留守だって」

「ご亭主に会いに来たのでは、ありません。私のこと、知っていると言いましたね？　結構。あなたの名前は？」

女は、疑い深げな顔になった。

「バルサックですけど。でも、なんで、そんなこと、知りたがりなさるんで？　何が狙いなんです？」

「あなたと、話がしたいの。それだけですよ、バルサック。この集落には、大勢暮らしているのかしら？」

「二十の二倍ほど」と、女は興味なげに答えた。

「昨夜、来客がありました？」

「来客？　何人か、ありましたよ。亭主は、宴会に出てました。その資格がありますんでね。そして、従兄弟たちも、三人、泊ってました。会議に出るため、谷に下りて来てたんですけど、夜、帰っていくの、大変ですからね。とりわけ、酒が入ってる時には」

フィデルマは、まだ反感を見せている彼女の気持ちをほぐそうと、微笑みかけながら、質問を続けた。

「賢明な計らいでしたね、バルサック。でも、従兄弟がた以外に、こちらに泊っていた人は、いなかったのかしら？　つまり」彼女は、もっと具体的に訊くことにした。「このところ、ラーに宿泊している、ずんぐりとした体格の男性のことなのですけど？」

バルサックは、目をぐっと細めた。

「ずんぐり？　そのお連れさんみたいに、おかしな形に髪を剃ってる人ですかね？」

エイダルフは、自分の剃髪《トンスラ》への言及にむっとして、顔を赤くしたが、口をはさむことは、我慢した。

「ええ、その人です」

「立派な服を着てる、あの人？　ああ、ここに来てました。今朝、亭主がまだ鼾《いびき》かいて寝てる間に、あたしは牛の乳搾りに外へ出たんですけど、その時、その人が帰っていくとこ、見ましたよ。そう、その男なら、確かにここに来てました」

「では、この男性、あなたのご亭主ローナンの知り合いだったのかしら？」

「あたしは、その男がこの集落にやって来たって言ったんで、我が家《うち》に泊ったとは、言ってませんよ」

　彼女は、ほかの民家から少し離れて建っている小さな小屋を、顎でしゃくってみせた。小さいながらも、馬小屋もついている。小屋に続く草地では、数頭の牛が、のんびり草を喰《は》んでいた。

「あそこですよ、その男が泊ってたの」

　フィデルマは振り返り、興味を引かれて、その小さな小屋を観察した。

「あそこには、誰が住んでいるのです？」

「〝浮かれ女《め》〟ですよ」と、怪しからぬと言いたげな声で、バルサックは答えた。彼女は、娼婦の代わりに、〝浮かれ女〟という、やや婉曲な言い方をした。

　フィデルマは、驚いて、目を丸くした。外の世界から遠く離れたこの谷に、それもこのような小さな集落に、娼婦が住んでいようとは、思いもよらなかったのだ。

「名前は、あるでしょ、その〝浮かれ女〟にも？」

「ネモンって名ですよ」

「ネモン？　そのような生き方をしている女性には、似つかわしくない名前みたいね？」

ネモンとは、古代アイルランドの戦《いくさ》の女神の一人であり、〝戦場の激情〟を意味する言葉なのだ。

「その名前、聞くだけで吐き気がする」と逞《たくま》しい農婦は、その言葉に合った身振りをしてみせた。「亭主に、言ってるんですよ、ここから追い出すべきだって。でも、あの小屋は、ネモンの持ち家だし、おまけに、ムルガルの保護も受けてるし」

「そうなのですか？　そして、私が描写してみせた男は、昨夜、彼女のところに泊ったと、あなたは言うのね？」

「そう言いましたよ」

「では、私たち、ネモンのところへ行き、このことについて彼女がなんと言うか、訊ねてみることにします。時間を割いて話して下さって、ありがとう、バルサック」

まだ顔をしかめ、猜疑《さいぎ》の目で自分たちを追っている農婦を後に、二人はその場を立ち去った。

エイダルフも馬から下りていたので、二人は手綱を引きながら、徒歩で集落を横切った。

「北方のアード・マハからやって来た、敬虔なる修道士殿が娼婦の家の常連だと、誰に想像できるでしょうね」とエイダルフは、くすくす笑いだした。

「私たち、そうと確認しているわけでは、ありませんよ」とフィデルマは、彼に注意した。「私たちがはっきり知っているのは、彼は来客棟には戻って来なかった。どうやら、娼婦の家で一夜を過ごしたらしい、ということだけです。そのことは、彼がそうした場所の常連であると示すものではありませんよ。それより、このネモンという女がムルガルの庇護を受けているということのほうが、もっと興味深い状況ですわ」

二人は、小屋の前に立って、オーク材の扉を、軽く叩いた。

すぐに、扉が開き、農夫の女房が浮かべていたのと同じような、敵意めいた表情を浮かべた女が、そこに立っていた。

四十代の、肉付きの良い女で、髪は穫《と》り入れ時の小麦の色だ。血色のいい顔なのに、それを厚く化粧で覆っている。スグリなどの漿果《ベリー》で眉を引き、唇も真っ赤に塗っている。かつては魅力的だったのだろうが、それも、かなり昔のことになっているようだ。今も、色っぽくはあるが、艶《なま》めかしいというよりは、淫《みだ》らなといった風情である。彼女は、一瞬、その黒い目で彼らを見つめたが、すぐに二人の肩越しに、まだ戸口に立ったまま、好奇心も露わに彼らの様子を窺《うかが》っているローナンの女房バルサックに、焦点を移した。

「嗅ぎまわってばかしいるから、あの女の鼻、日に日に、伸びていくわ」と女は、低く呟いた。

フィデルマは、ふと気がついた。バルサックとは、〝うるさい〟という意味だった。女は体を片寄せて、身振りで示しながら、二人に告げた。「中に入って。あの女に、これ以上、鼻を突っ込む楽しみ、与えないでよ」

二人は、馬を家のすぐ外に立っている柱に結わえて、小屋の中へ入った。

居心地はよさそうであるが、人の心を惹くような部屋ではなかった。

「あなたは、ネモンですね？」

女は、それに頷いた。

「お二人、この谷の人じゃないですよね」質問ではなく、ただ事実を述べている言葉だった。

「私たちが、どうしてこの谷に来ているか、知っておいでかしら？」

「何も知らないし、知る気もありませんね。あたしに関心あるのは、自分の気持ちいい暮らしだけ。そして、あたしの時間は、それによって何が得られるかで、計られているんですけどね」

フィデルマは、エイダルフを振り向き、「スクラパル銀貨を一枚、ネモンにあげて」と、指示した。

エイダルフは、渋々財布を取り出して、銀貨を一枚、女に渡した。ネモンは、ほとんど奪い取るようにして銀貨を受け取ると、疑わしげに、それをじっくりと吟味した。

「この谷では、貨幣なんて、滅多にお目にかかれないもんでね。普通は、物々交換なの。だから、現金は、二倍も三倍も大歓迎ってわけ」

彼女は、貨幣が本物だと確認してから、やっと二人に訝《いぶか》しそうな目を向けた。

「何が、お望みなんで？　あたしの〝もてなし〟をってことは……」と彼女は、いやらしい笑いを、二人に向けた。「……絶対、ないだろうけど」

フィデルマは、たとえ仄《ほの》めかしであろうと、不快感を覚えずにはいられなかったものの、それを押し隠しながら、首を横に振ってみせた。

「二、三分ほど、時間を割いてほしいの。それだけです。いくつかの質問に答えてもらえれば、いいのです」

「いいですよ。質問、してよ」

「昨夜、お客があったと聞いたのですけど」

「ありましたよ」

「ラーからやって来た人かしら？　がっしりとした体格で、立派な服を着て、頭を……この私の友人と同じような型に、剃っている人かしら？」

「それが、どうしたってんです？」ネモンは、それが事実だということを、別に隠しもしなかった。

「彼が来たのは、いつごろでした？」

「遅かったわ。真夜中過ぎだった、と思うけど。あの男を泊めるために、二人も、常連さんを断らなきゃなんなかった」

「どうして?」

「金を払ってくれたからよ」

「でも、あなたとしては、他所者《よそもの》を……一夜限りの旅人をもてなすよりも、土地の人たちとの関係を続けることのほうが、良いのでは?」

ネモンは、ふんと、鼻を鳴らした。

「そりゃあ、そうよ。でも、ムルガルが一緒にやって来て、あたしにとって悪くない話だ、なんて言うもんだから」

「ムルガルが?」

「そう。ムルガルが、あの男を連れてきたんですよ。そうだ、ソリンって名前だったわ。今、思い出した」

「では、族長のブレホンのムルガルが、あの男をラーから、あなたのところへ連れてきて……そのう、もてなしをしてやってくれと言った、というのですね?」

「そう」

「ムルガルは、なぜそうしてほしいか、その理由をあなたに聞かせてくれたのかしら?」

「何かしてほしい男たちが、あたしにその理由を聞かせるとでも、思ってなさるんですか?あたしは、何も訊かないの。あたしのもてなしの代金を払ってくれる限りはね」

「ずっと以前から、ムルガルを知っているのですか?」

「彼、あたしの育ての親[4]だから。あたしのこと、よく世話してくれてるわ」

「彼が、あなたの養父ですって？　そして、あなたの面倒を見てくれている、というのですか？」フィデルマの声には、皮肉が響いた。「あなたは、今送っている生き方以外の生活を、何も知らなかったのかしら？」

ネモンは、嘲るように、笑いだした。

「あたしの生き方を、非難してなさるんですか？　あたしに、そこの空き地の向こうの、ローナンの女房のような暮らしをしろって言いなさるんですか？　あの女を、見てご覧なさいよ。あたしより若いってのに、あたしの母親と言って通るほど、老けてる。歳より老けちまったんですよ。だって、亭主が飲んだくれてまだ眠ってるってのに、夜が明けるや否や外に出て、乳搾りをしなきゃなんないんだから。その後、畑を耕して、掘ったり種蒔きしたり、収穫したり、全部一人でやらされてるんですからね。亭主が、殿さまって振りはしないまでも、自分は偉い軍人だって気になって、馬を乗り回しているもんでね。でも、それだって、この辺りの惨めな農家が肩寄せ合ってる、こんな地域の副族長ってだけなのにさ。ああ、今の暮らし以外の生き方なんて、真っ平ご免よ。少なくとも、清潔なリネンの寝台で、好きなだけ眠ってられますもんね」

女の顔には、はっきりと、嘲りの色が見てとれた。

「でも、私は気がついていたぞ、面倒を見てゆかねばならない小さな農場を持っているようではないか」と、エイダルフは指摘した。「外の草地にも、乳を搾ってやらねばならぬ乳牛が何頭か、いるな。もし、お前がそうした仕事をしないなら、誰が農作業をやってくれているのかね？」

ネモンは、いかにも嫌そうに、顔をぎゅっとしかめた。

「仕方なく、飼ってるんですよ。あれは、お金代わりだから。もし良い値がつくんなら、明日にでも、売っぱらっちゃいますよ。飼っていくの、大変だもの。でも、この谷は、さっき言ったように、ほとんど物々交換で暮らしが成り立ってる土地ですからね。牝牛や山羊や鶏や卵といったものを、現金代わりに受け取らなきゃなんないんですよ」

「私たちと話して下さって、ありがとう」突然フィデルマは、帰ろうとして、立ち上がった。

「ありがとうなんて、言いなさること、ありませんよ。あたしの時間に、ちゃんとお金を払って下さったんだから。もし、あたしと話したくなったら、またどうぞ」

ネモンの小屋の外に出ると、エイダルフはフィデルマと、皮肉な視線を交わし合った。

「ムルガルは、どのような手を使ってでも、何とかソリンを懐柔しようとしたのですかねえ？」

フィデルマは、この問いかけを受けて、考えこんだようだ。

「ムルガルが、ソリンを買収しようとした、とおっしゃるの？　今朝の会議で、あの茶番劇に一役買わせるために、ソリンを抱きこもうとして、ネモンを利用したと？」

エイダルフは、頷いた。

「そうかもしれません」と、フィデルマも同意した。「あるいは、ソリン修道士も、ネモンのような女性が差し出してくれる心地よい魅惑に、抗しきれなかったのかも。むしろ、ソリンのほうから、そのような楽しみはどこで求められるかと、ムルガルに訊ねたのかもしれません。ムルガル自身、その方面に知識がありそうですものね」

「あの薬草治療師のマルガとの一件を、おっしゃっておいでなのですか？」

フィデルマは、それには答えずに、馬にまたがった。

ローナンの女房バルサックは、まだ自分の家の扉の前に立っていた。彼女は、太い腕を組んで、二人が小さな集落を後にして木造の橋を渡り、ラーのほうへ戻っていくのを、強い嫌悪の表情で、見つめ続けていた。

「〝アード・マハのオルトーン〟殿は、自分の秘書官が娼婦の家を訪ねるような人間だと、ご存じなのですかねえ？」とエイダルフは訝った。

フィデルマは、真面目にその問いを受けとめた。

「ご存じだとは、思いませんわ。なぜなら、オルトーン殿は、聖職者の独身制という、ローマから発信されてきた新しい考え方に、賛同しておいでですもの」

「その考え方が広く受け入れられることは、ありませんよ」と、エイダルフは断言した。「禁欲主義を奉じる人たちは、常にいますが、キリスト教の聖職者全員に、そのような誓いを立てさせるというのは、人間性にあまりにも悖《もと》るやり方ですから」

フィデルマは、彼にちらりと、視線を向けた。

「あなたは、聖職者の独身制という考えに、賛成しておいでなのかと思っていましたわ」

エイダルフは、頰を染めたが、それには答えなかった。

「とにかく、〝ソリン修道士が、昨夜、どこへ行っていたのか〟という謎は、解決しましたね」

と、彼は急いで話を逸らした。

「ええ。でも、〝なぜ〟という謎は、まだ未解決ですよ。私たち、ムルガルにも、ソリン修道士にも、注意を怠らないようにしないと」

エイダルフは、溜め息をもらした。

「今の私の望みは、早く横になって、このずきずきする頭痛がおさまるまで眠りたい、ということだけです」

第九章

フィデルマとエイダルフは、ゆっくりとラー〔城塞〕へ戻っていった。辺りには、ほんの数人の人影しか見当たらない。もう正午近くになっているので、ほとんどの住民は、昼食をとろうと、家の中に入っているのだろう。エイダルフは、まだ頭痛に悩まされて、呻いている。フィデルマも、とうとう彼に同情する気になって、馬の世話は引き受けるから、真っ直ぐ来客棟に戻るようにと、勧めてやった。彼はこの提案を躊躇《ちゆうちよ》なく受け入れて、彼女を厩舎《きゆうしや》の外に残したまま、石畳の中庭を横切って、立ち去った。フィデルマは二頭の馬を中に導き、奥の仕切りしか空きがなかったので、そこへ馬を入れた。いつも厩舎に詰めている二人の少年たちの姿も、見えない。自分で馬の世話をするしかないようだ。しかし彼女は、手間取ることなく鞍をはずし、馬に秣《まぐさ》と水を与えてやった。

フィデルマが身を屈めて、下に置いた鞍掛け鞄《サドル・バッグ》などを拾い上げようとしていると、誰かが中へ入って来る音が聞こえ、彼女が背を伸ばそうとした時には、声も聞こえてきた。ソリン修道士だ。何やら弁解気味の声である。彼女は一瞬躊躇して、本能的につっと仕切りの腰板の陰に身を沈めていた。

二人の声だ。ソリン修道士のぜいぜいとかすれたような声は、すぐ聞き分けられた。だが、もう一人の声は、誰なのだろう？　若々しく、男性的な声である。しかし、北方の訛りが聞き取れる。それが、フィデルマに、二人のほうへ近づくことを躊躇させた。彼女は用心しながら仕切りの開口部のほうへとにじり寄り、その端から、素早く目をはしらせた。ソリンが、厩舎の扉を入ってすぐのところに、若い男と一緒に立っていた。彼女は、ふたたび仕切り板の陰にさっと引き下がった。

「ここなら、少なくとも、邪魔されることなく、話ができますぞ」

「人目につこうがつくまいが、どうでもいいではありませんか」と答える若い男の声には、怒りが潜んでいた。

「そうは、ゆきませんよ」とソリンが、愛想よく、それに応じている。「あなたが、ここで、この地の人間の様子を秘かに窺《うかが》っていると知られてご覧なさい。彼らは、それを快くは思わないでしょうな。あの連中、何かやりかねませんぞ……何か思い切ったことを」

「〝秘かに窺う〟とは、露骨な表現ですね。ことに、あなたのような方の口から出る言葉としては」と、若者は皮肉った。「それに、あなたこそ、ここで何をしておられるのです？」

「私がこの地を訪れる権利を、疑っておられるのですか？」

「〝権利〟ですと？　何に関する権利です？　私は、あなたがここに来ておられる意図を、お訊ねしているのですがね」

「お聞きなされ、我が若き友よ」とソリンは、一向動揺はしていないようである。「いいですかな、よくお聞きあれ。忠告して進ぜますよ。アード・マハの問題には、踏み込みなさるな。あなたは、自分が仕えておられるお方の後ろ盾があるから大丈夫、と考えておられるようだ。ところが、あなたのご主君より大きな力も、ありましてな。その力は、邪魔立てを大目に見ることは、しますまいよ」

若者が、憤《いきどお》ろしげに、息を大きく呑みこむのが聞こえた。

「私にくだらぬ脅迫をちらつかせるのは、止めていただこう、勿体ぶった聖職者殿。その豪華な法衣も、私がお仕えしている方の怒りから、あなたを守ってはくれますまい」

急に、話し声が途切れた。

フィデルマは、用心しながら、もう一度仕切りの腰板の上に頭をもたげてみた。今度は、扉の傍《かたわ》らに立って外を見つめているソリン修道士のずんぐりした姿を、見ることができた。彼の口論相手は、すでに立ち去ったようだ。ソリンは、深く考えに耽《ふけ》っている態で、さらに一、二分、立ちつくしていたが、やがて肩をすくめると、彼もまた去っていった。

フィデルマは厩舎の外に出たが、心を決めかねて、しばしそのまま立ちつくしていた。今耳にした会話を、どう解釈すればいいのだろう？　難しすぎて、手にあまる。そう思うと、溜め息が出そうになるが、それを抑えて、彼女は厩舎の中へ戻り、鞍掛け鞄などを取り上げ、扉へ向かった。だが、外へ出る前に足を止めて、誰かに見られていないかを確かめた。ちょうどソリン修道士が中庭を横切って、薬草治療師の施薬所へ入ってゆくところだった。

来客棟では、担当召使いの太り肉《じし》のクリーインが昼食の用意をしていた。彼女は、丸々とした顔に笑みを浮かべて、入って来たフィデルマを見上げた。

「お連れのあの異国のお人、寝に行かれましたよ」と彼女は、いささか面白そうに、フィデルマに教えてくれた。「でも、今日は、おんなしような人が大勢いますよ。尼僧様は、すぐ食卓におつきになりますか？」

フィデルマは、そうするけれど、その前にまずエイダルフの具合を見てくると告げて、二階へ上がろうとした。だが、太った召使いが、何か言いだしかねているかのように、咳払いをした。

「尼僧様、ほかの人がいないうちに、一言、いいですか？」

フィデルマは、興味をそそられて、彼女を振り返った。

「遠慮なく、お話しなさいな」と、フィデルマは彼女を促した。

「あたし、尼僧様はドーリィー〔弁護士〕で、あたしらの法律のこと、とっても良く知っておいでだと、聞きました。そうなんですか？」

フィデルマは、そうだと、頷いた。

「結婚についてのいろんな法律のことも、すっかりご存じなんで？」

フィデルマは、このような質問を受けようとは、予期していなかった。彼女は驚いて、眉を吊り上げた。

「いかにも、『カイン・ラーナムナ〔結婚に関する定め〕』という法典について、よく知っています」とフィデルマは、不安げな女に、励ますように微笑みかけた。「結婚を考えておいでなの、クリーイン？　でしたら、ムルガル殿に相談なさるほうがいいのではないかしら？　あの方なら、この土地の儀式についても、お詳しいでしょうから」

来客棟の召使いは、大きなサフラン色のエプロンで手を拭きながら、首を横に振った。

「いえ、あの人じゃ、駄目なんです。尼僧様に、ちょっと教えて頂きたいだけなんで。お支払いはします。あんまり持ってないですけど」

その顔が、あまり心配そうであったので、フィデルマは彼女の腕を取って、食卓用の腰掛けに坐らせてやり、自分も向かい側に腰を下ろした。

「私の助言に、料金は無用ですよ、クリーイン。もしそれが、あなたにとって、それほど重要なことなら。私に、どうして欲しいのかしら？」

「知りたいんです……」初老の召使いは、そう言いさして躊躇《ためら》い、それから慎重に先を続けた。

「あたし、知りたいんです、身分の低い女でも、族長一族の人と、結婚できるんでしょうか？[1]」

フィデルマは、秘かに興味を覚えた。どの程度の首領との結婚を考えているのかと、訊いてみたかった。でも、そういうことをしては、愚かしい冷やかしになるだろう。

「どのような地位の首領であるかによりますね。王家の血筋の方なのかしら？」

「いえ、エイラ・キシュリング〔小氏族の長《おさ》〕なんです」と、クリーインは即座に答えた。

「わかりました。そうね、もっと格式ばった婚姻でしたら、同等の社会階層から伴侶を求めるというのが、普通です。ボー・アーラ(2)でさえ、同じような地位についている男の娘と結婚するのが望ましい、とされています。でも、相手が自分より社会的に上、あるいは下という結びつきも、ないわけではありませんよ」

クリーインは、素早く、むしろ熱っぽくといった様子で、さっとフィデルマを見上げた。

「それで、そういう結婚、有効なんですね?」

「ええ、もちろん。でも、警告しておくことが、一つあります。そうした社会的地位が異なる者同士の結婚の場合、階級が低いほうの家族に、金銭面の負担がより大きくかかってしまうの。このことは、はっきり教えておきますよ。たとえば、女性のほうが身分が低い場合、どうやら、あなたはこのような結婚を頭に置いているようですが、その場合、女性の家族は、二人の共有財産の三分の二を、提供することになるの。これは、大きな決断ですよ。ですから、この点は、十分お考えなさいね」

クリーインは頭を振って、かすかな微笑を面《おもて》に浮かべた。

「いえ、違います。あたしの結婚じゃないんです。あたしは幸せな結婚をして、子供も一人、授かってますから。もっとも、亭主は亡くなりましたけど。でも、あたしは、十分満足しているんです。だから、これ、知り合いのために、伺ってるんです。自分で訊ねようとはしない人だもんで」

フィデルマは、胸の内で、微笑んだ。クリーインがこのような質問をしているのは、友人のためでないことは、確かだ。彼女自身のことであろう。でも、このクリーインが、ごくささやかな氏族の長であれ、そうした相手の心を射止めたとは、ちょっと想像しかねる。これは偏見だと気づいて、フィデルマははっとした。しかし、そう気がつきはしたものの、フィデルマはいささか冷やかし気味の反応を、つい味わってしまうのだった。

「お知り合いに、十分に考えるようにと、言っておあげなさいな」とフィデルマは、クリーインに告げた。「〝平民の子供が、たとえごくささやかな地位であろうと、上流階級の子弟との結婚に憧れるのは不幸〟という三題詩が、エールの古い文芸の中にも、ありますものね」

クリーインは立ち上がり、膝を屈めて感謝のお辞儀をフィデルマに向けた。

「よく心に留めときます。ご忠告、ありがとうございました、尼僧様。では、お昼のお食事を、お持ちしますね」


世の中とは、なんと不思議なものだろうと思いながら、フィデルマは急いで二階に上がり、先ず自分の部屋に荷物を運び、次いでエイダルフの荷物を持って、彼の部屋に寄った。

エイダルフは、目を閉じて、寝台に横たわっていた。

「具合は、いかが?」とフィデルマは、彼の荷物を傍らの机に置きながら、気遣わしげに問いかけた。

　エイダルフは、その声にさえ、ぎくりとしたが、目を開こうとはしなかった。

「そろそろ、私のために ケポクを歌って下さる時です。でも小声で、頼みます」

　フィデルマは、くすっと笑った。ケポクとは、弔いの折の哀悼歌、〈彼方なる国〉へ旅立つ者を送る哀しみの歌なのだ。

　だが、気にはなって、「マルガがくれた煎じ薬は、もう試してみました？」と訊ねてみた。

「ああ、あのでぶのがみがみ女が台所から出ていったらすぐに、試してみますよ」

「クリーインのこと？」

「ええ、その女のことです」と、彼は溜め息をついた。「あいつ、私が台所に入っていったら、何だかどぶどぶした代物《しろもの》を、食べさせようとしました。また別の薬草汁です。私を殺す気に違いない。でも、これを飲めば治るって言うのです。自分は、薬草治療師を手伝って、よく薬草採集に従《つ》いていくから、良い薬草を知っているんだ、とか言ってね」

「早く、まともなお頭《つむ》に戻って頂戴。それまでは、私の助けになって下さりそうにないわ」とフィデルマは、彼に告げた。「私は、下へ行って、昼食をとることにします」

　フィデルマが下りていってみると、ディアナッハ修道士が食卓を前に坐っていた。すでに彼の昼食を並べ終えていたクリーインは、すぐに食堂から出ていった。フィデルマも、若い修道士に挨拶をして席に坐ったが、ソリン修道士や新たにラーへやって来たはずの宿泊者の姿は、見えない。

「ソリン修道士殿は、加減がお悪いのかしら？」フィデルマは、ソリンを最後に見た時、彼が薬草治療師の施薬所のほうへ入っていったことを、ふと思い出して、そう訊ねてみた。

ディアナッハ修道士は、驚いて顔を上げた。

「加減が悪い？　いいえ。どうして、そう思われたのです？」

フィデルマは、このことは自分の胸にしまっておこうと決めた。

「ずいぶん大勢の人が、昨夜の酷い葡萄酒に祟《たた》られているみたいなので」

ディアナッハは、感心しないとばかりに、鼻をくすんと鳴らした。

「私は、今朝、ブラザー・エイダルフに言っておきました。〝同じ物を以ちて、その症状を癒すこと能《あた》わず〟って」

「そう言っていましたね」とフィデルマは、昼食を摘まみながら、上の空で彼に話しかけた。

「ラーに、もう一人客人が見えた、と聞いたのですけど？」

この問いにも、ディアナッハは、一向に手応えを見せてはくれなかった。

「そんなこと、聞いていませんね」

「これまた、ウラーからの旅人だそうですよ」

「知りませんね。修道女殿の勘違いでは？」

その時、階段で音がして、蒼ざめ、やつれた顔のエイダルフが下りてきた。彼は二人に目もくれずに、いつも携えている自分の小さな薬草袋から取り出した材料で、何か煎じ液を作り始めた。マルガがくれたフォックスグローヴの葉では、ないらしい。しかし、彼が薬草の調合を十分に学んでいることを知っているフィデルマは、彼のするに任せておいた。

やがてエイダルフは、何だかわからないが、芳香を漂わせる煎じ汁が入ったビーカーを手に、食卓にやって来て、目を閉じて、それを啜《すす》り始めた。

「ほら、〝同じ物を以ちてその症状を癒すこと能わず〟だったでしょ?」とディアナッハが、嘲《あざけ》りの針をちくりとエイダルフに見舞った。

「〝相反するものを以ちて、その症状は癒されん〟だな」と、エイダルフは身震いをしながら、それに答えた。彼は、「では、後ほど」と言い残すと、まだ蒼ざめたまま立ち上がり、覚束《おぼつか》ない足取りで、だがビーカーは大事に抱えて、自分の部屋に引き揚げてしまった。

扉が、さっと開いた。入って来たのは、ソリン修道士であった。興奮しているのか、赤い顔をしている。

「来客棟係りの召使いは、いないのですかな?」と彼は、二人に問いかけた。「私は、空腹でしてね」

フィデルマは、「ご自分で取りにいらしたら?」と言おうとしたが、その前に、ディアナッハがさっと立ち上がった。

「お食事、私が取ってきます、ブラザー・ソリン」

フィデルマは、オルトーン司教のずんぐりとした秘書官を、呆れたように見つめた。

「鼻血が出てますよ、ソリン殿」彼女の声は、同情的とは言えないようだ。そして、彼の亜麻《リネン》のシャツの胸が赤葡萄酒でひどく汚れ、顔にも乾いた染みが点々とついていることに、気がついた。誰かが、少し前に、彼の顔に葡萄酒を浴びせかけたに違いない。

ソリンは顔をしかめながら手巾を取り出し、鼻にあてがった。だが、それに説明を加えようとはせず、逆にフィデルマを難詰の目で見据えた。

「午後の会談では、この地に真《まこと》の信仰を広める件についての協議が、もう少し進展するようにと、期待しとりますぞ」

「午前中の会談が無駄になりましたのは、あなたのせいです」とフィデルマは、冷たく言い切った。

ディアナッハ修道士が、主《あるじ》のための昼食の皿を急いで運んできて、惨めな顔をして、自分の席に戻った。

ソリンは、フィデルマを睨みつけた。

「無駄になった、ですと？　主の御言葉を説くに、無駄なことなど、何もありませんぞ。修道女殿がここの異教徒どもを前にして我らの信仰を守ろうとされなかったからには、私がその役を引き受けるほか、なかったではありませんか」

午前中の議論にもかかわらず、ソリンは、自分がフィデルマの譴責を受けている意味を全く理解していないらしい。

「気づいていらっしゃらないのですか、ムルガルが、新しい信仰の是非という宗教論争に私を引き込もうと、罠を仕掛けていたことを。彼の目的は、それによって時間を潰し、ここへやって来た私の重要な任務である折衝を、妨げることだったのですよ」

「私にわかっていることは、修道女殿が我らの信仰のために立ち上がるどころか、たちまち大広間から退出されて、後に残った異教徒どもに勝利を味わわせてしまわれた、ということだけですわい！」とソリンは、フィデルマに噛みついた。「したがって、私は、このことを〝アード・マハのオルトーン〟司教殿にご報告しますぞ。修道女殿は、オルトーン司教殿に釈明せねばならぬ羽目におなりだろうて」

「あなたは、事態を理解できないどころか、見てとることすら、お出来にならないようですね、ソリン殿。あなたの報告だけでなく、私の意見も、オルトーン司教殿に送ってもらいましょう」

フィデルマは食事を終えて立ち上がり、来客棟を後にした。彼女は、ウラーからやって来たあの謎めいた若者は何者なのかと、訝《いぶか》っていたのだ。それを、探ってみなければ。だが、目立ってはなるまい。

そこで、フィデルマは、門へ向かった。門の傍《そば》で、二人の兵士が立ち話をしていたが、彼女は、その一方が、秘かなキリスト教徒のラドガルであることに、気づいた。彼女は中庭を横切って二人に近づき、ラドガルには名前を呼んで親しく声をかけ、もう一人の兵士にも、にこやかに頷いて挨拶をした。

「このラーに、もう一人、北の国からの来客が見えたと、耳にしましたわ」と、フィデルマは質問し始めた。

ラドガルは、フィデルマに、感心したような視線を向けた。

「どんなことだって、その目から逃れられないのですね、〝キャシェルのフィデルマ〟殿」と、彼は答えた。「そうなんです。修道女殿とあのサクソン人が下のローナンの小集落に行かれた間に、商人《あきんど》が一人、到着しました」

「商人? 何を商っている人でしょう?」

ラドガルは、それについては、あまり関心がないらしい。

「馬を売ってるんじゃありませんかね」と、興味なげな答えだった。

彼の同僚が皮肉っぽく頬を歪めたのを、フィデルマの目は見逃さなかった。彼女は、物問いたげに、彼のほうへ向きなおった。

「そうではないと?」

「博労《ばくろう》だなんて」と、彼は疑わしげだった。「あの男、職業戦士の体格、してましたぜ」

フィデルマは、興味を覚えて、ラドガルの同僚を見つめた。

「よく観察したようですね。どうして職業戦士の体格だと思ったのかしら？」

ラドガルが、大きく咳払いをした。明らかに、合図だった。彼の相棒は、肩をすくめると、行かねばならない用があるのでというようなことを、もそもそ呟《つぶや》きながら、去っていった。

同様に立ち去ろうとしたラドガルを、フィデルマは引き止めた。

「あなたの同僚、何を言おうとしていたのかしら？」

「人には、いろんな面がある、ということだけですよ」とラドガルは、無造作に答えた。「たとえば、ご存じのように、自分の生業《なりわい》は荷車大工ですが、必要な時には招集されて、グレン・ゲイシュ族長領に、兵士として仕えるんです、修道女殿。ローナンが、農夫でもあり、兵士でもある、というのと同じですよ」

「その馬商人、通りすがりに立ち寄ったのかしら、それともラーに滞在するのですか？」

「我々の来客棟は、もう一杯です。それで、ラズラ族長は、馬商人に、ローナンの農場に泊ったらいいと提案されたのです」

「今は、そちらかしら？」

「ラーに、また戻って来てます。会議の広間で、族長と話していますよ」

「わかりました。で、彼の商品は、どこにあります？　ローナンの農場に預けてきたのかしら？」

ラドガルは、眉をひそめた。

「商品?」

フィデルマは、根気よく、問い続けた。

「もし、その商人が馬を商っているのでしたら、何頭か、馬を連れてきているはずでしょ? 私は、馬に興味があるの。その商人がどんな馬を売ろうとしているのか、見てみたいものです。下のローナンの牧草地は、ここから見えていますけど、草を喰《は》んでいる牝牛の群れの中に、馬は一頭もいないようですよ」

一瞬、ラドガルは、戸惑ったようだ。

「どういうことですかねえ。あの男に、直接訊ねてごらんになったらいかがです?」

フィデルマは、ラーを出て、丘をぶらぶらと遠ざかっていく兵士の後ろ姿を、しばらく見守っていた。


だが、急ぎ足で通り過ぎようとする人の気配を感じて、フィデルマはさっと振り返った。門の近くの建物へ急ぎ足で向かっているのは、ターニシュタ〔継承予定者〕の妻のオーラであった。憤然としたその顔が、フィデルマの興味を引きつけた。

「何か、困ったことがおありなのかしら、オーラ?」フィデルマは、そう声をかけて、ターニシュタの妻の歩みを強引に止めた。「私に、お手伝いすることでもあれば?」

くっきりとした目鼻立ちの美女オーラは、一瞬、フィデルマを見据えてから、深く息を吸い込んだ。それでもまだ、怒りの色は、彼女の面から消えなかった。

「あなた方キリスト教徒全員の上に、死と戦《いくさ》の女神の呪いよ、振りかかれ」憎悪に満ちた声だった。「あなた方は、敬神だの、貞節だの、謙虚だのと唱えているけれど、その実、獣《けだもの》よ！」

フィデルマは、びっくりした。

「おっしゃっておいでのこと、わかりませんわ。説明して頂けません？」

オーラは、顎をぐいっと突き出した。

「あのでぶの豚、あのソリンの奴、今度私に近づいて来たら、殺してやる！」

「上等な葡萄酒をソリンに浴びせかけて、無駄になさったのでなければいいけれど」ソリン修道士の体《てい》たらくを思い出して、フィデルマは、にっと彼女に笑いかけた。

オーラは、戸惑って、フィデルマを見つめた。

「葡萄酒を？」

「ソリン修道士に、たっぷり葡萄酒を浴びせかけたのは、あなただったのかと思ったのですけど？」

「いいえ、私ではありませんよ。あんな豚に、たとえ安物だって、葡萄酒をぶっかけてやるのは、もったいないわ」それ以上、何も言わずにオーラは、考えこんでいるフィデルマを後に残して、立ち去った。やがてフィデルマも、向きを変えて、ふたたび中庭を横切って、ラーの中心部へと、戻りかけた。

だが、誰かに呼びかけられた。

薬草治療師マルガだった。彼女が、フィデルマ目指して、やって来ようとしていた。

「あたしのこと、馬鹿にしておいでなんですか？」

フィデルマは、表情を変えなかった。一、二分のうちに、いきり立った女性が、二人も？

「どうして、そう思われるのかしら？」とフィデルマは、興味をかき立てられて、問い返した。

「午前中に、あたしのとこに見えて、あの異国人の友達が二日酔いだと言って、あたしの治療を求められたけど、あれ、あたしを試すためだったんですか？」

「どうして、私が、あなたを試すと言われるの？」

「あなたの魂胆なんて、知りませんよ。あのサクソン人のご友人、自分の二日酔いの手当てくらい、ちゃんと知ってるんじゃないですか。トゥアム・ブラッカーンで勉強したって、聞きましたよ。あたしに相談するまでもないほど、十分知識を持っているんだって」

フィデルマは、しばし口を開くことなく、考えていた。

やがて、「私の友人がトゥアム・ブラッカーンで学んでいたこと、どうやって知ったのです？」と、訊ねてみた。

マルガは、さらに怒りを募らせた。

「あたしの質問への答えは、質問なんですか？　ラズラのラーのような狭い土地で秘密が守れるなんて、考えないほうがいいですよ」

「ごめんなさいね」とフィデルマは、穏やかな笑みを、マルガに向けた。「私の癖なの。ドーリィーになってずいぶんになりますから、この癖、もう治りそうにないみたい。ああ、わかりました。今朝、ソリン修道士が、あなたを訪ねたのでしたね」

きっと、エイダルフについての情報は、若いディアナッハ修道士がソリンに告げ、ソリンが、今朝、施薬所を訪ねた折に、それをマルガに伝えたのだろう。

マルガは、険悪な感情丸出しの視線をフィデルマに投げかけると、くるっと踵《きびす》を返して、勢いよく去っていった。

フィデルマは、一、二分、彼女の後ろ姿を見つめていたが、やがて会議が開催されることになっている、ラーの中心部の建物へ向かって、ふたたび歩きだした。

扉の前で、フィデルマに挨拶の声をかけたのは、不機嫌な顔のムルガルであった。

「では、会議場に戻ろうと、気を変えられたのですな?」だが、そのことを喜んでいる気配は、全く見られない。

「少なくとも、その点は、ご覧のとおりですわ、ムルガル殿。どうして、あなたは、ご自分の族長のお仕事を、難航させようとなさるのです?」

ムルガルの面に、薄ら笑いが浮かんだ。

「修道女殿は、儂が族長の方針に不賛同であることを、すでにご存じのはずじゃ。であるからには、どうして儂が族長の道を容易なものに整えてさし上げねばならぬのだ?」

「グレン・ゲイシュの意思はすでに決定していると、私は信じておりました。そう思わされておりました。もし皆の意思がそのように決定しているのでしたら、あなたもそれに従われるべきでしょうに」

「独断専行の決定であれば、領民全員を、それで縛ることはできぬ」

「族長ラズラ殿はイムラックとキャシェルから使節を迎えるという決定を、会議の承認を得ずに下された、とおっしゃるのですか?」

ムルガルは、躊躇いを見せた。彼は口を開こうとして、思いとどまった。

フィデルマは、待ってみたが、ムルガルは黙《もだ》し続けている。フィデルマは、ふたたび言葉を続けた。「私どもが、共通の信仰を奉ずることは、多分ないでしょう。でも、私たちは、ある一つのことを、共に奉じております、ムルガル殿。その一つのこととは、法律です。法は、定めております、己《おの》が首長《かしら》の言は、神聖にして犯すべからずと。あなたは、ブレホンです、ムルガル殿。法に仕える者として、誓言《せいごん》を立てておられる方です。誓言は神聖であり、法によって、支えられております」

ムルガルは、嘲るように、首を横に振った。

「だが、儂の誓言は、あなた方の信仰から見れば、何の効力もない誓いですわい。キリスト教の神にかけて立てた誓言ではないのでな」

「あなたが今話しかけている相手は、異国の僧ではありませんよ、ムルガル殿。キリスト教徒であろうがあるまいが、私は〝金髪のエベル〟の血脈《けつみゃく》を受け継いでいる人間です。たとえ海が逆巻いてあなたを呑みこもうが、空があなたの上に落ちかかろうが、あなたは、法を守ると、誓言をお立てになっているのです。法を固く遵奉することを、お誓いになっているのです。その誓言を、あなたはお守りになるはずです」

「あなたは、不思議な女性《によしよう》じゃな、〝キャシェルのフィデルマ〟殿」

「私は、我がエールの民です。あなたと同じように」

「儂は、あなたの信仰の敵ですぞ」

「でも、我らエールの民の敵では、ありませぬ。もし族長ラズラの言葉がすでに法に則《のっと》って発せられているのでしたら、あなたは、わかっておいでのはずです、ご自分がそれを固く守り抜くとの誓言をお立てになっておられることを」


会議用の大広間の扉が開き、ラズラが出てきた。フィデルマが厩舎の入口で見かけた、あの若い男が後ろに従っている。フィデルマは、この新たな訪問者を、注意深く観察した。

年の頃は、三十歳ほど。長身ではないが、ゆったりした衣服の下に窺われる体軀は、筋肉質であるようだ。身にまとっているのは、軍服でも貴族の豪奢な衣装でもない。だが、フィデルマの鋭い目は、門のところでラドガルの同僚兵士が観察していたことを、一瞥で見てとった。いかにも、この若い男の身のこなしには、独特なものが感じられた。腰の辺りには剣を吊るし、ベルトには短剣を挟《さしはさ》んでいる。長剣も短剣も、明らかに見かけだけのものではなさそうだ。深い、褐色の目は、フィデルマの目と同様に、見たものをたちどころに見極め、評価できるのであろう。なかなか手強いものを秘めた目だ。髪は褐色で、きちんと切りそろえてある。口髭も、やはり形よく整えられている。だが、衣服は、全然、体に合っていない。まるで、誰かの服を間違って着てしまったかに見える。

ラズラは、ムルガルとフィデルマが一緒に立っていようとは、思ってもいなかったらしい。彼は立ち止まり、問いかけるような目を、二人の顔にちらりとはしらせた。だがすぐに、二人の間にあからさまな敵意は醸《かも》されてはいないと見てとり、強張った微笑ではあるものの、笑顔で、ふたたび進み寄って来た。

「我々は、当地を通過中の旅人を、もう一人迎えましてな。〝キャシェルのフィデルマ〟殿、そしてブレホンのムルガル、〝ムィルヘヴネのイボール〟(3)を紹介させてもらいましょう」

若い男は、一歩前へ進み出て、無造作に頭を下げた。

「修道女殿、ご高名は、ご自身より先に、我々の許にも届いております。タラにおいても、お名前は、好ましげに人々の口にのぼっておりますよ(4)」

「過分なお言葉です、イボール殿」とフィデルマは、彼に答えた。「それにしても、お故郷《くに》のムィルヘヴネから、ずいぶん遠くまで、いらしたのですね」

「我が家の炉端で体を伸ばすことは滅多にできない、というのが、商人の宿命なのです、修道女殿」

「馬を商っておいでだと、伺っていますが」

イボールはそれを肯定して、頷いた。温かな、誠実な容貌だ、とフィデルマは感じた。ほとんど、少年に見えそうに若々しい。

「お聞きになったとおりです」

「では、あなたの馬たちを、拝見したいものですわ。実は、私、馬に関心がありましてね。どちらの牧草地で、草を喰ませておいでなのです？」

「馬の群れを連れ歩いているのでは、ないのです」と彼は、別に当惑の素振りを見せもせず、さらりと答えた。

ここで口をはさんだのは、ムルガルだった。彼は、フィデルマが訊ねようとしたことを、質問してくれた。

「馬商人が、馬の群れを連れておらぬだと？　説明を聞かせてもらいたいものじゃ」

若い男は、狼狽《うろた》えもせず、くすりと笑った。

「一頭、伴っていますよ。売るつもりで、連れてきました」

「ただの一頭？」ムルガルも、これには驚いたらしい。「たった一頭を売るための旅であるなら、ムィルヘヴネからの道は、遠すぎるのではないかな?」

「そうなのですよ」とイボールは、あっさりと認めた。「でも、この一頭、その価値がある名馬でしてね。長旅に値する高値がつくであろう馬なのです。実は、三十シェード(5)という価《あたい》を、私は期待していました」

「期待していた……ですか?」とフィデルマは、さっと質問をはさんだ。

「ええ、オー・フィジェンティ小王国の統領であるオーガナーンが純血種の馬を求めており、見事な駿馬一頭に、私の長旅を十分に甲斐あるものとしてくれるほどの代価を支払うだろう、と聞いたのです。そこで、私は、そのような名馬を見つけました。ブリトン人の国で育った馬でして、それをエールに連れ帰ったのです。これ一頭で、長旅は十分に報いられるだろう、と考えましてね」

フィデルマは、疑わしげに、彼を見つめた。

「でも、オーガナーンは、六ヶ月前に、アーンニャの丘の戦い(6)で死亡しておりますよ」

〝ムィルヘヴネのイボール〟は、どうしようもないとばかりに、両手をさし上げてみせた。

「私は、そのことを、オー・フィジェンティ領に入って初めて、知ったのです。オー・フィジェンティでは、新しい小王ドネナッハが、敗北を喫した自国の領民のために、打ち砕かれた繁栄を必死に取り戻そうとしている最中で……」

「彼らを打ち破ったのが、フィデルマ殿の兄上、〝キャシェルのコルグー〟王だった」とムルガルが、意地の悪い註釈をはさんだ。

「オーガナーンに率いられたオー・フィジェンティ小王国が、キャシェルの王座の転覆を企んだことから起こった事態です」とフィデルマは、苛立たしげにムルガルに応じた。キャシェルによるオー・フィジェンティ制圧は、キャシェル側に非があるのだと言わんばかりのムルガルの言及は、これが初めてではないのだ。

「そうだそうですね。しかし私は、そのようなことを全く知らなかったのです」とイボールは、穏やかに指摘した。

「でも、このような情報がムィルヘヴネに届くのに、それほど日数《ひかず》はかからないのではありません?」とフィデルマは、疑念をはさんだ。

「こうした事件が起こっていた時、私はグィネッド王国（現在のウェールズ北西部の州）で、ブリトン人たちに囲まれて過ごしていたのです」とイボールは、抗議した。「彼《か》の地に滞在して、馬を購入するための手配に明け暮れていたのです。私は、今から一ヶ月前に、ブリテンからウラーへ帰国したのですが、その時には、この事件はもう過去の出来事になっていて、それをわざわざ聞かせてくれる者など、誰もいませんでした。そういう訳で、私は、この選り抜きの駿馬を一頭だけ連れて、オー・フィジェンティ小王国へと出発したのです。そして、着いてみると……」

「〈アルミール・セット〉法は、馬の販売をウラー国内でのみ許可すると規定していますから、ブリテンの純血種の馬を一頭なりとウラー王国の外に連れ出すのは、難しかったのではありません？」とフィデルマは、率直に訊ねてみた。

イボールは、やや躊躇した後、肩をすくめた。

「私は、ウラー王から、特別認可を頂いているのです」と、彼は急いで説明した。「しかし、オー・フィジェンティの敗北のことは、彼らの領土に着くまで、知りませんでした。私のつもりでは、そこで小王オーガナーンにお会いしようとしていたのですが」

「では、どうして、こちらへ？　オー・フィジェンティの民は、北の山脈の向こうに住んでいますのに」と、フィデルマは訊ねた。

「今、申し上げましたが」と若い男は、やや嘆かわしげに、フィデルマに答えた。「あちらは、破壊され、荒廃していたのです。乳牛の群れが科料として没収されている時に、純血種の名馬を物々交換で手に入れようとする者など、一人もいませんでした。でも私としては、この馬をふたたびウラーへ連れ戻りたくはありませんでした。そこで、こちらへやって来たのです。オー・フィジェンティのある者が、グレン・ゲイシュの族長ラズラ殿は馬にかけてはたいした目利きだと、教えてくれましたのでね」

フィデルマは、興味を引かれて、ラズラを振り向いた。

「その馬、もう判定なさったのですか？」

「まだ、見ていないのですよ。イボールは、たった今、こちらに到着して、丘の麓《ふもと》のローナンの厩《うまや》に馬を預けて来たばかりでしてな。この客人が長旅の疲れを癒され次第、明日にでも見に行くつもりですわ」

「そうなのです。私も、入浴と軽い食事のためにすぐ戻ると、ローナンの女房バルサックに、言ってあるのです。もう、遅くなってしまった。そろそろ失礼して、戻らないと」

「ローナンの農場まで、ご一緒しよう」とムルガルが、イボールに告げた。「あちらのほうに、用事があるのでな。儂の……そのう、養い子が、ローナンの小集落に住んでおるのだ」

「それはご親切なお計らいです、ムルガル殿」だが彼の声音《こわね》は、その言葉を強調するものではないようだ。若い男は、ムルガルの同伴を、嬉しがってはいないらしい。彼は丁重な態度で、フィデルマに向きなおった。「お目にかかれて、光栄でありました、〝キャシェルのフィデルマ〟殿」

「私は、馬を商う方とお会いすることに、いつも興味を抱いております。長旅をなさって、キャシェルの王国のこのような片隅にまでいらして下さる商人殿となると、とりわけ興味をそそられましたわ」

ムルガルと男は、連れだってラーから立ち去った。

二人の去ってゆく後ろ姿を、フィデルマと並んで眺めながら、ラズラは「感じのいい若者ですな」と、感想をもらした。

フィデルマのほうは、いささか皮肉っぽかった。

「愚かしい若者ですわ」ラズラが物問いたげに自分を見ているのに気づいて、フィデルマは言葉を継いだ。「この物情騒然たる時期に、高価な馬を牽いて、単独でオー・フィジェンティを旅するなど、愚か者のすることです」

「おそらく、オー・フィジェンティも、今では修道女殿が考えておられるほど危険な状況ではないのでしょう」これが、ラズラの見方であるようだ。「ソリン修道士と彼の若い侍祭も、二、三日前、あちらに行っていたそうですからな」

フィデルマは、その反応を隠しきれないほど、ひどく驚かされた。

「ソリン修道士は、本当にオー・フィジェンティを経由して、こちらに来たのですか？　それ、ずいぶん奇妙な経路ではありません？」

「いや、北方の王国から当地へ来るには、理にかなった道筋ですよ」と、ラズラは反論した。

「そうなのでしょうね」とフィデルマも、一応は、それを認めた。「でも、私なら、ご免被りたい旅程ですわ」

「私と、私の顧問官たちは、この午後、意見の違いを調整するつもりです。明日の正午前には、折衝のための会談を再開したいと、考えています。今朝の事態については、改めて謝罪申し上げます。ムルガルは正直な男なのですが、新しい信仰を受け入れることによって、この地にさまざまなものが外部から入って来るだろうが、それは決して我々の独自性を損なうものではないのだ、ということに、まだ確信を持てないようでしてな。ムルガルは、新しい信仰がもたらすであろう変化を、恐れているのです」

「そのような受け入れ方、わかりますわ」とフィデルマは、ムルガルの態度に理解を示した。「でも、ヘラクレイトスは、〝この世に、万古不易《ばんこふえき》なものは無し。万物は変化す〟と、言っておりますよ」(7)

ラズラは、憂鬱《ゆううつ》そうな笑みを見せた。

「いい格言ですな。だが、ムルガルの心を変化させるのは、大難事でしょうて」と、彼は答えたが、ややあって、付け加えた。「今夜、また宴《うたげ》を催すことになっています」

フィデルマは、かすかにたじろいだ。

「エイダルフと私、失礼させて頂けないでしょうか？」

族長は、軽く眉をひそめた。宴席への招待を拒むのは、無礼に近い振舞いなのだ。もちろんフィデルマは、この〈歓待の法〉について、よく承知している。彼女は、急いで言葉を続けた。

「私には、〝満月の翌晩は、粗食のみをとり、私どもの信仰が定める瞑想に耽って夜を過ごすべし〟とのゲイシュ(8)が課せられておりますもので」

ラズラは、わずかに目を見張った。

「ゲイシュですか？」

フィデルマは、真剣な面持ちで、頷いてみせた。ゲイシュというのは、太古からの禁忌《きんき》の習慣であって、それを課せられた者は、その禁止命令に、絶対に従わねばならないのだ。ゲイシユの概念は、〈ブレホン法〉の条文として、この時代にも生き続けていた。たとえば、ウラーの伝説的英雄クーフラーンには、〝決して犬の肉を食してはならぬ〟、というゲイシュがあった。(9)ところが彼は、敵に謀《はか》られて、知らずして犬の肉を食べてしまった。この破戒によって、彼には避けがたい死が訪れることになるのだ。ゲイシュを無視したり破ったりすれば、その人間は社会から拒否され、社会秩序の中で除け者《アウトサイダー》と位置付けられてしまうのである。

フィデルマは、いささか自分の信仰上の良心と葛藤《かっとう》した上で、嘘を言ってのけたのである。恩師〝ダラのモラン〟師は言っておられたではないか、〝嘘を全くつかないということは、自分の家の扉に錠を取り付けないことと同じじゃ〟と？　虚言は、より大いなる悪から身を守る方便でもあるのだ。ゲイシュを持ち出せば、ラズラも納得してくれると、フィデルマは知っていた。他人《ひと》のゲイシュについては、誰も穿鑿《せんさく》しないはずだ。

「いいですとも、フィデルマ殿。無理強いはしませんよ」

「でも、実は、一つだけ……」

「なんでも、遠慮なく、おっしゃって下さい」

「このラーに、図書室は、おありでしょうか？」

「もちろん」ラズラの面を、一瞬、怒りの翳《かげ》がかすめた。「図書室を持っているのは、キリスト教徒だけではありませんぞ」

「失礼な言葉に聞こえたのでしたら、お許しを」と彼女は、ラズラの不快を宥《なだ》めた。「図書室には、どう行けばいいのでしょう？」

「ご案内しましょう。実は、図書室は、私のドゥルイドでありブレホンでもあるムルガルの管理のもとに置かれているのです」

「私が調べ物をしては、ムルガル殿は気を悪くなさるでしょうか？」

「私は、族長ですぞ」いささか、素っ気ない口調の返事であった。

ラズラは中庭を横切って、施薬所がある建物へと、フィデルマを案内した。施薬所の少し先に、この建物の正面出入口があった。その扉を入ると、上の階に通じる木造の階段があり、ラズラはそれを最上階となる四階へと昇り、中廊下を進んで、塔の四階部分をなす部屋へと、フィデルマを導いた。ラーの中で、ひときわ目立っていた、あのずんぐりとした塔の内部である。

「こちらが、ムルガルの私室で」とラズラは、隣りの部屋を指し示した。「そして、こちらが、図書室です」

フィデルマは、中へ入った。一部屋から成る図書室であった。壁には、木釘がずらりと打ち込まれており、それに、ティアグ・ルーウァー〔書籍収納鞄〕[10]が吊るされている。それぞれの鞄に、特に大事な革装幀の稀《き》覯本《こうぼん》が納められているのだ。

「何か、特にお探しのものでも？」フィデルマが壁面の木釘に下げられている鞄の列の前を歩きながら、中に入っている書物の題名を一つ一つ調べているのを見て、ラズラはそう訊ねた。

「法律関係の書籍を探しているのです」

ラズラは、図書室の一角の数冊の本を指し示してくれた。フィデルマは、早速それらの本に、取り組み始めた。ラズラは、フィデルマのそうした様子を、立ち去っていいものかと躊躇うようにしばらく眺めていたが、彼女が彼に目を向けることもなく本のページを繰ることに没頭しているので、とうとう小さく咳払いをした。

「もう、私にご用がないのであれば……？」と彼は、フィデルマに声をかけた。

フィデルマは、彼の存在をすっかり忘れていたことに気づいて、はっと顔を上げ、謝るように、微笑みかけた。

「失礼。探している箇所は、間《ま》もなく見つかりそうです。でも、待っていて下さるには及びませんわ。独りで戻っていけますでしょうから」

ラズラは、ちょっと迷ったものの、頷いて、それに従った。

「また後でお会いするかもしれませんが、そうでなければ、明日の午前中の会談で、お目にかかりましょう」

ラズラが立ち去るや否や、フィデルマは書物を収納した鞄に立ち戻った。法典を調べて、ある問題に関する言及を探したかったのだ。この地のブレホンの二、三十冊の法律書の中に、その問題に触れた箇所がある書籍があるといいのだが、どうだろう？

だが、ついに求めるものが見つかった。〈アルミール・セット〉、すなわち〈外国産の物品の売買〉という法規である。やがて彼女は、それが記載されている法典を書籍収納鞄に納め、木釘に戻した。

フィデルマは、図書室を後にして、考えこみながら階段を下り、中庭へ出たが、すぐに確信に達したかのような足取りになって、来客棟へと戻っていった。

訳註

歴史的背景

1　聖ブリジッド＝聖女ブリギット、ブライドとも。四五三年頃〜五二四年頃。アイルランドで聖パトリックに次いで敬慕されている聖職者。若くして宗門に入り、めざましい布教活動を行った。キルデアに修道院を設立。アイルランド初期教会史上、重要な聖女。詩、治療術、鍛冶の守護聖者でもある。

フィデルマはモアン王国の人間であるが、ラーハン王国のキルデアに建つ聖ブリジッドの修道院に所属して、ここで数年間暮らしていたため、〝キルデアのフィデルマ〟と呼ばれていた（後にキルデアを去って、〝キャシェルのフィデルマ〟と名乗るようになる）。

2　ドーリィー＝古代アイルランド社会では、女性も、多くの面でほぼ男性と同等の地位や権利を認められていた。女性であろうと、男性と共に最高学府で学ぶことができ、高位の公的地位に就くことさえできた。古代・中世のアイルランド文芸にも、このような女性が高い地位に就いていることをうかがわせる描写が、よく出てくる。このシリーズのヒロイン、フィデルマは、このような社会で最高の教育を受け、ドーリィー〔法廷弁護士。時には、裁判官としても活躍することができた〕であるのみならず、アンルー〔上位弁護士・裁判官〕という、ごく高い公的資格も持っている女性で、国内外を舞台に縦横に活躍する。古代アイルランドの学者の社会的地位は、時代や分野によって若干違いがあるようだが、大体において七階級に分かれていた。最高学位がオラヴ、第二位がアンルーなのである。フィデルマは、むろん作者が創造した女性ではあるが、決して空想的なスーパー・ウーマンといった荒唐無稽な存在ではなく、十分な根拠の上に描かれたヒロインである。

3　デルフィネ＝血縁でつながれた集団やその構成員。デルヴは、〝真の〟〝血のつながった〟などを意味し、フィニャは〝家族集団〟を意味する。男系の三世代（あるいは、四世代、五世代、などと言及されることもある）にわたる、〈自由民〉である全血縁者。

4　ブレホン＝古いアイルランド語で、ブレハヴ。古代アイルランドの〝法官、裁判官〟で、〈ブレホン法〉に従って裁きを行う。彼らは非常に高度の専門学識をもち、社会的に高く敬われていた。ブレホンの長ともなると、司教や小国の王と同等の地位にあるものとみなされた。

〈ブレホン法〉は数世紀にわたる実践の中で洗練されながら口承で伝えられ、五世紀に成文化されたと考えられている。しかし固定したものではなく、三年に一度、大王《ハイ・キング》の王都タラにおける祭典の中の〈大集会〉で検討され、必要があれば改正された。〈ブレホン法〉は、ヨーロッパの法律の中できわめて重要な文献とされ、十二世紀後半に始まった英国による統治下にあっても、十七世紀までは存続していた。しかし、十八世紀には、最終的に消滅した。現存文書には、民法を扱う『シャンハス・モール』(「歴史的背景」訳註23参照)、刑法を扱う『アキルの書』(「歴史的背景」訳註24参照)があり、両者とも、『褐色牛の書』に収録されている。

5　大王オラヴ・フォーラ＝アイルランドの第十八代(一説には、第四十代。随分年代に差があるが、とにかく曖昧模糊《あいまいもこ》たる遙か彼方なる太古の伝承なのである)の大王とされる。伝承によれば、初めて法典の体系化を行い、また〈タラの祭典〉を創始した、とされている。

6　大王リアリィー＝リアリィー・マク・ニール。ウラーのオー・ニール(イー・ニーアル)王家の始祖である〝九人の人質を取りしニーアル〟の子。聖パトリックがアイルランドにキリスト教を布教し始めた時の大王。〈九人会議〉を主宰。

7　九人の高名な学者＝アイルランド古代の律法を再検討し集大成するために、大王リアリィーによって招集された〈九人会議〉のメンバー。九人の賢者たちは三年にわたって討議検討し、その結果、大律法書『シャンハス・モール』が完成した。九人の賢者とは、この会議を主導した大王リアリィー自身と、モアン（マンスター）王コルク（モアンのオーガナハト王家の先祖。このシリーズの主人公フィデルマは、このオーガナハト王家の王女と設定されている）、ウラー（アルスター）王ダイルの三王と、三人のブレホンの長、それに聖パトリックたち三人の聖職者の九人。あるいは、〝リアリィーが、九人の賢者を招聘《しょうへい》した〟とも言われている。

8　パトリック＝三八五～三九〇年頃の生まれ。没年は四六一年頃。アイルランドの守護聖人。ブリトン人で、少年時代に海賊に捕らえられて六年間アイルランドのシュレミッシュで奴隷となっていたが、やがて脱出してブリトンへ帰り、自由を得た。四三二年頃アイルランドにキリスト教の布教者として戻って来て、アーマー（アード・マハ）を拠点として活躍。多くのアイルランド人を入信させた。初めてアイルランドにキリスト教を伝えた人（異説あり）として崇拝されている。〈聖パトリックの日〉は、三月十七日。この日は世界各地でセント・パトリックス・デイのパレードが行われているが、日本でも、近年行われるようになった。

9　タラ＝現在のミース州にある古代アイルランドの政治・宗教の中心地。〝九人の人質を取りしニーアル〟により、大王の王宮の地と定められたとされる。遺跡は、紀元前二〇〇〇年よりさらに古代にさかのぼるといわれる。

10　フェシュ・タウラッハ＝〈タラの祭典、タラの大集会〉。三年に一度、秋に、タラの丘で開催される大集会で、アイルランド全土から、人々が集まり、一種の民族大祭典とも言うべき大集会が開かれ、さまざまな催し、市《いち》、宴《うたげ》などが繰り広げられ、人々は大いに楽しむのであるが、主な目的は、①全土に、法律や布告を発布する、②さまざまな年代記や家系譜等を、全国民の前で吟味し、誤りがあればそれを正す、③国家的な大記録としてそれを収録する、という三つの目的のためであった（ダクラス・ハイド等）ようだ。

11　性的嫌がらせ＝女性が、意に反して接吻を強要された場合、その女性の〈名誉の代価〉を、全額払わねばならぬ、女性の衣服の中に手を入れた場合、七カマルと三オンスの罰金、女性の体に触れたり、下着の中に手を入れた場合には、銀十オンス等と、かなり具体的な罰則を定めて、女性をセクシャル・ハラスメントから擁護していたようだ（ファーガス・ケリー等）。

12　強姦＝古代アイルランドの〈ブレホン法〉では、強姦はフォルカーとスレーに分けられていた。フォルカーは、暴力による強姦。スレーは、その他の状況において、たとえば酔った女性に対するものなど、本人の同意を得ずに行われた性交。短編「毒殺への誘い」（『修道女フィデルマの洞察』収録）で、言及されている。

　酔った女性への強姦も、その他の女性に対する行為と同じように厳罰を科せられた。ただし、その女性の側に不用意な行動があった場合、たとえば、既婚女性が付き添いなしに酒場に出掛けた場合、法の保護は受けられず、弁償金は与えられない。なかなか具体的に定められた法であったようだ。

弁償金は、父親、夫、兄弟等、女性の後見人の〈名誉の代価〉（各人に、法や社会の評価や慣習などに基いて、その名誉が評価されていた）と、身体的障害に対する制裁金から成っており、第一夫人以外の妻や内縁の妻の場合は、半額が支払われたようだ（ファーガス・ケリー『アイルランドの古代法』による）。

13 離婚＝〈ブレホン法〉は、『カイン・ラーナムナ』〈婚姻に関する定め〉という法律の中で、男女同等の立場での結婚を始めとするさまざまな男女の結びつきをくわしく論じているが、離婚の条件や手続き等についても、いろいろ定められているようである。離婚問題は《修道女フィデルマ・シリーズ》の中の多くの作品で触れられている。たとえば短編集の中の「大王廟の悲鳴」にも出てくるが、長編『蜘蛛の巣』の第八章で、フィデルマは「……でもクラナットは、彼と離婚する権利を法によって十分認められたでしょうに？……結婚の際に持参したものを全部とり戻す権利が、彼女にはあるはず。もし持参金が一切なかったとしても、エベル（クラナットの夫）の財産が結婚期間中にそれ以前よりも増えていたら、その増加分の九分の一は、離婚に際して自動的に彼女のものと認められます」と、具体的に説いている。

14 相続＝古代アイルランドの法には、長子相続制はなく、兄弟が平等に相続した。だが、女性には、土地相続権はなかった。男子にのみ相続権があるのは、土地を一族（クラン）で維持するためであろう。古代アイルランドの女性は、原則的に男性とほぼ同等の権利を与えられていたが、このように若干の例外もある。ただ、土地の相続の代わりに、女性には生涯不動産保有権が与えられていた。

15　障害扶助金＝医術の神ディーアン・ケヒトの名を冠した法律の中の、不当な障害を人に与えた場合の科料の項目に、被害者の障害への対応として、被害者は自宅に運ばれ、たぶん医師の指示のもとで、親族に九日間、看護されること、九日後に、被害者は医師の正式の診察を受け、もはや治療の必要がない場合には、後遺症に対して、加害者は科料を支払う。もし医師が回復不十分と判断した場合、加害者は重い科料を払わねばならぬ。この九日間のうちに被害者が死亡した場合、加害者は殺人者としての科料を支払うことになる、と犯罪被害者への扶助を定めている。

16　キャシェル＝現在のティペラリー州にある古都。町の後方に聳《そび》える巨大な岩山〈キャシェルの岩〉の頂上に建つキャシェル城は、モアン（マンスター）王国の王城であり、のちには大司教の教会堂ともなって、古代からアイルランドの歴史と深く関わってきた。現在も、この巨大な廃墟は、町の上方に威容を見せている。このシリーズの主人公フィデルマは、数代前のモアン王ファルバ・フランの娘であり、現王である兄コルグーと共に、このキャシェル城で生まれ育った、と設定されている。

17　ファルバ・フラン＝モアンのオーガナハト王統の一員。六二二（六二八とも）～六三三年に在位。《修道女フィデルマ・シリーズ》においては、コルグーとフィデルマ兄妹の亡父という設定。

18　ダロウ＝アイルランド中央部の古い町。五五六年、聖コルムキルによって設立された修道院で有名。この修道院にあった装飾写本『ダロウの書』は、アイルランドの貴重な古文書で、現在はダブリンのトリニティ大学が所蔵。

19　ラズローン＝ダロウの修道院長。フィデルマ兄妹の遠縁に当たる、温厚明朗な魅力的な人物として、しばしば《修道女フィデルマ・シリーズ》に登場する（短編「名馬の死」、「ウルフスタンへの頌歌」等）。幼くしてモアン国王であった父ファルバ・フランを亡くしたフィデルマの後見人であり、彼女の人生の師、良き助言者として描かれている。

20　〈選択の年齢〉＝選択権をもつ年齢。成人として認められ、自らの判断を許される年齢。男子は十七歳、女子は十四歳で、この資格を与えられた。

21　〈詩人の学問所〉＝七世紀のアイルランドでは、すでにキリスト教が広く信仰されており、修道院の付属学問所などを中心として、新しい信仰と共に入ってきたキリスト教文化やラテン語による新しい学問も、しっかりと根付いていた。だが、古来の〈詩人の学問所〉のような教育制度が伝えたアイルランドの独自の学問も、まだ明確に残っていた。フィデルマも、キルデアの聖ブリジッドの修道院で新しい、つまりキリスト教文化の教育を受け、神学、ヘブライ語、ギリシャ語、ラテン語等の言語や文芸にも通暁しているが、その一方、古いアイルランド古来の文化伝統の中でも、恩師〝タラのモラン〟の薫陶を受けた〈ブレホン法〉の学者である。

22　モラン＝ブレホンの最高位のオラヴの資格をもつ、フィデルマの恩師。

23　『シャンハス・モール』＝五世紀の大王リアリィーが、八人の賢者を招集し、自らも加わった九人で、それまでに伝えられてきたさまざまな法典やその断片を検討し、集大成を行った。三年の歳月をかけて、四三八年に完成した大法典が、この『シャンハス・モール』（〝大いなる収集〟の意）。アイルランド古代法（〈ブレホン法〉）の中のもっとも重要な文献である。

24　『アキルの書』＝『シャンハス・モール』と共に、アイルランドの古代法の重要な法典。著者がここに述べているように、『シャンハス・モール』は刑法、『アキルの書』は民法の文献のようであるが、前者を民法、後者を刑法の文献と述べる学者もあるようだ。この二大法典は、異なる時代に、異なる人々によって、集大成されたので、何れにも民事に関する言及も刑事犯罪に関するものも収録されているからであろう。どちらかが刑法、どちらかが民法と、こだわる必要はないのかもしれない。

『アキルの書』は、三世紀の大王コーマク・マク・アルトの意図のもとに編纂されたとも、また七世紀の詩人ケンファエラがそれに筆を加えたとも、伝えられている。コーマクは戦傷によって片目を失って、大王位を息子の〝リフィーのカーブラ〟に譲った。太古のアイルランドの掟には、王や首領は五体満足なる者であるべしとの定めがあったためである。だが、若い王は難問にぶつかると、しばしば父コーマクに教えを乞うた。それに対して、コーマクが「我が息子よ、このことを心得ておくがよい……」という形式で、息子に助言を与えた。その教えが、この『アキルの書』である、とも伝えられている。

アキルは、大王都タラの近くの地名。

25　ドゥルイド＝古代ケルト社会における、一種の〈智者〉。語源は、〈全き智〉を意味する語であったといわれる。きわめて高度の知識をもち、超自然の神秘にも通じている人とされた。アイルランドにおけるドゥルイドは、預言者、占星術師、詩人、学者、医師、王の顧問官、政の助言者、裁判官、外交官、教育者などとして活躍し、人々に篤く崇敬されていた。

しかし、キリスト教が入ってきてからは、異教、邪教のレッテルを貼られ、民話や伝説の中では〝邪悪なる妖術師〟的イメージで扱われがちであるが、本来は〈叡智の人〉である。宗教的儀式を執り行うことはあっても、かならずしも宗教や聖職者ではないので、ドゥルイド教、ドゥルイド僧、ドゥルイド神官という表現は、偏ったイメージを印象づけてしまおう。

26 キルデア＝キル・デア〔オークの森の教会〕。現在のアイルランドの首都ダブリンの南に位置する地方。アイルランドで聖パトリックに次いで敬慕されている聖女ブリジッドによって、この地に修道院が建てられたという。フィデルマは、尼僧として、一時この修道院で暮らしていた。

27 アイルランド各地の学問所へと押し寄せてきた＝当時アイルランドは、信仰や学術において、ヨーロッパ文化を支える一大拠点であり、ヨーロッパ各国から、多くの聖職者、学者、学徒が集まって来ていた。その様子は、《修道女フィデルマ・シリーズ》の中にも、よく描かれている（短編「ウルフスタンへの頌歌」等）。フィデルマの良き相棒エイダルフも、そうした留学生としてサクソンの国からやってきた青年学徒であったと、設定されている。

28 ローマ教会と、絶えざる論争を続けていた＝アイルランドでは、キリスト教は五世紀半ば（四三二年頃）に聖パトリックによって伝えられた（異説あり）とされるが、その後速やかにキリスト教国になり、聖コルムキルや聖フルサを始めとする多くの聖職者たちが現れた。彼らは、まだ異教徒の地であったブリテンやスコットランド等の王国にも赴き、熱心な布教活動を行っていた。しかし、改革を進めつつあったローマ教皇のもとなるローマ派のキリスト教との間には、復活祭の定め方、儀式の細部、信仰生活の在り方、神学上の解釈等さまざまな点で相違点が生じており、ローマ教会派とアイルランド（ケルト）教会派の対立を生んでいた。だが、フィデルマの物語の時代（七世紀中期）には、アイルランドにおいても次第にローマ教会派が広がりつつあり、九世紀から十一世紀には、アイルランドのキリスト教もついにローマ教会派に同化していくことになる。

29　聖職者の独身制＝この問題は、シリーズの中で、しばしば言及されている。例えば、当時、ケルト教会のみならず、ローマ教会でも、聖職者の独身主義は、それほど広く支持されていた観念や慣行ではなかったし、フィデルマの時代には、アイルランドの宗教施設（修道院や付属の学問所など）の多くは、男女を区別することなく受け入れており、彼らはしばしば結婚し、キリスト教の信仰に生きながら、その中で子供を育んでいたと、『蜘蛛の巣』の「歴史的背景」その他で、述べられている。この時代、修道院長や司教さえ、結婚することができたし、現に結婚していたのだ。

また、『死をもちて赦されん』の「歴史的背景」では、男性聖職者と女性聖職者が修道生活を共にする大修道院や僧院は、コンホスピタエ（男女共住修道院）、あるいはダブル・ハウスと称され、そこでは修道士と修道女は結婚し、子供を育てつつ、キリストの教えに身を捧げて暮らすこともできた。聖職者の独身制は、元来、一部の禁欲的な修道者によって守られていたものであったが、〝タルソスのパウロ〟を始めとする多くの初期キリスト教の指導者たちがこれを是認したため、フィデルマが活躍する七世紀半ばには独身制が広まりつつあり、レオ九世（在位一〇四九～五四年）の教皇在位中には、西方キリスト教の聖職者たちに独身制を強制しようとの真剣な試みが始まった、ということにも、触れられている。

30　ニカイアの総会議《カウンシル》＝三二五年、コンスタンティヌス大帝によって招集された、ニカイアにおける総会議は、復活祭の日の定め方やその他の議題で議論が紛糾し、議場は騒然となった。結局、復活祭は「春分に次ぐ満月後の最初の日曜日」と、一応の決着をみた。

31　コンラッド司教＝？～五二〇年頃。アイルランドの隠者。司教であったとも言われている。キルデアの住人で、優れた鍛冶師であり、聖ブリジッドが設立したキルデアの修道院のために聖具を作ったとされる。祭日は、五月十日。

32　コジトスス＝アイルランドの最初の聖人伝『聖ブリジッド伝』を執筆（六五〇年頃）。その後の聖人伝に、影響を与えた。

33　「晩禱《ばんとう》の毒人参《ヘムロック》」＝短編集『修道女フィデルマの洞察』に収録。

第一章

1　〈聖ヨハネの剃髪《トンスラ》〉＝この時代、カトリックの聖職者は剃髪をしていたが、ローマ教会の剃髪は頭頂部のみを丸く剃る形式であった。しかしアイルランド（ケルト）教会では、それとは異なる形をとっていた。著者は《修道女フィデルマ・シリーズ》の中でよくこの点に言及しているが、たとえば、シリーズ二作目の『サクソンの司教冠』の中でも、〝後ろの髪は長く伸ばし、前頭部は耳と耳を結ぶ線まで剃り上げる様式である〟と、説明している。

第二章

1　〝コロナ・スピネア〟＝頭頂部の毛髪を円形に剃った、ローマ・カトリック教会が定めた剃髪。〝聖ペテロ型〟の剃髪。イエスの〝茨の冠〟の形であるので、〝茨の冠型〟とも。

2　クリューアッハ・ダヴァ＝現在のケリー州マクギリーカディーズ山嶺。その二十七峰の最高峰がキャラントゥールヒル（千四十メートル）。

3　わずか二百年前＝この作品は、六六六年に設定されている。アイルランドにキリスト教を初めて伝えたのは、一般に聖パトリックとされているが、実際には、聖パラディウス（没年四三二年頃）であったと言われる。いずれにせよ、五世紀半ばで、フィデルマの時代のほぼ二百年前。

4　アラグリンの谷＝シリーズの第五作『蜘蛛の巣』の舞台となった土地。モアン王国のほぼ中央部。現コーク州の東部の実在の土地。

5　フルサ＝？～六四五年または六五〇年。アイルランドの聖者、修道院長。アイルランドで活躍したあと、六三〇年頃にイギリスに渡り、修道院を設立した。しかし勃発した戦乱の中で庇護者であった王が亡くなったため、六四〇年ごろに大陸に渡り、その後はフランスで活躍した。彼はしばしば恍惚状態におちいり、天国や地獄、天使や悪魔などの幻影を見、それを記述した。これに刺戟されて、多くの幻想文学が生まれたが、とりわけ地獄の幻想は、ダンテの『神曲』の地獄の描写に影響を与えたと言われる。

6　トゥアム・ブラッカーンの修道院＝アイルランド北西部のゴルウェイ地方の町に六世紀に設立された修道院。神学、医学の学問所としても名高かった。

7　アイオナ＝スコットランド西海岸沖の小島。サクソン諸王国に布教にやって来たアイルランド人の聖コルムキルが、先ず布教活動の拠点となる修道院を建てたのが、このアイオナ島であり、この島はサクソンにおけるアイルランド（ケルト）・カトリックの布教と学問の中枢の地となった（本章訳註9参照）。

8　初めて共同の任務についた＝《修道女フィデルマ・シリーズ》の第一作『死をもちて赦されん』で、フィデルマはエイダルフと初めて出会い、〈ウィトビア教会会議〉を背景とした事件を、二人で解決する。

9　コルムキル＝五二一頃～五九七年。コロンバ。〝アイオナのコルムキル／コロンバ〟(サクソン人は、コルムキルという名は言いにくかったらしく、彼をコロンバと呼んだ)と呼ばれる。王家の血を引く貴族の出。アイルランドの聖人、修道院長。デリー、ダロウ、ケルズなどアイルランド各地に修道院(三十七ヶ所といわれる)を設立したが、五六三年、十二人の弟子と共にスコットランドへ布教に出かけた(一説には、修道院内の諍いの責任をとっての出国とも)。彼は、スコットランド王の許可を得て、その西岸の島アイオナに修道院を建て、三十四年間、その院長を務めた。さらにスコットランドや北イングランドの各地で多方面に修道院の設立や後進の育成などに専念し、あるいは諸王国間の軋轢を仲裁するなど、旺盛な活躍をみせ、その生涯のほとんどをスコットランドでおくった。とりわけアイオナの修道院は、アイルランド・カトリックとその教育や文化の重要な中心地となっていた。数々の伝説に包まれたカリスマ的な聖職者であり、また古代アイルランド文芸に望郷の思いを詠った詩を残す詩人でもある。

10　ウィトビアの教会会議《シノド》＝六六四年、ノーサンブリア王国ウィトビア／ウィトビー(旧名ストローニャシャル)の修道院において、ノーサンブリア王オスウィーの主宰という形で開催された宗教会議。復活祭の日の定め方、教義の解釈、信仰の在り方等、当時対立が顕著となったローマ教会とアイルランド(ケルト)教会の妥協を求めるための会議であったが、最終的には、オスウィー王が天国の鍵の保持者聖ペテロにしたがうと決定したため、イングランド北部の教会は聖ペテロが設立したとされるローマ教会に属することとなり、その結果アイルランド教会派はさらに孤立してゆき、ついに十一世紀にはローマ教会に同化していった。《修道女フィデルマ・シリーズ》の第一巻『死をもちて赦されん』は、このウィトビア教会会議を物語の背景としており、アイルランド教会派に属する修道女フィデルマは、サクソン人でローマ教会派のエイダルフと、そこで初めて出会ったのであった。

11 テオドーレ=六〇二?～六九〇年。〝タルソスのテオドーレ、テオドロス〟。シチリアのタルソス生まれのギリシャ人。教皇の命で、六六九年にイギリスに渡り、カンタベリーの初代大司教となったため、〝カンタベリーのテオドーレ〟とも呼ばれる。イギリスにおける信仰の確立と統一に努め、ローマ教会派とアイルランド教会派の融和をはかる等、精力的に活躍した。彼の許には、アングル人、サクソン人、アイルランド人、ブリトン人等、各国から大勢の修道士や神父たちが集まり、カンタベリーは学問の中心地となっていった。

12 上位王国《プロヴィンシャル・キングダム》=複数の部族が集まって小王国、あるいは族長領を形成し、さらにそれらが集まって、より強大な王国を形成する。フィデルマの活躍する七世紀半ばには、そうした強大王国が四ヶ国、存在していた。マンスター（モアン）、レンスター（ラーハン）、アルスター（ウラー）、コナハトである。これらを大王国と呼ぶと、大王《ハイ・キング》領と紛らわしいので、区別して、四大王国は、よく〝上位王国〟と訳される。

13　アイルランド五王国＝エール五王国。アイルランド全土を指すときによく使われる表現。七世紀のアイルランドは、四つの上位王国と、大王が政を行う王都タラがある大王領ミースの五王国に分かれていた。またマンスター、レンスター、アルスター、コナハトの四上位王国は、大王を宗主に仰ぐが、大王位に就くのも、主としてこの四王国の国王であった。

14　大王《ハイ・キング》＝アイルランド語ではアード・リー。〝全アイルランドの王〟、あるいは〝アイルランド五王国の王〟とも呼ばれる。古くからあった呼称であるが、強力な勢力をもつようになったのは、二世紀の〝百戦の王コン〟、その子である三世紀のアルト・マク・コン、アルトの子コーマク・マク・アルトのころ。実質的な大王の権力を把握したのは、十一世紀初めの英雄王ブライアン・ボルーとされる。大王は、ミースの王都タラで、政治、軍事、法律等の会議や、文学、音楽、競技などの祭典でもあった国民集会〈タラの祭典〉を主宰した。

しかし、この大王制度は、一一七五年、英王ヘンリー二世に屈したロリー・オコナーをもって、終焉を迎えた。

15 アード・マハ＝現アーマー。アルスター地方南部の古都で、多くの神話や古代文芸の舞台となってきた。聖パトリックがキリスト教伝道の第一歩を踏み出した地。彼によって大聖堂が建立（四四三〜四四五年頃）され、その付属神学院は学問の重要な拠点となっていった。

16 イータ修道院長に、心から従うことができなくなったからです＝短編「晩禱《ばんとう》の毒人参《ヘムロック》」（『修道女フィデルマの叡智』収録）に描かれた事件。

17 ケント王国＝五世紀頃、ドイツ北方から移住してきたジュート人が、グレート・ブリテン島の南部に建国した王国。王都カンタベリーに建立された大聖堂は、英国におけるカトリックの総本山。サクソン人修道士エイダルフは、《修道女フィデルマ・シリーズ》の初めのほうでは、生地名を冠して〝サックスムンド・ハムのエイダルフ〟と名乗っていたが、その後カンタベリーの大司教テオドーレの秘書官となってからは、〝カンタベリーのエイダルフ〟と名乗ることもある。

18 グレン・ゲイシュ＝この作品の舞台として設定されている小族長領。地名は、〝禁忌（ゲイシュ）の谷（グレン）〟の意で、外部の人間の入国禁止を国是としている谷間《たにあい》の小族長領。現在のケリー州マクギリーカディーズ・リークあたりに想定されているようだ。

19 〈黄金の首飾り《ニーア・ナスク》〉＝古代アイルランドでは、四王国の王や、その上に位置する大王はもちろん、さまざまな規模の小王や族長たちも、それぞれ精鋭戦士団（フィアナ）を抱えていた。これらの中でもっとも有名なものは、無数の英雄伝説においても活躍するアルスター（ウラー）王直属の戦士団や、大王コーマク・マク・アルトに仕えた、フィンを首領とする〈フィニアン戦士団〉である。一八六七年の独立運動における〈フィニアンの蜂起〉や、その後の政党の一つフィアナ・フォールの名称も、これに由来する。この〈黄金の首飾り戦士団〉も、マンスター王に仕えた、実在の由緒あるエリート戦士団であった（著者トレメイン氏の教示）。〝フィアナ〟は、現代アイルランド語では〝兵士〟の意味。

20 オー・フィジェンティ小王国＝アイルランド西部の、現リメリック州あたりに勢力をもっていた小王国。モアン王国を形成する小王国の一つで、モアン王に服従はしているものの、決して完全には順《まつろ》わぬまま叛逆の機会を狙っている王国内の危険分子的な存在として、《修道女フィデルマ・シリーズ》の中にしばしば登場している。

21 我らが王国の崩壊を謀《はか》ったオー・フィジェンティ小王国の陰謀をお前が阻止してくれた時＝長編『蛇、もっとも禍《まが》し』の事件。

第三章

1　〝デウス・ミゼラトゥール……〟＝『詩篇』第六十七篇一節。〝ねがはくは神、われらをあはれみ　われらをさきはひてその聖顔《みかほ》をわれらのうへに照したまはんことを〟

2　〝グロム・クリューアハ〔血塗れの三日月〕〟＝語意は、〝背を屈めた形の〟あるいは〝三日月形の（クロム）〟〝塚（クリューアハ）〟。キリスト教伝来以前に、アイルランドで崇拝されていた異教の神の一つ。マグ・シュレヒト〔礼拝の野〕において、黄金の神像とそれを囲む十二の小像（太陽神と彼が支配する十二の季節か？）が祀られ、生贄やその年最初の収穫が捧げられたと言われる。しかし、聖パトリックにより、この邪神崇拝は退けられて、この異教の聖壇は崩壊し、異教神たちは首まで大地に呑み込まれたと、伝説は伝える。〝背を屈めた形〟というのは、凋落《ちょうらく》した異教神の落魄《らくはく》の姿とも、生贄の血に染まった三日月とも、言われる。《修道女フィデルマ・シリーズ》の『蛇、もっとも禍《まが》し』の中に出てくる〝黄金の仔牛〟像崇拝は、この〝グロム・クリューアハ〟を、連想させる。

3　〝マグ・シュレヒト〔礼拝の野〕〟＝〝グロム・クリューアハ〟への崇拝が行われたとされる土地で、現在のキャヴァン州辺りの野原かと考えられている。アイルランド文芸復興期の詩人ジョン・モンタギュウの短い詩「礼拝の野」は、この古書に記載された異教神伝説に基づくものであろう。

4　ティーガーンマス＝第二十六代の大王。人間の犠牲を求める邪教への信仰を人々に強制し、多くのドゥルイドたちを虐殺したなど、暴虐なる王として後世怖れられたが、アイルランドで金鉱、銀鉱の採掘や精錬を始めたのも、金銀工芸を発展させたのも、この大王であったとされている。

彼についての《修道女フィデルマ・シリーズ》の短編集『修道女フィデルマの叡智』に収録されている「大王廟《びょう》の悲鳴」の中でも、言及されている。また長編『蛇、もっとも禍し』では、物語の重要な背景の一つとして描かれている。

5　ミリャ＝ミール・イーシュパン（スペインのミール）、ミレシウス、ミーリャとも。伝説によれば、古代のエジプトやスペインの王に仕えた一族の長。彼の息子たちが率いるミレシアンたち（〝ミールに従う者たち〟）は、アイルランドに侵攻し、デ・ダナーン神族と戦って勝利者となった。彼らミリャの息子たちが、アイルランドにおける最初の人間の支配者であり、アイルランド人の先祖であると、伝説は伝える。

6　フォーモーリ＝神話的な史書『侵寇の書』に描かれている、太古にアイルランドに渡来した神族の一つ。異形の、凶暴なる邪神たち。時には、片目、片手、片足の姿で描かれている。〝海深くに棲まう者たち〟の意と推定されている。首領は、〝邪眼のバラー〟。著者の短編集アシュリン〔幻想〕（邦訳は『アイルランド幻想』、光文社）の中の「深きに棲まうもの」は、このフォーモーリを思わせる。

7　クーフラーン＝クフーリン。アイルランド神話・英雄譚の中のもっとも名高い勇者。輝かしい神ルーと人間の娘デクティーラ（デクトーラ）の間に生まれた息子で、幼名はセイタンタ。少年時代に彼はクラーンが番犬として飼っていた猛犬を殺してしまったため、その猛犬の仔が成長するまでは自分が番犬の役を務めようと申し出た。それ以来、〝クラーンの番犬〟という意味のクーフラーンという名で呼ばれることになった。長編叙事詩『クーリィの家畜争奪譚』でも、アルスター王国のため孤軍奮闘。そのほか数々のロマンス、冒険、戦闘の物語で彩られている英雄。しかし死と破壊の女神モーリーグの愛を拒んだため、終生彼女につけ狙われ、ついにはその策におちいって悲劇的な死を迎える。

8　デイシー小王国＝ミース地方の強力な部族で、小王国を形成していた。彼らの王〝槍鋭きエンガス〟の姪が、大王コーマク・マク・アルトの息子ケーラクに凌辱されたとき、エンガスはタラの大王の許へ出かけて正義の裁きを求めた。しかし、ケーラクに事実を否定され、怒ったエンガスは彼を殺害する。そのためデイシー一族はコーマクの執拗な報復を受けて国を追われ、ある者はマンスターに、またある者は海を渡って南ウェールズに移住することになった。デイシー一族の離散と滅亡は史実であるが、一方では『デイシー一族の放逐』という物語となって、後世に伝えられた。物語は、三世紀には口承文芸として成立していたと考えられているが、文献としては六、七世紀の古文書として断片的に残っている。

本書の著者ピーター・トレメインは、これらを基にした*Ravenmoon*（仮題『大鴉の月』）という長編小説も著している。

またコーマクは、息子ケーラクが殺されたとき、息子をかばおうとしてエンガスの槍の石突で突かれ、片目を失った。古代アイルランドでは、五体健全な者でなければ王位に就くことはできない定めになっていたため、コーマクは退位し、別の息子カブリーが次代の大王位を継いだとされている。

9　コーマク・マク・アルト＝〝アルトの息子コーマク〟。二五四〜二七七年の大王。英雄フィンを首領とした有名な〈フィニアン戦士団〉の保護者で、デ・ダナーン神族の神々、とりわけ海神マナナーンと親しく、数々の異境の冒険を体験したとされる。史実と英雄伝説との間で活躍する英雄王。フィンの許婚でありながら、〈フィニアン戦士団〉の戦士ディアルムィッドと駆け落ちをしてフィンの激しい追跡を受けた悲恋物語のヒロイン、グラーニャは彼の娘であったとされる。

10　ブリクリュー＝〝毒舌のブリクリュー〟。アルスター（ウラー）伝説群に登場。毒舌のみでなく、絶えず英雄たちにさまざまなことを囁いては、彼らの間に不和の種を蒔いて喜ぶ、厄介な人物。とりわけクーフラーンと、関わりが深い。例えば、自分の館の宴会に英雄たちを招待しておいて、その中のひときわ優れた英雄、クーフラーン、コナール、リアリィーの三人に、秘かに〈英雄の一口〉（第六章訳註6参照）を約束することによって彼らの間の不和を画策したり、彼ら三人の妻たちに宴の広間に真っ先に入るべき第一の英雄はあなたの夫であると囁いて、英雄たちが競いあうよう仕組んだりするトラブル・メーカー。古い物語『ブリクリューの宴』に描かれている出来事。

11　彼らが見つめているトルク＝ゴールの諸民族の間で、三日月形のトルク（首飾り）が広く用いられていたことは、多くの出土品が物語っているが、ここに描かれている意匠は、クレア州グレニンシーンやティペラリー州アードクロニィーで発見された見事なデザインのトルクを思わせる。

第四章

1　〈歓待の法〉＝古くからアイルランド人は、旅人や客を手厚くもてなしてきた。〝アイリッシュ・ホスピタリティ（アイルランド人のもてなし）〟という表現は、今日でもよく使われている。これは彼らの気質や、善意にみちた社会慣行を表しているが、ここに述べられているように、〈ブレホン法〉も、もてなしの内容や義務を法的に的確に定めている。たとえば、一般的な義務として、一家の主や修道院は、見知らぬ貧しい旅人にさえ、もてなしを提供しなければならなかった。宿泊や食事を拒否することは罪とみなされた社会であり、法律であったようだ。

2 パブリウス・サイルス＝紀元前一世紀ごろに、ローマ演劇の世界で活躍し、人気を博したマイム作者、マイム俳優。また、広く読まれていたストア哲学的な大部の格言集の著者である、とも言われている。

3 ラー〔城塞〕＝土塁、防塁。建物の周囲に土や石で築かれた円形の防壁、あるいはその中の建物なども含めた砦全体。規模は大小さまざま。

4 〝アード・マハのオルトーン〟＝アード・マハは、女神マハの城砦であったとされ、多くの神話や古代文芸の舞台となってきたアルスター地方南部の古都。四四四年（諸説あり）、聖パトリックによって、初めてキリスト教の寺院が創建されたのが、マハの丘（アード・マハ、アーマー）であった。

5 キリスト教信仰の最高権威＝キリスト教は、アイルランドへパラディウスによって伝えられた、あるいはそれ以前にすでに入って来ていた等の説があるが、一般には聖パトリックによって伝えられたとされている。彼が布教活動の第一歩を踏み出し、後に大聖堂となる寺院を創建したのがアード・マハ（現アーマー）であったから、アード・マハの大修道院は、アイルランドのキリスト教徒にとって、きわめて重要な聖所であり、その司教は人々の篤い崇敬を捧げられ、よく大司教と美称で呼ばれる。しかし、厳密に言えば、アード・マハの司教区の、すなわちウラー王国におけるキリスト教の、最高位聖職者であって、決して全アイルランドのキリスト教の至高の権威ではない。

フィデルマも、アード・マハの司教オルトーンには、高位の司教としての敬意を払い、彼の依頼に応じて教皇への使者をも務めたが（『サクソンの司教冠』）、アード・マハの司教即アイルランド全土の最高権威たる大司教というオルトーンの野心は、絶対に認めていない。あくまでも、彼の称号は、アード・マハ司教区の司教であり、聖パトリックのコマーブ〔後継者〕なのである。

6　聖アルバ＝アルベ。六世紀初期のアイルランド人司教。生涯については、詳細不明。主として、アイルランド南部で布教。イムラック（現ティペラリー州イムレック）の司教区の創設者か？　牝狼に育てられた、晩年は〈約束の地〉（異教のケルト人の至福の異界）に隠棲した等の伝説に彩られている聖者。

7　『パトリックの生涯』＝『アード・マハの聖パトリック伝』。七世紀のアイルランドの歴史家ムルクー（ムラクー）による聖パトリックの伝記。

8　シュレミッシュ＝アイルランド北部（現在のアルスター地方アントリム州）の町。聖パトリックが、若い頃、ブリテンから連れて来られて、奴隷として六年間を過ごした土地。

9　ミリーアク＝当時のシュレミッシュの族長で、奴隷パトリックの主であった。彼は、パトリックの報復を恐れて、死を選んだ、と記されている。

10　サクソン人の国のカンタベリー大司教＝小アジアのタルソス生まれのギリシャ人テオドーレ。〈ウィトビア教会会議〉で、サクソン諸王国は、ケルト（アイルランド）・カトリックではなく、ローマ・カトリック教会を信奉することになり、ローマ派のカンタベリー聖堂が、サクソンのキリスト教信仰の首位座となった。その初代の大司教がテオドーレ。『サクソンの司教冠』の中で、エイダルフは彼の秘書官に任じられたと設定されている。この『翳深き谷』は、ローマにおける『サクソンの司教冠』の事件解決後、カンタベリーで大司教テオドーレの秘書官の職についていたエイダルフが、テオドーレの使節として、モアン王国のコルグーの許へ赴いていた時の事件、ということになっている。

第五章

1　伝承詩人たち＝古くは、〈フィリヤ〉〔詩人〕は学者でもあり、またさらに古くは、言葉の魔力を通して超自然とも交信をなし得る神秘的能力をもった人でもあり、社会的に高い敬意や畏怖をもって遇された存在であった。

2　イルリル・オーラム＝モアン王オーンの子で、父オーンが敵対していた大王〝百戦の王コン〟の娘サイヴと結婚して、大王位を継いだ。モアン王家（オーガナハト王家）の祖。《修道女フィデルマ・シリーズ》で、フィデルマはこの王統の王女と設定されている。

3　『カイン・ラーナムナ〔婚姻に関する定め〕』＝カインは、〝法律、処罰〟、ラーナムナは〝結婚やその他の男女の結びつき〟を意味する語。男女同等の立場での結婚、妻（夫）問い婚、略奪婚、秘密婚等、男女の結びつき（結婚）を九種類にわたって論じたもの。さらには、第二夫人や側室の権利、離婚の条件や手続き、暴行に関する処罰までも、詳論されているようだ（『アイルランドの古代法』）。

4　ルー・ラヴファーダ〔腕長きルー〕＝〝長き（ファーダ）腕《かいな》（ラヴ）のルー〟。〝光輝く顔の〟との形容からすると、太陽神か。あらゆる芸術、工芸の神。民間伝承の中の妖精の職人レプラカーンのもとは、ルー神であると、言われる。英雄クーフラーンは、ルーと人間の娘デクティィーラの息子。

5　ルーナサ＝アイルランドのデ・ダナーン神話の中の輝かしい神ルーを祀る異教の祭日で、キリスト教以前の四大祭日の一つ。収穫感謝の祭りでもあったらしい。現代アイルランド語では、〝八月〟を意味する単語となっている。

6　クラン〔氏族〕＝クランは英語になっている単語だが、語源はゲール語（アイルランド語）の〝子供〟、〝子孫〟を意味する単語。祖先を同じくする親族集団。

7　自分たちの管轄権の及ばぬ＝グレン・ゲイシュは、モアン王国の僻遠の地と、設定されているから、政治的にはモアン王国に属し、宗教的には、モアン王国のキリスト教首位座であるイムラックの司教の管轄下にある。アード・マハはウラー王国の首位座であるから、〝アード・マハのオルトーン〟には、政治的にも宗教上も、グレン・ゲイシュの問題に介入する権限はない。

8　〝身体の清潔〟＝諺《ことわざ》の〝清潔は、敬神に次ぐ美徳〟への言及。

第六章

1　〝大司教〟という称号を用いて、そう装っていますけれど＝第四章の註5参照。

2　〈パルキア〉＝信仰上の最高権威の座。

3　オラヴ＝本来は〔詩人の長〕。詩人の七段階の資格の中での最高の位であり、九年から十二年間の勉学と、二百五十編の主要なる詩、百編の第二種の詩を暗誦によって完全に修得した者に授けられた位。しかしフィデルマの時代には、各種の学術分野の最高学位を指すようになっていた。現代アイルランド語では、〝大学教授〟を意味する。

4　宴における席次＝グレン・ゲイシュのようなささやかな族長領における族長宴会のプロトコール（外交上の儀礼）にしては、いささか仰々しく見えるが、神話伝説にもでてくるように、席次は、アイルランド社会において、きわめて重要視されていた儀礼であったようだ。

5　ダール・リアダ＝現スコットランド地方にあった古代王国。聖コルムキルが修道院を設立したアイオナも、この王国の西岸に位置する島。

6　〝グーラーミール〈英雄の一口〉〟＝〝グラー・マー〟。英雄の取り分を指す。宴の席で、ご馳走の肉料理の最上の箇所は、その場の最高の勇者に供される、という習慣。食べ物に限らず、最大の敬意が一座の中のもっとも秀でた人物に捧げられた。
これは、古代文芸の中にもよく表れるが、もっとも有名なのは、『ブリクリューの宴』であろう。ブリクリューは、アルスター伝説群の中で活躍する〈精鋭戦士団〉の一員であるが、毒舌家で、不和を醸《かも》すことに長《た》けた扇動者である（第三章訳註10参照）。

7　筆記盤＝この時代、重要な文書は、もちろん羊皮紙に記録されていたが、普通の、あるいは臨時の記録には、高価なヴェラム（上質羊皮紙）ではなく、石板や粘土板が使用された。《修道女フィデルマ・シリーズ》の中に、木製の浅い箱（ふね）に粘土を延ばし、鉄筆で記録するという描写が、よく出てくる。

8　ティムパーニ＝ふつう、打楽器の一種であるが、アイルランドでは、弦楽器の一種も、この名称で呼ぶことがある。

9　モアンの大いなる巌《いわお》＝モアンの王都キャシェルの後ろに聳える巨大な岩山（「歴史的背景」訳註16参照）。
モアンの王城やオーガナハト王統の永久《とわ》なる隆盛の象徴。

10　オーン＝〝輝かしきオーン〟、〝大いなるオーン〟。アイルランド南部に強大な勢力を確立した。モアン王国のオーガナハト王家の祖とされる。

11　後に続きしは、コナールと、……フィーゲン＝ムルガルが詠いあげるこれらの名称は、モアンのオーガナハト王家の歴代の王の名。

12　クリーンナの海原＝海を渡ってやって来たミリャ（ミレシウス）とその一族は、アイルランド島へ渡来した最初の人間とされるが、ミリャの死後、息子のエレモンが、アイルランド全島の王となった。しかし、弟のエベルはこれを不服とし、戦闘の揚句、アイルランドを二分し、北をエレモンが、南をエベルが統治することになった。その境界線が、東海岸のボイン川河口と西海岸のこのクリーンナを結ぶ線であった。モアンのオーガナハト王統は、このエベルを遠祖とする。
　クリーンナは、〈波高きクリーンナの海〉と呼ばれる。この名称は、デ・ダナーン神族の美の女神の名に由来。彼女は人間の若者と恋仲となり、神々の国〈約束の地〉を逃れて、ここに上陸したという。だが彼女は、海神マナナーンの奏でる美しい調べによって、この岸辺で眠り込み、〈約束の地〉へ連れ戻されてしまった。

13　〝金髪のエベル〟＝ミリャがエジプト王女との間にもうけた息子のうちの一人。ミレシアンによるアイルランド征服後、兄弟は国土を二分し、エベルはボイン川以南のアイルランド南部を、兄のエレモンは北側の半分を、支配することになった、とされる（第三章訳註5参照）。

第六章の訳註10のオーンや、彼を祖とするオーガナハト王家は、自分たちをエベルの後裔であると称した。

14　ミレシウス＝第三章訳註5参照。

15　セオグニス＝古代ギリシャの、二行連句の挽歌詩人。金言作者としても有名。

第七章

1　ニコデムス＝ニコデモ。『ヨハネ傳福音書』その他にでてくるパリサイ人。イエスの秘かな弟子（『ヨハネ傳福音書』第三章一〜十五節）で、使徒たちの援助者。彼らを助けてイエスの亡骸を埋葬したと、聖書で言及されている（ヨハネ傳福音書十九章三十九節。『ルカ傳福音書』、『マタイ傳福音書』、『マルコ傳福音書』等にも、記述されている）。『ヨハネ傳福音書』第七章五十〜五十一節には、〝イエスの逮捕は、立法上、不当である〟と訴えた、と記されている。資料によっては、ニコデムスは「いつのことかは不詳だが、殉教」と記述しているものもある。イエスの裁きに異議を唱えたことが、殉教の理由の一つなのであろうか。

2　エイターン＝《修道女フィデルマ・シリーズ》の第一巻『死をもちて赦されん』で、

アイルランド教会派の代表としてウィトビア宗教会議に出席していた尼僧院長。彼女はその最中に殺害され、会議に出ていたフィデルマが、〈ブレホン法〉の弁護士として、その解明を委ねられた。この事件がきっかけで、《修道女フィデルマ・シリーズ》が始まる。

3　キャシェルに滞在＝フィデルマは、キルデアの修道院に所属していたが、ある事件の解決について院長イータの方針に賛同しかねて修道院を去り（短編「晩禱の毒人参」。『修道女フィデルマの洞察』収録）、一先ず生家のキャシェル城へ戻った。本書のグレン・ゲイシュの事件は、そのキャシェル滞在中に設定されている。

4　『ウーラケヒト・ベック』＝『階級論入門』。古代アイルランド社会の地位、階級について論じている三法典の一つ。

5　〝九人の人質を取りしニーアル〟＝ニーアルは、コナハトの王子であったが、ブリテンやゴーアルにまで、しばしば侵攻しつつ勢力を広げていった。周辺の九王国は人質を出して、ニーアルの傘下に入った。そのため〝九人の人質を取りしニーアル〟の名を得る。コナハトから、アイルランド中部にかけて勢力を伸ばし、オー・ニール（イー・ニーアル〝ニーアルより出でし人々〟の意）王家の遠祖となる。

6　エレモン＝ミリャがエジプト王女との間にもうけた二子のうちの一人。兄弟でアイルランドを二分し、エレモンは北側の半分を、支配することになった、とされる（第六章訳註13参照）。

7　三題詩＝三つ組みの詩。トライアッド。古代、中世のケルトの詩形の一つ。共通する形態、性状などを持ったものを、三つ並べた短詩。漢詩の聯や、日本の対句などが連想されるが、より素朴であるようだ。軽い風刺や諧謔などが窺えるものもある。

ドイツ人のケルト学者クノー・メイヤー（一八五九～一九一九年）などの英訳がある。

〝粗野な愚か者三種：老人を嘲弄する若者、病弱者を嘲《あざけ》る愚者、愚かなる者を馬鹿にする賢者〟

〝集いの中での讃美の的三種：美しい妻、見事な駿馬、俊足の猟犬〟

〝いい加減な物言い三姉妹：多分、そうかも、これ本当です〟

聯や対句などは、文学的なものが連想されるが、アイルランドの場合、歴《れっき》とした古代法典にさえ左記のように、トリアッドが用いられている箇所もある（ファーガス・ケリー『アイルランドの古代法』による）。

〝被害に対して払われるはずの科料を受け取ることのできない女三種：不身持な女、正直者から盗む女、女妖術使い〟

〝〈名誉の代価〉が認められない女三種：不身持な女、女盗っ人、女妖術使い〟

魔女も、現実の社会に、ちゃんと生きていたらしい。叡智の法典に、大真面目に妖術使いが言及されているところなど、古代の社会を覗かせてくれて、面白い。

8　ディーアン・ケヒト＝ディアン・ケハト。医術の神。デ・ダナーン神族の中の英邁なる王ヌアダは、フォーモーリ族との戦いにおいて片腕を失い、王位を息子に譲った。王者は、五体満足でなければならない、という掟があったのである。そこで、医術の神ディーアン・ケヒトは、王に銀の義手を作った。以後、王は〝銀の腕《かいな》のヌアダ〟と呼ばれるようになった。しかし、その後、父より秀でた医師であった息子のミーアクは、ヌアダのために、血と肉でもって義手を作った。お蔭でヌアダは、王位に復したのであるが、ディーアン・ケヒトは息子を妬み、彼を三度襲い、ついに四度目の襲撃で、殺害してしまった。彼の遺体からさまざまな薬草が生えだした。ミーアクの妹の、やはり医術の神であったエルミッドは、その薬草を集め、それぞれの薬草の薬効を示すために、地面に衣を広げて、各部位に、それに効果がある薬草を並べた。しかし怒りの収まらないディーアン・ケヒトがその衣を振り払ったため、薬草は散乱した。そのために、後の世の人間たちは、薬草の効力を学ぶことができなくなったのだという。
　ミーアクは、ヌアダの宮殿の片目を失った門番のために、猫の目を移植して、目を取り戻してやった、という伝説もある。

9　スクラパル＝貨幣単位の一つ。一スクラパルは、銀貨一枚、あるいは乳牛の二十四分の一頭分。つまり、二十四スクラパルで、乳牛一頭、あるいは金貨一枚ということになる（第九章訳註5参照）。

第八章

1　〝心貧しき者は……彼らのものなればなり〟＝マタイ傳福音書第五章三節やルカ傳福音書第六章二十節からの引用。

2　〝今泣く者は……やがて慰めが得られようから〟＝マタイ傳福音書第五章四節やルカ傳福音書第六章二十一節からの引用。ソリンの引用はやや混乱しているようだ。

3　セクール＝セクレル。少額銀貨。

4　育ての親＝子供を信頼する人物に預け、養育して教育も授けてもらう制度。著者は、『幼き子らよ、我がもとへ』の十一章で、「子供たちは七歳になると、親元を離れて教育を受ける。これはごく普通に行なわれていることである。この慣行は、〈養育《フォスターリング》〉と呼ばれており、養父母は養い子たちをその身分にふさわしく育て教育することを求められる。少女は、多くの場合、十四歳で教育を終了するが、時には、フィデルマ自身のように、十七歳まで続けることも可能である。……〈養育〉は、双方の家庭にとって好ましいものとされる慣行であり、法的な契約でもあるのだ。これには、法律上、二種類ある。一つは〈好意の養育〉であり、養育費はいっさい支払われない。もう一つは、実の両親が子供たちの養育費を支払う〈契約による養育〉である。そのいずれであれ、〈養育〉は、社会におけるもっとも主要な子弟教育の手段なのである」と述べている。

第九章

1　身分の低い女でも、族長の一族の人と、結婚できるんでしょうか？＝階級に関して論じている三法典の一つ『クリー・ガブファッハ』に、身分の違う男女の結婚についての定めが記されているようだ（『アイルランドの古代法』）。〝格式ある階級であれば、同程度の階級の者同士で結婚すべきである。社会的地位が異なる男女が結婚する場合、より階級が低い家族に、より重く経済的負担がかかる。例えば、ボー・アーラ〔地方代官〕の息子が、族長の娘と結婚する場合、あるいは逆にボー・アーラの娘が、族長の息子と結婚する場合、両家が子供に与える財産（ジョイント・プロパティー）は、身分が低いほうの家族、この例で言えば、ボー・アーラの家族が三分の二、族長の側が三分の一を負担する〟ことになるようだ。

2　ボー・アーラ＝短編「奇蹟《れっき》ゆえの死」（短編集『修道女フィデルマの洞察』収録）の中で、著者は「領地は持っていないものの、牝牛を歴とした財産と認められるだけの頭数所有している族長のことで、〝牝牛持ちの族長〟を意味する言葉である。この地位は、一種の地方代官で……小さな共同体は、大体において、こうしたボー・アーラが治めており、そのボー・アーラ自身は、通常、さらに強力な本土の族長に臣従している」と、説明している。代官、地方行政官といった地位である。

3　ムィルヘヴネ＝現在のダンドーク（ルース州）とボイン河の間の地方。多くの物語の中に出てくる地名であるが、英雄クーフラーンの本拠地として、よく知られている。十九世紀から二十世紀初めに活躍した劇作家グレゴリー夫人の名著『ムィルヘヴネのクーフラーン』（散文）は、W・B・イエーツを始め、多くのアイルランド文芸復興期の詩人や劇作家に、大きな影響を与えた。

4　タラにおいても、お名前は、好ましげに人々の口にのぼっておりますよ＝短編「大王の剣」、「大王廟の悲鳴」、「名馬の死」への言及。日本語版では、「大王の剣」と「大王廟の悲鳴」は『修道女フィデルマの叡智』に、「名馬の死」は『修道女フィデルマの洞察』に収録。

5　シェード＝当時、物品額の評価や弁償などの額を定める際に用いられた主な単位は、シェードとカマルであった。牧畜を基盤とする古代アイルランド社会では、この価値評価の単位の基準には、主として乳牛が用いられていた。一シェードは乳牛一頭（若い牝牛二頭）に相当する価値（二シェードで乳牛一頭の説も）。カマルは乳牛三頭分の価《あたい》に相当した（研究者によって若干相違あり）。貨幣も次第に流通しつつあったが、大体、金貨一枚は乳牛一頭（一シェード）、銀貨一枚は一スクラパルで、乳牛の価の二十四分の一とされた。

6　アーンニャの丘の戦い＝女神アーンニャは、デ・ダナーン神族の愛と豊穣の女神。クノック・アーンニャ（アーンニャ、あるいはアイニャの丘は、現在のノッカニー）に、彼女の砦があったとされる。十九世紀まで、聖ヨハネ祭（夏至祭）の前夜、人々は乾し草や藁に火を灯してアーンニャの丘に登り、疫病退散や豊穣を彼女に祈願した。アーンニャの丘の戦いは、六六六年に、モアン王コルグーに叛旗を翻したオー・フィジェンティ小王国とコルグーの軍勢が激突した戦役。

7　ヘラクレイトス＝?〜紀元前五〇〇年。古代ギリシャの哲学者。〝万物は束の間存在し、たちどころに過ぎ去る〟と説いて、永遠を求めようとする哲学者たちの思想を否定し、〝涙の哲学者〟と言われた。

8　ゲイシュ＝古代アイルランドの慣習の一つ。人々の生き方は、ゲイシュという、禁忌や誓言、あるいは呪詛によって、大きく影響されていた。王や英雄たちは、あるいはその集団は、いくつものゲイシュの下に、生きていた。ゲイシュは、他者から課せられる場合も、自らが課す場合もあるが、いずれにせよ、絶対に拒むことも破ることもできない。これを破れば、名誉を失い、自分の属する社会から脱落し、あるいは放逐され、命をも失うのである。この呪縛の下、多くの勇者たちは忠誠や愛情との葛藤《かっとう》に懊悩《おうのう》しつつも宿命に直面し、敢然と死を迎えることになる。アイルランド伝承文学の重要な要素である。

クーフラーンのゲイシュには、相手の戦士に自分の家系譜を語ってはならないというのと、挑戦を拒んではならないというのがある。この呪縛ゆえに、彼は初めて会った一人息子コンラと対決する羽目となり、自分が父親であると告げることのできないまま、ついには我が子を殺さねばならなかった。

また、コナー・マク・ネッサ王の〈精鋭戦士団〉の英雄たちも、酒宴の余興に、俊足で名高い女性マハに、身重であるにもかかわらず、駿馬と速さを競わせた。ゴールに着いた途端、マハは恐ろしい絶叫と共に赤子を産み落とし、彼ら全員にゲイシュを課した。「国の危難の際に、私の今の絶叫を耳にした戦士は全員、数日間、陣痛の苦しみを味わい、出陣不能となるべし」というゲイシュであった。これが、大英雄譚『クーリィの家畜争奪譚』の冒頭のコナハト軍勢との対戦の際に、コナー・マク・ネッサの宴に居合わせなかったクーフラーンがただ一人で立ち向かい苦戦を強いられる、という物語に繋がっていく。

9

クーフラーンには、〝決して犬の肉を食してはならぬ〟＝〝クーフラーン〟は、〝クラーンの番犬〟を意味する。彼の幼名はセイタンタ。少年セイタンタは、ある時宴に招かれた。招客は全員到着したと思った館主《やかたあるじ》は、砦の門を閉め、猛犬を庭に放していた。そこで、遅れてきたセイタンタは、外壁を飛び越えて中に入り、襲いかかった獰猛な犬を、素手で絞殺した。主は愛犬の死と夜警の犬を失ったことを嘆いたので、セイタンタは、その猛犬の仔犬が成犬となるまで、自分が死んだ犬の代わりを務めることにした。それ以降、この怪童セイタンタは〝クラーンの番犬（クーフラーン）〟という名で呼ばれることになったのである。このような訳で、クーフラーンは、自分の名前に関わる犬を食することを、自分のゲイシュとしていたのであった。ところが、謀られて、この禁忌を破ってしまい、避けがたい死を迎えることになる。

10　ティアグ・ルーウァー〔書籍収納鞄〕＝〝書籍収納用の革鞄〟。当時のアイルランドでは、上質皮紙の書籍は、本棚に並べるのではなく、一冊あるいは数冊ずつ革（あるいは布）製の専用鞄におさめて壁の木釘に吊り下げる、という収蔵法を、よくとっていた。旅に携帯する際にも、この鞄に入れて持ち歩いた。『幼き子らよ、我がもとへ』の中に、詳しい描写が何ヶ所か出てくる。

訳者紹介　早稲田大学大学院博士課程修了。英米演劇，アイルランド文学専攻。翻訳家。主な訳書に，C・パリサー『五輪の薔薇』，P・トレメイン『蜘蛛の巣』『死をもちて赦されん』『修道女フィデルマの叡智』『アイルランド幻想』など。

検印
廃止

翳《かげ》深き谷 上

2013年12月27日　初版
2023年2月17日　3版

著　者　ピーター・トレメイン

訳　者　甲《か》斐《い》萬《ま》里《り》江《え》

発行所　(株)東京創元社
代表者　渋谷健太郎

162-0814/東京都新宿区新小川町1-5
電　話　03・3268・8231-営業部
03・3268・8204-編集部
URL　http://www.tsogen.co.jp
振　替　00160-9-1565
工友会印刷・本間製本

ISBN978-4-488-21818-8　C0197